Mark Twain
Tom Sawyer

Mark Twain

Tom Sawyer

MOEWIG

www.MOEWIG.de
Ungekürzte Ausgabe

Umschlagfoto: getty images, München
Printed in Germany
ISBN 3-8118-3936-5

Die meisten der im *Tom Sawyer* erzählten Abenteuer sind wirklich vorgekommen. Eines oder zwei habe ich selbst erlebt, die anderen meine Schulkameraden. Huck Finn ist nach dem Leben gezeichnet, Tom Sawyer ebenfalls, jedoch mit dem Unterschied, dass in ihm die Charaktereigenschaften mehrerer Knaben vereinigt sind.

Hartford, 1876
Der Verfasser

Erstes Kapitel

Tom!«

Keine Antwort.

»Tom!«

Tiefes Schweigen.

»Wo der Junge nun wieder steckt, möcht ich wissen. Du – Tom!«

Die alte Dame zog ihre Brille gegen die Nasenspitze herunter und starrte drüber weg im Zimmer herum, dann schob sie sie rasch wieder empor und spähte drunter her nach allen Seiten aus. Nie und nimmer würde sie dieselbe so entweiht haben, dass sie durch die geheiligten Gläser hindurch nach solchem geringfügigen Gegenstand geschaut hätte, wie ein kleiner Junge einer ist. War es doch ihre Staatsbrille, der Stolz ihres Herzens, welche sie sich nur der Zierde und Würde halber zugelegt, keineswegs zur Benutzung – ebenso gut hätte sie durch ein paar Kochherdringe sehen können. Einen Moment lang schien sie verblüfft, da sie nichts entdecken konnte, dann ertönte wiederum ihre Stimme, nicht gerade ärgerlich, aber doch laut genug, um von der Umgebung, dem Zimmergerät, gehört zu werden: »Wart, wenn ich dich kriege, ich – –«

Sie beendete den Satz nicht, denn sie war inzwischen ans Bett herangetreten, unter welchem sie energisch mit dem Besen herumstöberte, was ihre ganze Kraft, all ihren Atem in Anspruch nahm. Trotz der Anstrengung förderte sie jedoch nichts zutage als die alte Katze, die ob der Störung sehr entrüstet schien.

»So was wie den Jungen gibt's nicht wieder!«

Sie trat unter die offene Haustür und ließ den Blick über

die Tomaten und Kartoffeln schweifen, welche den Garten vorstellten. Kein Tom zu sehen! Jetzt erhob sich ihre Stimme zu einem Schall, der für eine ziemlich beträchtliche Entfernung berechnet war:

»Holla – du – To-om!«

Ein schwaches Geräusch hinter ihr veranlasste sie, sich umzudrehen, und zwar eben noch zu rechter Zeit, um einen kleinen, schmächtigen Jungen mit raschem Griff am Zipfel seiner Jacke zu erwischen und eine offenbar geplante Flucht zu verhindern.

»Na, natürlich! An die Speisekammer hätte ich denken müssen! Was hast du drinnen wieder angestellt?«

»Nichts.«

»Nichts? Na, seh mal einer! Betracht mal deine Hände, he, und was klebt denn da um deinen Mund?«

»Das weiß ich doch nicht, Tante!«

»So, aber ich weiß es. Marmelade ist's, du Schlingel, und gar nichts anderes. Hab ich dir nicht schon hundertmal gesagt, wenn du mir die nicht in Ruhe ließest, wollt ich dich ordentlich gerben? Was? Hast du's vergessen? Reich mir mal das Stöckchen da!«

Schon schwebte die Gerte in der Luft, die Gefahr war dringend.

»Himmel, sieh doch mal hinter dich, Tante!«

Die alte Dame fuhr herum, wie von der Tarantel gestochen, und packte instinktiv ihre Röcke, um sie in Sicherheit zu bringen. Gleichzeitig war der Junge mit einem Satz aus ihrem Bereich, kletterte wie ein Eichkätzchen über den hohen Bretterzaun und war im nächsten Moment verschwunden. Tante Polly sah ihm einen Augenblick verdutzt, wortlos nach, dann brach sie in leises Lachen aus.

»Hol den Jungen der und jener! Kann ich denn nie gescheit werden? Hat er mir nicht schon Streiche genug ge-

spielt, dass ich mich endlich einmal vor ihm in Acht nehmen könnte! Aber, wahr ist's, alte Narren sind die schlimmsten, die's gibt, und ein alter Pudel lernt keine neuen Kunststückchen mehr, heißt's schon im Sprichwort. Wie soll man aber auch wissen, was der Junge im Schild führt, wenn's jeden Tag was andres ist! Weiß der Bengel doch genau, wie weit er bei mir gehen kann, bis ich wild werde, und ebenso gut weiß er, dass, wenn er mich durch irgendeinen Kniff dazu bringen kann, eine Minute zu zögern, ehe ich zuhaue, oder wenn ich gar lachen muss, es aus und vorbei ist mit den Prügeln. Weiß Gott, ich tu meine Pflicht nicht an dem Jungen. ›Wer sein Kind lieb hat, der züchtigt es‹, heißt's in der Bibel. Ich aber, ich – Sünde und Schande wird über uns kommen, über meinen Tom und mich, ich seh's voraus, Herr, du mein Gott, ich seh's kommen! Er steckt voller Satanspossen, aber, lieber Gott, er ist meiner toten Schwester einziger Junge, und ich hab nicht das Herz, ihn zu hauen. Jedes Mal, wenn ich ihn durchlasse, zwickt mich mein Gewissen ganz grimmig, und hab ich ihn einmal tüchtig vorgenommen, dann – ja dann will mir das alte, dumme Herz beinahe brechen. Ja, ja, der vom Weibe geborene Mensch ist arm und schwach, kurz nur währen seine Tage und sind voll Müh und Trübsal, so sagt die Heilige Schrift, und wahrhaftig, es ist so! Heut wird sich der Bengel nun wohl nicht mehr blicken lassen, wird die Schule schwänzen, denk ich, und ich werd ihm wohl für morgen irgendeine Strafarbeit geben müssen. Ihn am Sonnabend*, wenn alle Jungen frei haben, arbeiten zu lassen, ist fürchterlich hart, namentlich für Tom, der die Arbeit mehr scheut als irgendwas sonst, aber ich muss meine Pflicht tun an dem Jungen, wenigstens einigermaßen, ich *muss,* sonst bin ich sein Verderben!«

Tom, der, wie Tante Polly sehr richtig geraten, die Schule schwänzte, ließ sich am Nachmittag nicht mehr blicken, sondern trieb sich draußen herum und vergnügte sich königlich dabei. Gegen Abend erschien er dann wieder, kaum zur rechten Zeit vor dem Abendessen, um Jim, dem kleinen Negerjungen, helfen zu können, das nötige Holz für den nächsten Tag klein zu machen. Dabei blieb ihm aber Zeit genug, Jim sein Abenteuer zu erzählen, während dieser neun Zehntel der Arbeit tat. Toms jüngerer Bruder, oder besser Halbbruder, Sid**, hatte seinen Teil am Werke, das Zusammenlesen der Holzspäne, schon besorgt. Er war ein fleißiger, ruhiger Junge, nicht so unbändig und abenteuerlustig wie Tom. Während dieser sich das Abendessen schmecken ließ und dazwischen bei günstiger Gelegenheit Zuckerstück-

---

* In Amerika sowie in England ist stets der Sonnabend ein schulfreier Tag.

** Abkürzung von Sidney.

chen stibitzte, stellte Tante Polly ein, wie sie glaubte, äußerst schlaues und scharfes Kreuzverhör mit ihm an, um ihn zu Verderben bringenden Geständnissen zu verlocken. Wie so manche andere arglos-schlichte Seele glaubte sie an ihr Talent für die schwarze, geheimnisvolle Kunst der Diplomatie. Es war der stolzeste Traum ihres kindlichen Herzens, und die allerdurchsichtigsten kleinen Kniffe, deren sie sich bediente, schienen ihr wahre Wunder an Schlauheit und List. So fragte sie jetzt:

»Tom, es war wohl ziemlich warm in der Schule?«

»Ja, Tante.«

»Sehr warm, nicht?«

»Ja, Tante.«

»Hast du nicht Lust gehabt, schwimmen zu gehen?«

Wie ein warnender Blitz durchzuckte es Tom – hatte sie Verdacht? Er suchte in ihrem Gesicht zu lesen, das verriet nichts. So sagte er:

»N-nein, Tante – das heißt nicht viel.«

Die alte Dame streckte die Hand nach Toms Hemdkragen aus, befühlte den und meinte:

»Jetzt ist dir's doch nicht mehr zu warm, oder?«

Und dabei bildete sie sich ein, bildete sich wirklich und wahrhaftig ein, sie habe den trockenen Zustand besagten Hemdes entdeckt, ohne dass eine menschliche Seele ahne, worauf sie ziele. Tom aber wusste genau, woher der Wind wehte, so kam er der mutmaßlich nächsten Wendung zuvor.

»Ein paar von uns haben die Köpfe unter die Pumpe gehalten – meiner ist noch nass, sieh!«

Tante Polly empfand es sehr unangenehm, dass sie diesen belastenden Beweis übersehen und sich so im Voraus aus dem Felde hatte schlagen lassen. Ihr kam eine neue Eingebung.

»Tom, du hast wohl nicht deinen Hemdkragen abnehmen müssen, den ich dir angenäht habe, um dir auf den Kopf pumpen zu lassen, oder? Knöpf doch mal deine Jacke auf!«

Aus Toms Antlitz war jede Spur von Sorge verschwunden. Er öffnete die Jacke, der Kragen war fest und sicher angenäht.

»Dass dich –! Na, mach dich fort! Ich hätte Gift drauf genommen, dass du heut Mittag schwimmen gegangen bist. Wollen's gut sein lassen. Dir geht's diesmal wie der verbrühten Katze, du bist besser, als du aussiehst – aber nur diesmal, Tom, nur diesmal!«

Halb war's ihr leid, dass alle ihre angewandte Schlauheit so ganz umsonst gewesen, und halb freute sie sich, dass Tom doch einmal wenigstens, gleichsam unversehens, in den Gehorsam hineingestolpert war.

Da fragte Sidney:

»Ja aber, Tante, hast du denn den Kragen mit schwarzem Zwirn aufgenäht?«

»Schwarz? Nein, er war weiß, soviel ich mich erinnere, Tom!«

Tom aber wartete das Ende der Unterredung nicht ab. Wie der Wind war er an der Tür, rief beim Abgehen Sid noch ein freundschaftliches »Wart, das sollst du mir büßen« zu und war verschwunden.

An sicherem Orte untersuchte er darauf zwei eingefädelte Nähnadeln, die er in das Futter seiner Jacke gesteckt trug, die eine mit weißem, die andere mit schwarzem Zwirn, und brummte vor sich hin:

»Sie hätt's nie gemerkt, wenn's der dumme Kerl, der Sid, nicht verraten hätte. Zum Kuckuck! Einmal nimmt sie weißen und einmal schwarzen Zwirn, wer kann das behalten. Aber Sid soll seine Keile schon kriegen; der soll mir nur kommen!«

Tom war mitnichten der Musterjunge seines Heimatortes – es gab aber einen solchen, und Tom kannte und verabscheute ihn rechtschaffen.

Zwei Minuten später oder in noch kürzerer Zeit hatte er alle seine Sorgen vergessen. Nicht, dass sie weniger schwer waren oder weniger auf ihm lasteten, wie eines Mannes Sorgen auf eines Mannes Schultern, nein, durchaus nicht, aber ein neues mächtiges Interesse zog seine Gedanken ab, gerade wie ein Mann die alte Last und Not in der Erregung eines neuen Unternehmens vergessen kann. Dieses starke und mächtige Interesse war eine eben errungene neue Methode im Pfeifen, die ihm ein befreundeter Neger kürzlich beigebracht hatte und die er nun ungestört üben wollte. Die Kunst bestand darin, dass man einen hellen, schmetternden Vogeltriller hervorzubringen sucht, indem man in kurzen Zwischenpausen während des Pfeifens mit der Zunge den Gaumen berührt. Wer von den Lesern jemals ein Junge gewesen ist, wird genau wissen, was ich meine. Tom hatte sich mit Fleiß und Aufmerksamkeit das Ding baldigst zu Eigen gemacht und schritt nun die Hauptstraße hinunter, den Mund voll tönenden Wohllauts, die Seele voll stolzer Genugtuung. Ihm war ungefähr zumute wie einem Astronomen, der einen neuen Stern entdeckt hat, doch glaube ich kaum, dass die Freude des glücklichen Entdeckers der seinen an Größe, Tiefe und ungetrübter Reinheit gleich kommt.

Die Sommerabende waren lang. Noch war's nicht dunkel geworden. Toms Pfeifen verstummte plötzlich. Ein Fremder stand vor ihm, ein Junge, nur vielleicht einen Zoll größer als er selbst. Die Erscheinung eines Fremden irgendwelchen Alters oder Geschlechtes war ein Ereignis in dem armen, kleinen Städtchen St. Petersburg. Und dieser Junge war noch dazu sauber gekleidet – sauber gekleidet an einem Wochentage! Das war einfach geradezu unfasslich, überwältigend! Seine Mütze war ein niedliches, zierliches Ding, seine dunkelblaue, dicht zugeknöpfte Tuchjacke nett und tadellos, auch die Hosen waren ohne Flecken. Schuhe hatte er an, Schuhe, und es war doch heute erst Freitag, noch zwei ganze Tage bis zum Sonntag! Um den Hals trug er ein seidenes Tuch geschlungen. Er hatte so etwas Zivilisiertes, so etwas Städtisches an sich, das Tom in die innerste Seele schnitt. Je mehr er dieses Wunder von Eleganz anstarrte, je mehr er die Nase rümpfte über den »erbärmlichen Schwindel«, wie er sich innerlich ausdrückte, desto schäbiger und ruppiger dünkte ihn seine eigene Ausstattung. Keiner der Jungen sprach. Wenn der eine sich bewegte, bewegte sich auch der andere, aber immer nur seitwärts im Kreise herum. So standen sie einander gegenüber, Angesicht zu Angesicht, Auge in Auge. Schließlich sagt Tom:

»Ich kann dich unterkriegen!«

»Probier's einmal!«

»N-ja, ich kann.«

»Nein, du kannst nicht.«

»Und doch!«

»Und doch nicht!«

»Ich kann's.«

»Du kannst's nicht.«

»Kann's.«

»Kannst's nicht.«

Ungemütliche Pause. Dann fängt Tom wieder an:

»Wie heißt du?«

»Geht dich nichts an.«

»Will dir schon zeigen, dass mich's angeht.«

»Nun, so zeig's doch.«

»Wenn du noch viel sagst, tu ich's.«

»Viel – viel – viel! Nun komm ran!«

»Ach, du hältst dich wohl für furchtbar gescheit, gelt, du! Du Putzaff! Ich könnt dich ja unterkriegen, mit einer Hand auf den Rücken gebunden – wenn ich nur wollt!«

»Na, warum tust du's denn nicht? Du sagst's doch immer nur!«

»Wart, ich tu's, wenn du dich mausig machst!«

»Ja, ja, sagen kann das jeder, aber tun – tun ist was andres.«

»Aff du! Gelt, du meinst, du seist was Rechtes? – Puh, was für ein Hut!«

»Guck woandershin, wenn er dir nicht gefällt. Schlag ihn doch runter! Der aber, der's tut, wird den Himmel für 'ne Bassgeig ansehen!«

»Lügner, Prahlhans!«

»Selber!«

»Maulheld! Gelt, du willst dir die Hände schonen?«

»O – geh heim!«

»Wart, wenn du noch mehr von deinem Blödsinn verzapfst, so nehm ich einen Stein und schmeiß ihn dir an deinem Kopf entzwei.«

»Ei, natürlich – schmeiß nur!«

»Ja, ich tu's!«

»Na, warum denn nicht gleich? Warum wartest du denn noch? Warum tust du's nicht? Ätsch, du hast Angst!«

»Ich hab keine Angst.«

»Doch, doch!«

»Nein, ich hab keine.«

»Du hast welche!«

Erneute Pause, verstärktes Anstarren und langsames Umkreisen. Plötzlich stehen sie Schulter an Schulter. Tom sagt:

»Mach dich weg von hier!«

»Mach dich selber weg!«

»Ich nicht!«

»Ich gewiss nicht!«

So stehen sie nun fest gegeneinander gepresst, jeder als Stütze ein Bein im Winkel vor sich gegen den Boden stemmend, und schieben, stoßen und drängen sich gegenseitig mit aller Gewalt, einander mit wutschnaubenden, hasserfüllten Augen anstarrend. Keiner aber vermag dem andern einen Vorteil abzugewinnen. Nachdem sie so schweigend gerungen, bis beide ganz heiß und glühend rot geworden, lassen sie wie auf Verabredung langsam und vorsichtig nach, und Tom sagt:

»Du bist ein Feigling und ein Aff dazu. Ich sag's meinem großen Bruder, der haut dich mit seinem kleinen Finger krumm und lahm, wart nur!«

»Was liegt mir an deinem großen Bruder! Meiner ist noch viel größer, wenn der ihn nur anbläst, fliegt er über den Zaun, ohne dass er weiß wie!« (Beide Brüder existieren nur in der Einbildung.)

»Das ist gelogen!«

»Was weißt denn du?«

Tom zieht nun mit seiner großen Zehe eine Linie in den Staub und sagt:

»Da spring rüber, und ich hau dich, dass du deinen Vater nicht von einem Kirchturm unterscheiden kannst!«

Der neue Junge springt sofort, ohne sich zu besinnen, hinüber und ruft:

»Jetzt komm endlich ran und tu's und hau, aber prahl nicht länger!«

»Reiz mich nicht, nimm dich in Acht!«

»Na, nun mach aber, jetzt bin ich's müde! Warum kommst du nicht?«

»Weiß Gott, jetzt tu ich's für zwei Pfennig!«

Flink zieht der fremde Junge zwei Pfennige aus der Tasche und hält sie Tom herausfordernd unter die Nase.

Tom schlägt sie zu Boden.

Im nächsten Moment wälzen sich die Jungen fest umschlungen im Staube, krallen einander wie Katzen, reißen und zerren sich an den Haaren und Kleidern, bläuen und zerkratzen sich die Gesichter und Nasen und bedecken sich mit Schmutz und Ruhm.

Nach ein paar Minuten etwa nimmt der sich wälzende Klumpen Gestalt an, und in dem Staub des Kampfes wird Tom sichtbar, der rittlings auf dem neuen Jungen sitzt und denselben mit den Fäusten bearbeitet.

»Schrei, wenn du genug hast«, mahnt er.

Der Junge ringt nur stumm, sich zu befreien, er weint vor Zorn und Wut.

»Schrei, wenn du genug hast«, mahnt Tom noch einmal und drischt lustig weiter.

Endlich stößt der Fremde ein halb ersticktes »Genug« hervor, Tom lässt ihn alsbald los und sagt: »Jetzt hast du's, das nächste Mal pass auf, mit wem du anbindest!«

Der fremde Junge rannte heulend davon, sich den Staub von den Kleidern klopfend. Gelegentlich sah er sich um, ballte wütend die Faust und drohte, was er Tom alles tun wolle, »wenn er ihn wieder erwische«. Tom antwortete darauf nur mit Hohngelächter und machte sich, wonnetrunken ob der vollbrachten Heldentat, in entgegengesetzter Richtung auf. Sobald er aber den Rücken gewandt hatte, hob der besiegte Junge einen Stein, schleuderte ihn Tom nach und traf ihn gerade zwischen den Schultern, dann gab er schleunigst Fersengeld und lief davon wie ein Hase.

Tom wandte sich um und setzte hinter dem Verräter her, bis zu dessen Hause, wodurch er herausfand, wo dieser wohnte. Er pflanzte sich vor das Gitter hin und forderte den Feind auf, herauszukommen und den Streit wieder aufzunehmen, der aber weigerte sich und schnitt ihm nur Grimassen durch das Fenster. Endlich kam die Mutter des Feindes zum Vorschein, schalt Tom einen bösen, ungezogenen, gemeinen Buben und befahl ihm, sich fortzumachen. Tom musste sich also trollen, brummte aber, er wollte es dem Affen schon noch zeigen. Und damit war es ihm sehr ernst.

Erst sehr spät kam er nach Hause, und als er vorsichtig zum Fenster hineinklettern wollte, stieß er auf einen Hinterhalt in Gestalt der Tante. Als diese dann den Zustand seiner Kleider gewahrte, gedieh ihr Entschluss, seinen freien Sonnabend in einen Sträflingstag bei harter Arbeit zu verwandeln, zu eiserner Festigkeit.

Zweites Kapitel

Der Sonnabendmorgen tagte, die ganze sommerliche Welt draußen war sonnig und klar, sprudelnd von Leben und Bewegung. In jedem Herzen schien's zu klingen und zu singen, und wenn das Herz jung war, trat der Klang unversehens auf die Lippen. Freude und Lust malten sich in jedem Antlitz, jeder Schritt war beflügelt. Die Akazien blühten und erfüllten mit ihrem köstlichen Duft rings alle Lüfte.

Tom erschien auf der Bildfläche mit einem Eimer voll Tünche und einem langstieligen Pinsel. Er stand vor dem Zaun, besah sich das zukünftige Feld seiner Tätigkeit, und es war ihm, als schwände mit einem Schlag alle Freude aus der Natur. Eine tiefe Schwermut bemächtigte sich seines ahnungsvollen Geistes. Dreißig Meter lang und neun Fuß hoch war der unglückliche Zaun! Das Leben schien ihm öde, das Dasein eine Last. Seufzend tauchte er den Pinsel ein und fuhr damit über die oberste Planke, wiederholte das Manöver einmal und noch einmal. Dann verglich er die unbedeutende, übertünchte Strecke mit der Riesenausdehnung des noch ungetünchten Zaunes und ließ sich entmutigt auf ein paar knorrigen Baumwurzeln nieder. Jim, der kleine Neger, trat singend und springend aus dem Hoftor mit einem Holzeimer in der Hand. Wasser an der Dorfpumpe holen zu müssen war Tom bis jetzt immer gründlich verhasst gewesen, in diesem Augenblick dünkte es ihn die höchste Wonne. Er erinnerte sich, dass man dort immer Gesellschaft traf; Weiße, Mulatten und Neger-Jungen und -Mädchen waren da stets zu finden, die warteten, bis die Reihe an sie kam, und sich inzwischen ausruhten, mit allerlei handelten oder tauschten, sich zankten, rauften, prügelten und dergleichen Kurzweil trieben. Auch durfte man Jim mit seinem Eimer Wasser nie vor Ablauf einer Stunde zurückerwarten, obgleich die Pumpe kaum einige hundert Schritte vom Hause entfernt war, und selbst dann musste gewöhnlich noch nach ihm geschickt werden. Ruft also Tom:

»Hör, Jim, ich will das Wasser holen, streich du hier ein bisschen an.«

Jim schüttelte den Dickkopf und sagte:

»Nix das können, junge Herr Tom. Alte Tante sagen, Jim sollen nix tun andres als Wasser holen, sollen ja nix anstreichen. Sie sagen, junge Herr Tom wohl werden fragen Jim, ob er wollen anstreichen, aber er nix sollen es tun – ja nix sollen es tun.«

»Ach was, Jim, lass dir nichts weismachen, so redet sie immer. Her mit dem Eimer, ich bin gleich wieder da. Sie merkt's doch gar nicht.«

»Jim sein so bange, er's nix wollen tun. Alte Tante sagen, sie ihm reißen Kopf ab, wenn er's tun.«

»Sie! O herrjemine, die kann ja gar niemand ordentlich durchhauen – die fährt einem ja nur mit der Hand über den Kopf, als ob sie streicheln wollte, und ich möcht wissen, wer sich daraus was macht. Ja, schwatzen tut sie von durchhauen und allem, aber schwatzen tut nicht weh – das heißt, so lang sie nicht weint dazu. Jim, da, ich schenk dir auch 'ne große Murmel – da, und noch 'nen Gummi dazu!«

Jim schwankte.

»'nen Gummi, Jim, und was für ein Stück, sieh mal her!«

»Oh, du mein alles! Sein das prachtvoll Stück Gummi. Aber, junge Herr Tom, Jim sein so ganz furchtbar bange vor alte Tante!«

Jim aber war auch nur ein schwacher Mensch – diese Versuchung erwies sich als zu stark für ihn. Er stellte seinen Eimer hin und streckte die Hand nach dem verlockenden

Gummi aus. Im nächsten Moment flog er jedoch, laut aufheulend, samt seinem Eimer die Straße hinunter, Tom tünchte mit Todesverachtung drauflos, und Tante Polly zog sich stolz vom Schlachtfeld zurück, Pantoffel in der Hand, Triumph im Auge.

Toms Eifer hielt nicht lange an. Ihm fiel all das Schöne ein, das er für diesen Tag geplant, und sein Kummer wuchs immer mehr. Bald würden sie vorüberschwärmen, die glücklichen Jungen, die heute frei waren, auf die Berge, in den Wald, zum Fluss, überallhin, wo's schön und herrlich war. Und wie würden sie ihn höhnen und auslachen und verspotten, dass er dableiben und arbeiten musste – schon der Gedanke allein brannte ihn wie Feuer. Er leerte seine Taschen und musterte seine weltlichen Güter – alte Federn, Glas- und Steinkugeln, Marken und sonst allerlei Kram. Da war wohl genug, um sich dafür einen Arbeitstausch zu verschaffen, aber keineswegs genug, um sich auch nur eine knappe halbe Stunde voller Freiheit zu erkaufen. Seufzend wanderten die beschränkten Mittel wieder in die Tasche zurück, und Tom musste wohl oder übel die Idee fahren lassen, den einen oder andern der Jungen zur Beihilfe zu bestechen. In diesem dunklen, hoffnungslosen Moment kam ihm eine Eingebung! Eine große, eine herrliche Eingebung! Er nahm seinen Pinsel wieder auf und machte sich still und emsig an die Arbeit. Da tauchte Ben Rogers in der Entfernung auf, Ben Rogers, dessen Spott er gerade am meisten gefürchtet hatte. Bens Gang, als er so daherkam, war ein springender, hüpfender, kurzer Trab, Beweis genug, dass sein Herz leicht und seine Erwartungen hoch gespannt waren. Er biss lustig in einen Apfel und ließ dazu in kurzen Zwischenpausen ein langes, melodisches Geheul ertönen, dem allemal ein tiefes gezogenes Ding-Dong-Dang, Ding-Dong-Dang folgte. Er stellte nämlich einen Dampfer vor. Als er sich Tom näherte, gab er Halbdampf, hielt sich in der

Mitte der Straße, wandte sich stark nach Steuerbord und glitt drauf in stolzem Bogen dem Ufer zu, mit allem Aufwand von Pomp und Umständlichkeit, denn er stellte nichts Geringeres vor als die »Große Missouri« mit neun Fuß Tiefgang. Er war Schiff, Kapitän, Mannschaft, Dampfmaschine, Glocke, alles in allem, stand also auf seiner eigenen Schiffsbrücke, erteilte Befehle und führte sie aus.

»Halt, stoppen! Klingelingeling.« Der Hauptweg war zu Ende, und der Dampfer wandte sich langsam dem Seitenweg zu. »Wenden! Klingelingeling!« Steif ließ er die Arme an den Seiten niederfallen. »Wenden Steuerbord! Klingelingeling! Tschu! Tsch-tschu-u-tschu!«

Nun beschrieb der rechte Arm große Kreise, denn er stellte ein vierzig Fuß großes Rad vor. »Zurück, Backbord! Klingelingeling! Tschu-tsch-tschu-u-sch!« Der linke Arm begann nun Kreise zu beschreiben.

»Steuerbord stoppen! Lustig, Jungens! Anker auf, nieder! Klingeling! Tsch-tschuu-tschu! Los! Maschine stoppen! He, Sie da! Scht-sch-tscht!« (Ausströmen des Dampfes.)

Tom tünchte währenddessen und ließ den Dampfer Dampfer sein. Ben starrte ihn einen Augenblick an und grinste dann:

»Hi-hi! Festgenagelt – äh?«

Keine Antwort. Tom schien seinen letzten Strich mit dem Auge eines Künstlers zu prüfen, dann fuhr er zart mit dem Pinsel noch einmal drüber und übersah das Resultat in derselben kritischen Weise wie zuvor. Ben marschierte nun neben ihm auf. Toms Mund wässerte nach dem Apfel, er hielt sich aber tapfer an die Arbeit. Sagt Ben:

»Hallo, alter Junge, Strafarbeit, ja?«

»Ach, du bist's, Ben, ich hab gar nicht aufgepasst!«

»Hör du, ich geh schwimmen, willst du vielleicht mit? Aber gelt, du arbeitest lieber, natürlich, du bleibst viel lieber da, gelt?«

Tom maß ihn erstaunt von oben bis unten.

»Was nennst du eigentlich arbeiten?«

»W-was? Ist das keine Arbeit?«

Tom tauchte seinen Pinsel wieder ein und bemerkte gleichgültig:

»Vielleicht – vielleicht auch nicht! Ich weiß nur so viel, dass das dem Tom Sawyer passt.«

»Na, du willst mir doch nicht weismachen, dass du's zum Vergnügen tust?«

Der Pinsel strich und strich.

»Zum Vergnügen? Na, seh nicht ein, warum nicht. Kann unsereiner denn alle Tag 'nen Zaun anstreichen?«

Das warf nun ein neues Licht auf die Sache. Ben überlegte und knabberte an seinem Apfel. Tom fuhr sachte mit seinem Pinsel hin und her, trat dann zurück, um die Wirkung zu prüfen, besserte hie und da noch etwas nach, prüfte wieder, alles, ohne sich im Geringsten um Ben zu kümmern. Dieser verfolgte jede Bewegung eifriger und eifriger mit steigendem Interesse. Sagt er plötzlich:

»Du, Tom, lass mich ein bisschen streichen!«

Tom überlegte, schien nachgeben zu wollen, gab aber diese Absicht wieder auf: »Nein, nein, das würde nicht gehen, Ben, wahrhaftig nicht. Weißt du, Tante Polly nimmt's besonders genau mit diesem Zaun, so dicht bei der Straße, siehst du. Ja, wenn's irgendwo dahinten wär, da läg nichts dran – mir nicht und ihr nicht –, so aber! Ja, sie nimmt's ganz ungeheuer genau mit diesem Zaun, der muss ganz besonders vorsichtig gestrichen werden – einer von hundert Jungen vielleicht, oder noch weniger, kann's so machen, wie's gemacht werden muss.«

»Nein, wirklich? Na, komm, Tom, lass mich's probieren, nur ein ganz klein bisschen. Ich ließ dich auch dran, Tom, wenn ich's zu tun hätte!«

»Ben, wahrhaftig, ich tät's ja gern, aber Tante Polly – Jim

hat's tun wollen und Sid, aber die haben's beide nicht gedurft. Siehst du nicht, wie ich in der Klemme stecke? Wenn du nun anstreichst, und 's passiert was, und der Zaun ist verdorben, dann –«

»Ach, Unsinn, ich will's schon recht machen. Na, gib her – wart, du kriegst auch den Rest von meinem Apfel; 's ist freilich nur noch der Butzen, aber etwas Fleisch sitzt doch noch drum.«

»Na, denn los! Nein, Ben, doch nicht, ich hab Angst, du –«

»Da hast du noch 'nen ganzen Apfel dazu!«

Tom gab nun den Pinsel ab, Widerstreben im Antlitz, Freude im Herzen. Und während der frühere Dampfer »Großer Missouri« im Schweiße seines Angesichts drauflosstrich, saß der zurückgetretene Künstler auf einem Fässchen im Schatten dicht dabei, baumelte mit den Beinen, verschlang seinen Apfel und brütete über dem Gedanken, wie er noch mehr Opfer in sein Netz zöge. An Material dazu war kein Mangel. Jungen kamen in Mengen vorüber. Sie kamen, um zu spotten, und blieben, um zu tünchen! Als Ben müde war, hatte Tom schon Kontrakt gemacht mit Billy Fischer, der ihm einen fast neuen, nur wenig geflickten Drachen bot. Dann trat Johnny Miller gegen eine tote Ratte ein, die an einer Schnur zum Hin- und Herschwingen befestigt war. So ging's weiter und weiter, Stunde um Stunde. Und als der Nachmittag zur Hälfte verstrichen, war aus Tom, dem mit Armut geschlagenen Jungen mit leeren Taschen und leeren Händen, ein im Reichtum förmlich schwelgender Glücklicher geworden. Er besaß außer den Dingen, die ich oben angeführt, noch zwölf Steinkugeln, eine freilich schon etwas stark beschädigte Mundharmonika, ein Stück blaues Glas, um die Welt dadurch zu betrachten, ein halbes Blasrohr, einen alten Schlüssel, um nichts damit aufzuschließen, ein Stück Kreide, einen halb zerbrochenen Glasstöpsel von einer Wasserflasche, einen Bleisoldaten, ein Stück Seil, sechs Zündhütchen, ein junges Kätzchen mit nur einem Auge, einen alten Türgriff aus Messing, ein Hundehalsband ohne Hund, eine Messerklinge, vier Orangenschalen und ein altes, wackeliges Stück Fensterrahmen. Dazu war er lustig und guter Dinge, brauchte sich gar nicht weiter anzustrengen die ganze Zeit über und hatte mehr Gesellschaft beinahe, als ihm lieb war. Der Zaun wurde nicht weniger als dreimal überpinselt, und wenn die Tünche im Eimer nicht ausgegangen wäre, hätte er zum Schluss noch jeden einzelnen Jungen des Dorfes Bankrott gemacht.

Unserm Tom kam die Welt gar nicht mehr so traurig und öde vor. Ohne es zu wissen, hatte er ein tief in der menschlichen Natur wurzelndes Gesetz entdeckt, die Triebfeder zu vielen, vielen Handlungen. Um das Begehren eines Menschen, sei er nun erwachsen oder nicht – das Alter macht in dem Fall keinen Unterschied –, also, um eines Menschen Begehren nach irgendetwas zu erwecken, braucht man ihm nur das Erlangen dieses »Etwas« schwierig erscheinen zu lassen. Wäre Tom ein gewiegter, ein großer Philosoph gewesen, wie zum Beispiel der Schreiber dieses Buches, er hätte daraus gelernt, wie der Begriff von Arbeit einfach darin besteht, dass man etwas tun muss, dass dagegen Vergnügen das ist, was man freiwillig tut. Er würde verstanden haben, warum künstliche Blumen machen oder in einer Tretmühle gehen »Arbeit« heißt, während Kegel schieben im Schweiße des Angesichts oder den Montblanc erklettern lediglich als Vergnügen gilt. Ja, ja, wer erklärt diese Widersprüche in der menschlichen Natur!

Drittes Kapitel

Tom erschien vor Tante Polly, die am offnen Fenster eines Hinterzimmers saß, das Schlaf-, Wohn-, Esszimmer, Bibliothek, alles in sich vereinigte. Die balsamische Sommerluft, die friedliche Ruhe, der Blumenduft, das einschläfernde Summen der Bienen, alles hatte seine Wirkung auf sie ausgeübt – sie war über ihrem Strickstrumpf eingenickt in Gesellschaft der Katze, die auf ihrem Schoße friedlich schlummerte. Die Brille war zur Sicherheit ganz auf den alten, grauen Kopf geschoben. Sie war fest überzeugt gewesen, dass Tom längst durchgebrannt sei, und wunderte sich nun nicht wenig, als er sich jetzt so furchtlos ihrer Macht überlieferte.

»Darf ich jetzt gehen und spielen, Tante?«, fragte er.

»Was – schon? Ei, wie weit bist du denn?«

»Fertig, Tante.«

»Tom, schwindle nicht, du weißt, das kann ich nicht vertragen.«

»Gewiss und wahrhaftig, Tante, ich bin fertig.«

Tante Polly schien nur wenig Zutrauen zu der Angabe zu hegen, denn sie erhob sich, um selbst nachzusehen; sie wäre froh und dankbar gewesen, hätte sie nur zwanzig Prozent von Toms Aussage bestätigt gefunden. Als sie aber nun den ganzen Zaun getüncht fand und nicht nur so einmal leicht überstrichen, sondern sorgsam mit einer festen, tadellosen Lage Tünche versehen, da kannte ihr Erstaunen, ihre freudige Ver- und Bewunderung, keine Grenzen.

»Na, so was!«, stieß sie fast atemlos hervor. »Arbeiten *kannst* du, wenn du willst, Tom, das muss dir dein Feind lassen. Selten genug freilich willst du einmal«, schwächte sie ihr Kompliment ab. »Aber nun geh und spiel, mach dich flink fort. Dass du mir aber vor Ablauf einer Woche wiederkommst, hörst du, sonst gerb ich dir das Fell doch noch durch!«

Sie war aber so gerührt von seiner Heldentat, dass sie ihn zuerst noch mit in die Speisekammer nahm und einen herrlichen, dicken, rotbackigen Apfel auslas, den sie ihm aushändigte, daran den salbungsvollen Hinweis knüpfend, wie Verdienst und ehrliche Anstrengung den Genuss einer Gabe erhöhten, die man als Lohn der Tugend erworben, nicht durch sündige Tücke. Und während sie die Predigt mit einer ebenso passend als glücklich gewählten Schriftstelle schloss, hatte Tom hinterrücks ein Stückchen Kuchen stibitzt, um sich den Lohn der Tugend wie die Errungenschaft sündiger Tücke ganz gleich gut schmecken zu lassen.

Dann schlüpfte er hinaus und sah gerade, wie Sid die Außentreppe, die zu dem Hinterzimmer des zweiten Stocks führte, hinaufhuschte. Erdklumpen waren zur Hand und im Moment war die Luft voll davon. Sie flogen um Sid wie ein Hagelwetter, und ehe noch Tante Polly ihre überraschten Lebensgeister sammelte oder zu Hilfe kommen konnte, hatten sechs oder sieben ihr Ziel getroffen, Sid brüllte, und Tom war über den Zaun gehetzt und verschwunden. Es gab freilich auch ein Tor, aber für gewöhnlich konnte es Tom aus Mangel an Zeit nicht benutzen. Nun hatte seine Seele Ruhe, jetzt hatte er abgerechnet mit Sid und ihm die Verräterei mit dem schwarzen Zwirn heimgezahlt. Der würde ihn nicht so bald wieder in Ungelegenheiten zu bringen wagen!

Tom schlich auf Umwegen hinter dem Stall um Haus und Hof herum, bis er außer dem Bereich der Gefangennahme und Abstrafung war, dann setzte er sich eiligst nach dem Hauptplatz des Dorfes in Trab, wo der Verabredung gemäß zwei feindliche Heere sich eine Schlacht liefern sollten. Tom war General der einen Armee, Joe Harper, sein Busenfreund, General der zweiten. Die beiden ruhmgekrönten großen Anführer ließen sich aber nicht zum Fechten in Person herbei; bewahre, ganz nach berühmten Mustern sahen sie nur von ferne zu, von irgendeiner Erhöhung herab, und leiteten die Bewegungen der kämpfenden Heere durch Befehle, welche Adjutanten überbringen mussten. Nach langem, heißem Kampfe trug Toms Schar den Sieg davon. Nun wurden die Toten gezählt, Gefangene ausgetauscht, die Bedingungen zum nächsten Streit vereinbart und der Tag für die daraus notwendig sich ergebende Schlacht festgesetzt, die Armeen lösten sich auf, und Tom marschierte allein heimwärts.

Als er am Hause des Bürgermeisters vorüberkam, sah er ein fremdes, kleines Mädchen im Garten, ein liebliches, zartes, blauäugiges Geschöpf mit langen, gelben, in zwei dicke Schwänze geflochtenen Haaren, weißem Sommerkleid und gestickten Höschen. Der ruhmgekrönte Held fiel ohne Schuss und Streich. Eine gewisse Amy Lorenz verschwand aus seinem Herzen, ohne auch nur einen Schatten ihrer selbst zurückzulassen. Tom hatte seine Liebe zu besagter Amy für verzehrende Feuersglut gehalten, und nun war es nur noch ein leise flackerndes, verlöschendes Flämmchen. Monatelang hatte er um sie geworben, vor einer Woche erst hatte sie ihm ihre Gegenliebe gestanden, sieben Tage lang war er der stolzeste, glücklichste Junge des Städtchens gewesen und jetzt – im Handumdrehen hatte sie sich empfohlen aus seinem Herzen, wie irgendein fremder Besuch, dessen Zeit um ist.

Mit verstohlenen Blicken verfolgte Tom den neu auftauchenden Engel, bis er bemerkte, dass sie ihn entdeckt hatte. Jetzt tat er, als ob er sie gar nicht sähe, und begann nach echter Jungenart, sich zu zeigen, in der Absicht, ihre Bewunderung zu erringen. Eine Zeit lang trieb er es so fort, aber mitten in irgendeiner halsbrecherischen, gymnastischen Leistung schielte er seitwärts und bemerkte, dass die Holde sich dem Hause zuwandte. Er brach ab und sprang auf den Zaun zu, voller Bedauern und in der Hoffnung, dass sie doch noch ein wenig länger verweilen werde. Einen Moment blieb sie auf den Stufen stehen, näherte sich dann aber schnell der Tür. Tom stieß einen schweren, schallenden Seufzer aus, als ihr Fuß die Schwelle berührte, im selben Moment aber erhellte sich sein melancholisches Antlitz – sie hatte ein Stiefmütterchen über den Zaun geworfen im Augenblick, da sie verschwand. Der Junge rannte drauflos, blieb aber einen oder zwei Fuß von der Blume entfernt stehen, beschattete die Augen mit der Hand und tat, als habe er, weit da unten in der Straße, etwas von großem Interesse entdeckt. Gleich danach raffte er einen Strohhalm vom Boden auf, um ihn auf der Nase zu balancieren, indem er den Kopf weit zurückwarf, und als er sich dabei hin und her bewegte, rückte er der Blume immer näher. Schließlich berührte er sie mit seinem nackten Fuße, seine geschmeidigen Zehen umschlossen dieselbe, auf einem Bein hüpfte er fort mit dem eroberten Schatz und verschwand um die nächste Ecke. Aber nur für eine Minute – nur bis er die Blume an seinem Herzen geborgen hatte oder auch an seinem Magen vielleicht –, Tom war nicht sehr bewandert in der Anatomie und jedenfalls nicht allzu kritisch.

Jetzt kehrte er zu seinem früheren Standorte zurück und trieb sich am Zaun herum, bis die Nacht hereinbrach, immer von Zeit zu Zeit seine Kunststücke loslassend. Die blonde Schöne aber zeigte sich nicht wieder, und Tom tröstete sich mit dem Gedanken, dass sie sicher hinter irgendeinem der Fenster gestanden habe und seine Aufmerksamkeiten also nicht auf dürren Boden gefallen seien. Endlich bequemte er sich widerstrebend zum Abzug, Kopf und Sinn voll wunderbarer Visionen.

Während des ganzen Abendessens war er in solch gehobener Stimmung, dass seine Tante nicht klug draus wurde, »was zum Kuckuck in den Jungen gefahren sei!«. Den Ausputzer, den er für Sids Beschießung mit Erdklumpen erhielt, nahm er mit Lammesgeduld entgegen und schüttete ihn ebenso schnell wieder ab. Er probierte, der Tante vor der Nase weg Zucker zu stibitzen, und kriegte dafür ordentlich auf die Pfoten. Vorwurfsvoll meinte er:

»Tante, du klopfst doch den Sid nicht, wenn er Zucker nascht.«

»Der quält mich auch nicht so wie du. Was, ei wenn ich dir nicht aufpasste, du stecktest den ganzen Tag in der Zuckerdose!«

Gleich danach wollte sie in der Küche etwas holen und ging hinaus. Sid, im Gefühl seiner Unstrafbarkeit, langte nach der Zuckerdose mit einer Überhebung, die Tom unerträglich dünkte. Aber weh! – Sids Hand zitterte, die Dose entglitt den haltenden Fingern, fiel zu Boden und zerbrach. Tom triumphierte – triumphierte so, dass er sich bezwang, seine Zunge im Zaum hielt und atemlos, erwartungsvoll schwieg. Er gelobte sich innerlich, kein Wort zu sagen, selbst wenn die Tante wieder hereinkäme, sondern sich ganz stille zu verhalten, bis sie frage, wer das Unheil angestellt, dann würde er berichten, und welche Wonne, wenn der geliebte »Musterjunge« auch einmal was Ordentliches abkriegte. Er platzte beinahe vor Ungeduld und konnte sich kaum auf dem Stuhl halten, als nun die alte Dame hereintrat und sprachlos, Wutblitze unter ihrer Brille hervorschleudernd, vor den Trümmern stand. »Jetzt kommt's, jetzt geht's los«, frohlockte er. Im nächsten Moment fühlte er sich gepackt, zu Boden geworfen, und schon hob sich die strafende Faust zum zweiten und dritten Mal über seinem südlichen Rückenende, ehe er, sprachlos vor Überraschung und Entrüstung, Worte fand:

»Lass los, Tante, was haust du mich denn? Sid hat's ja getan!«

Tante Pollys erhobene Faust sank noch einmal mechanisch mit klatschendem Schlag, dann hielt sie ein, erstaunt, verwirrt, während Tom, eines Ausbruchs tröstenden, selbstanklagenden Mitleids gewärtig, vorwurfsvoll zu ihr emporstarrte. Aber alles, was sie sagte, als sie zu Atem kam, war:

»Na, Gott weiß, an dir ist kein Schlag verloren, das ist mein Trost. Nimm's einstweilen als Abschlagszahlung, hörst du!«

Danach aber empfand sie doch Gewissensbisse, und ihr gutes, weiches Herz sehnte sich, dem armen, unschuldig Gezüchtigten ein liebevolles Wort zu sagen. Aus Rücksichten der Disziplin aber enthielt sie sich jeder Zusprache, die ihr doch nur als ein Eingeständnis des Unrechts ausgelegt worden wäre. So schwieg sie denn und ging bekümmerten Herzens ihrer Arbeit nach. Tom schmollte in einem Winkel und steigerte seine Leiden ins Unendliche. Er wusste, dass die Tante innerlich vor ihm auf den Knien lag, und dies Bewusstsein tat ihm wohl bis in die kleine Zehe. Er wollte sich um niemanden, niemanden mehr kümmern. Er fühlte, wie ihn von Zeit zu Zeit ein sehnsüchtiger, tränenverschleierter Blick traf, er aber tat, als merke er nichts und brütete nur stumm vor sich hin. Er sah sich krank, sterbend auf seinem Bette hingestreckt. Die Tante beugte sich über ihn und flehte händeringend um ein einziges, kleines, armes Wort der Vergebung. Er aber wandte das Gesicht ab, stumm, tränenlos und starb – starb, und das Wort der Vergebung blieb ungesagt. Was würde sie dann tun? – Oder er sah sich, wie man ihn vom Fluss zurückbrachte, tot, mit triefenden Haaren, blassem, stillem Antlitz, endlich Ruhe und Frieden im armen, gequälten Herzen – für immer. Wie würde sie sich über ihn werfen, wie würden ihre Tränen stromweise fließen und sie Gott anrufen, ihren armen Jungen wieder lebendig zu machen, den sie auch nie, nie wieder misshandeln wolle. Er aber läge da, kalt und still, ein armer Märtyrer, dessen Leiden zu Ende – So arbeitete er sich dermaßen in Jammer und Elend hinein, dass er beinahe in Schluchzen ausgebrochen wäre und am Zurückdrängen desselben fast erstickte. Tränen standen in seinen Augen, und alles erschien ihm in einem wässerigen Nebel. Wenn er mit den Augen zwinkerte, kamen die Tropfen langsam die Nase herab und träufelten von der Spitze hernieder. Dabei fühlte er sich so wohl in seinem Schmerz, dass er denselben ängstlich vor der profanen Lust, dem lärmenden Getriebe der Welt da draußen behütete. Als sein Bäschen Mary, die acht Tage auf dem Lande zu Besuch gewesen war, glückselig nach der »langen Abwesenheit« zur einen Tür hereintanzte, wie lauter Licht und Sonnenschein, entschlüpfte Tom in Nebel und Wolken gehüllt durch die andere. Weit in die Einsamkeit wanderte er hinweg. Ein Floß lockte ihn; er setzte sich darauf und starrte in die Wellen des Stromes. Wenn er nur auf einmal tot und ertrunken sein könnte, ohne etwas davon zu wissen, ohne erst all das viele Wasser zu schlucken! Dann dachte er an seine Blume, entnahm sie seinem Busen, verwelkt, zerknittert, und ihr Anblick erhöhte noch sein wonniges Schmerzgefühl. Ob sie ihn wohl bemitleiden würde, wenn sie es wüsste? Oder würde auch sie sich abwenden wie die übrige schnöde Welt? Wieder verlor er sich in einem Labyrinth von Träumen und erhob sich zuletzt seufzend, um in die Dunkelheit hineinzuwandern. Um zehn, halb elf schlich er die stille Straße hinunter, in der die vergötterte Unbekannte wohnte. An ihrer Tür hielt er an. Kein Laut traf sein lauschendes Ohr, nur aus einem Fenster des zweiten Stockes kam der trübe Schein eines einsamen Talglichts. War dort der geheiligte Raum, der sie umschloss? Er kletterte über den Zaun und stahl sich lautlos bis unter jenes Fenster. Voll Rührung schaute er hinan, dann streckte er sich der Länge lang auf dem Boden aus, die Hände, welche die verwelkte Blume umschlossen, auf der Brust faltend. So wollte er sterben – draußen in der kalten Welt, kein Dach über seinem heimatlosen Haupte, keine Freundeshand, die ihm den Todesschweiß von der Stirn wischte, kein liebendes Antlitz, das sich mitleidsvoll über ihn beugte, wenn der letzte, große Kampf nahte. So sollte sie ihn sehen, wenn sie das Fenster öffnete, um dem jungen Morgen zuzulächeln und ach – würde sie wohl dem Toten eine Träne weihen, einen Seufzer hauchen über den leblosen stillen Rest, der alles war, was von dem frohen, jugendfrischen, vor der Zeit in der Wurzel geknickten jungen Leben geblieben?

Das Fenster öffnete sich. Die schrille Stimme einer Magd entweihte die geheiligte Stille, und eine Sündflut von Wasser durchtränkte die Gebeine des hingestreckten Märtyrers.

Prustend und keuchend sprang unser Held auf und schüttelte sich heftig. Ein Wurfgeschoss durchschwirrte die Luft, untermischt mit einem halblauten Fluche, worauf ein klirrendes Splittern von Glas folgte. Eine kleine, undeutliche Gestalt kletterte eiligst über den Zaun und schoss in die Dunkelheit hinein.

Nicht lange danach, als Tom beim Schein eines Lichtstümpchens seine durchnässten Kleider besichtigte, erwachte Sid. Wenn der nun vorher die Absicht gehabt hatte, allerlei unliebsame Anspielungen zu machen, so besann er sich jetzt wohlweislich eines Besseren und hielt Frieden – es blitzte Gefahr in Toms Auge. Dieser aber kroch ins Bett ohne weitere unangenehme Förmlichkeiten wie Waschen oder Beten, wovon sich Sid im Geiste getreulich Notiz machte, und die Stille der Nacht umfing das Brüderpaar.

Viertes Kapitel

Die Sonne ging auf über der sonntäglich ruhigen Welt und strahlte nieder auf das friedliche Städtchen, wie ein Segen von oben. Als das Frühstück vorüber war, hielt Tante Polly Familienandacht. Sie begann mit einem Gebete, das sich ganz und gar aus festen Schichten biblischer Kraftstellen aufbaute, die nur durch einen dünnen, spärlichen Mörtel eigener Gedanken zusammengehalten wurden. Auf den Zinnen dieses stolzen Baues angelangt, krönte sie das Ganze mit einem dräuenden Kapitel des mosaischen Gesetzes, als stünde sie auf dem Berge Sinai selber.

Danach gürtete Tom seine Lenden sozusagen und ging ans Werk, sich die Bibelsprüche einzupauken. Sid, der Musterknabe, hatte seine Lektion schon vor mehreren Tagen gelernt. Tom warf sich mit ganzer Energie auf die Erlernung von fünf Versen und wählte dieselben aus der Bergpredigt, da er keine kürzeren finden konnte.

Nach Verlauf einer halben Stunde hatte er denn auch glücklich einen schwachen, allgemeinen Begriff von seiner Lektion, aber nichts weiter, denn seine Gedanken reisten dabei mit Blitzesschnelle durch die ganze weite, unbegrenzte Welt, die im engen Hirne schlummert, und seine Finger waren rastlos tätig in allerhand angenehmen, ablenkenden Zerstreuungen. Endlich erbarmte sich Bäschen Mary seiner und nahm das Buch, um ihn zu überhören, während er sich durch den die Sprüche verhüllenden Nebel mühsam seinen Weg zu bahnen suchte.

»Selig sind die – ä – ä«

»Da geistig –«

»Richtig – die da geistig ä – ä –«

»Arm –«

»Arm sind. Selig sind, die da geistig arm sind, denn sie sollen – sollen –«

»Denn ihrer –«

»Ja so! Selig sind, die da geistig arm sind, denn ihrer ist das Himmelreich. Selig sind, die da Leid tragen, denn sie – sie –«

»S –«

»Denn sie – ä –«

»S-o –«

»Denn sie s-s –, weiß der Kuckuck, wie das heißt!«

»Sollen!«

»Ach so – sollen! Denn sie sollen – denn sie sollen – ä-ä – sollen Leid tragen. Selig sind, die da sollen – die da sollen – ä – Leid tragen, denn sie sollen – ä – sollen was? Warum hilfst du mir denn nicht, Mary, schäm dich, so schlecht zu sein und am Sonntag noch dazu!«

»O Tom, armer, dummer, dickköpfiger Kerl, ich will dich ja nicht necken, Gott behüte. Ich mein's nur gut mit dir. Geh und lern's noch einmal und verlier den Mut nicht, du wirst's schon in den Kopf kriegen, und dann, Tom, dann schenk ich dir auch was Schönes! Geh und sei ein guter Junge!«

»Schon recht. Aber was ist's, Mary, sag mir erst, was es ist.«

»Das brauchst du nicht vorher zu wissen, Tom, du weißt, wenn ich sag, es ist schön, so ist's wirklich was Schönes.«

»Ja, das weiß ich. Also vorwärts, gib das Buch wieder her, Mary, wollen's schon kriegen.«

Und er kriegte es wirklich, und zwar mit Glanz unter dem Doppeldruck von Neugierde und voraussichtlichem Gewinn.

Mary gab ihm nach bestandener Probe ein funkelnagelneues Taschenmesser, das mindestens eine Mark wert war unter Brüdern. Eine feine Damaszenerklinge hatte es ja wohl nicht, auch keinen schön verzierten eingelegten Griff von Elfenbein, aber um den Tisch anzuschnitzen, war's gerade recht, was Tom sofort probierte, und als er sich darauf seelenvergnügt eben an den Schrank machen wollte, wurde er abgerufen, um sich zur Sonntagsschule in den Staat zu werfen.

Mary reichte ihm eine Blechschüssel mit Wasser und ein Stück Seife, womit er sich in den Hof begab. Hier stellte er die Schüssel auf eine Bank, tauchte die Seife ins Wasser, legte solche dann zur Seite, goss das Wasser aus, stülpte die Ärmel auf und kam wieder zur Küche herein, um sich eiligst sein trockenes Gesicht am Handtuch hinter der Tür abzuwischen. Mary aber riss ihm das Tuch weg und sagte:

»Schämst du dich nicht, Tom? Das heiß ich betrügen! Wasser wird dir nichts schaden!«

Tom war ein wenig aus der Fassung gebracht. Die Schüssel wurde wieder gefüllt, und diesmal stand er eine kleine Weile davor, um sich Mut zu machen, schöpfte dann tief Atem und begann das große Werk der wöchentlichen Reinigung. Wie er nun zum zweiten Mal die Küche betrat, sich mit krampfhaft geschlossenen Augen und ausgestreckten Händen nach dem Tuche hintastend, bewiesen Seifenschaum und Wasser, die von seinem Antlitz niederströmten, seine Ehrlichkeit glänzend. Als er dann aber hinter dem Tuche hervortauchte, war die schwere Prozedur noch nicht zur Zufriedenheit ausgefallen. Das reine Gebiet erstreckte sich nur bis zum Rande der Kinnlade, wo es ein Ende hatte, gleich einer Maske. Außerhalb dieser Linie zeigte sich die ganze Partie um Hals und Ohren in unberührt schwärzlichem Zustand. Nun legte Mary Hand an, und als sie fertig war, bot Tom das Bild eines reinlichen, ehrlichen Christenmenschen, ohne Unterschied der Farbe. Sein feuchtes Haar war schön gebürstet, und die sonst so widerspenstigen Locken kräuselten sich in ordentlich rührender Ergebung. Diese Locken waren Toms Qual, er hielt sie für weiblich, schämte sich ihrer und tat sein Möglichstes, sie mit Hilfe von Fett und Wasser fest am Kopf anzukleben. Dass ihm dies nur teilweise und unbefriedigend gelang, erfüllte sein Herz mit Bitternis. Jetzt holte Mary seinen Sonntagsanzug, den er während zweier Jahre nur an diesem geheiligten Tage getragen. Man sprach davon einfach nur als von »den anderen Kleidern«, und daraus lässt sich leicht auf den Umfang von Toms Garderobe schließen. Als er sich dann hineingestreckt in diese »anderen Kleider«, legte Mary die letzte, verbessernde Hand an, knöpfte die Jacke zu, zog ihm den riesigen weißen Kragen an, bürstete ihn aus und krönte das Ganze mit einem braunen, gelb gefleckten Strohhut. Tom sah nun ungemein ehrbar und unbehaglich aus und fühlte sich auch nicht minder unbehaglich, als er aussah. Für ihn lag ein fast unerträglicher Zwang in ganzen und sauberen Kleidern, ein Zwang, der ihn fortwährend reizte. Er hoffte, Mary würde wenigstens seine Schuhe vergessen, aber diese Hoffnung erwies sich als trügerisch; ehe er sich's versah, standen die Marterwerkzeuge, ordentlich mit Talg eingeschmiert, wie es so Sitte war, lieblich lockend vor ihm. Jetzt verlor er völlig die Geduld und schalt und brummte, er solle immer alles tun, was er absolut nicht möge. Mary aber bat und schmeichelte:

»Bitte, Tom, sei so gut, bitte!«

So fuhr er denn brummend hinein in die schwarzen Plagegeister, blieb aber bei sehr gereizter, übler Laune. Mary war auch bald fertig, und die drei Kinder machten sich zusammen auf nach der Sonntagsschule, einem Ort, den Tom ebenso sehr hasste, wie ihn Sid und Mary liebten.

Die Sonntagsschule dauerte von neun bis halb elf, danach kam noch der Gottesdienst. Bei diesem blieben immer zwei unsrer kleinen Freunde freiwillig zugegen, der dritte auch, aber ihn lockte etwas anderes als die Predigt. Die Kirche selbst war klein und schmucklos, sie mochte in ihren geraden, hochlehnigen Bänken vielleicht dreihundert Menschen fassen. An der Tür zögerte Tom und ließ die anderen vorgehen, während er einen sonntäglich herausgeputzten Kameraden anredete:

»Sag mal, Bill, hast du 'nen gelben Zettel?«

»Ja!«

»Was willst du dafür haben?«

»Was gibst du mir?«

»Ein Stück Süßholz und einen Angelhaken.«

»Zeig mal her.«

Tom zeigte her, Bill prüfte und fand das Gebotene des Zettels wert, so tauschten sie das Eigentum. Danach handelte Tom noch drei rote und zwei blaue Zettel gegen einige ähnlich kostbare Artikel ein. Zehn, fünfzehn Minuten lang fuhr er in dieser Beschäftigung fort, jagte allen möglichen Jungen Zettel in allen möglichen Farben ab und hatte nach Verlauf dieser Zeit eine recht stattliche Anzahl zusammen, die er schmunzelnd in die Tasche schob. Nun endlich betrat er inmitten eines Schwarms sonntäglich gesäuberter, aber etwas geräuschvoller Jungen und Mädchen die Kirche, setzte sich auf seinen Platz und begann sofort mit dem ersten Besten Streit. Der Lehrer, ein ernster, gutmütig aussehender Herr, trat dazwischen, wandte dann aber für einen Moment den Rücken, was Tom sofort dazu benutzte, einem Jungen auf der vorderen Bank in die Haare zu fahren und einen anderen mit einer Nadel in den Arm zu stechen. Der Getroffene fuhr darauf mit einem zornigen »Autsch« herum, was ihm, da Tom mit Unschuldsmiene in sein Buch starrte, einen strengen Verweis des Lehrers zuzog. Toms ganze Klasse schien nach seinem Muster zugeschnitten – unruhig, unaufmerksam, voller Tollheiten. Als sie ans Aufsagen kamen, wusste nicht einer seine Verse vollständig, doch stolperten sie durch mit Hängen und Würgen, so gut es eben ging. Die Belohnung für zwei fehlerlos aufgesagte Verse bestand in einem kleinen, blauen Zettel, auf den ein Bibelvers gedruckt war. Zehn blaue Zettel konnten für einen roten eingetauscht werden, zehn rote wiederum für einen gelben. Für zehn gelbe erhielt man dann vom Herrn Vikar eine kleine, sehr einfach gebundene Bibel, die unter Brüdern vielleicht vierzig Cents wert war. Wer unter meinen Lesern besäße wohl den Fleiß und die Ausdauer, zweitausend Bibelverse auswendig zu lernen, und wenn man ihm eine Prachtbibel von Doré böte? Und doch hatte sich Mary zwei solcher Bibeln erobert, es war die geduldige, mühsame Arbeit zweier Jahre. Nur die älteren, vernünftigen und ernsten Schüler brachten es fertig, ihre Zettel zu sammeln und dieses langwierige und langweilige Werk so lange durchzuführen, bis sie eine Bibel erhalten konnten. Eben durch dies mühsame Erringen aber wurde die Auslieferung des hohen Preises jedes Mal zu einer feierlichen, denkwürdigen Begebenheit. Der also Gefeierte erschien so groß und erhaben an einem solchen Ehrentag, dass sich beim Anblick seiner Größe in der Brust jeglichen Zuschauers ein heiliger Eifer und Ehrgeiz entzündete, der oftmals sogar viele Wochen anhielt. Auch Toms glühendster Wunsch war es, einmal auf diese Weise ausgezeichnet zu werden; nicht der Bibel halber, bewahre, ihm ging's um die Ehre und den Ruhm, den Glanz, der die ganze Zeremonie umstrahlte.

Nun trat der Herr Vikar, der die Sonntagsschule leitete, vor, ein kleines Testament zugeklappt in der Hand haltend, zwischen dessen Blättern sich der eine Zeigefinger barg, und bat um Aufmerksamkeit. Wenn ein Sonntagsschul-Vikar seine herkömmliche kleine Ansprache hält, so ist ihm ein Testament in der Hand so notwendig wie das unvermeidliche Notenblatt dem Sänger, der das Podium betritt, um das Konzertpublikum mit einem Solo zu beglücken – das Warum bleibt freilich ein Rätsel, denn weder Testament noch Notenblatt werden von dem betreffenden Dulder je eines Blickes gewürdigt werden. Dieser Herr Vikar nun war eine etwas schmächtige, überschlanke Figur von etwa fünfundzwanzig Jahren, mit sandgelbem Bocksbart und sandgelben Haaren. Seine Miene war ernst, und feierlich war auch der Ton seiner Stimme, als er nach dem Muster der gewöhnlichen Sonntagsschulredner begann:

»Jetzt, Kinder, passt auf; setzt euch alle so gerade und ruhig, wie ihr könnt, und hört mir einmal ein paar Minuten lang recht aufmerksam zu. So, jetzt ist's recht! Da sehe ich noch ein Mädchen, das zum Fenster hinausguckt. Kleine, du denkst wohl, ich säße dort auf dem Baum und wolle den kleinen Vöglein da draußen etwas von unserm lieben Heiland erzählen, was? (Unterdrücktes Kichern.) Zuerst also möchte ich euch sagen, wie wohl es mir tut, so viele saubere, frohe, kleine Gesichter an einem Ort wie diesem versammelt zu sehen, an dem sie lernen sollen, gut und brav zu sein und das Rechte zu tun. –«

Und so weiter und so fort. Den Rest der Rede zu verzeichnen ist nicht nötig, sie hielt sich ganz an bekannte Muster, die jeder von uns schon tausendfältig gehört hat.

Das letzte Drittel der rednerischen Leistung wurde etwas gestört durch Wiederaufnahme der Püffe und Stöße und anderen Zeitvertreibs unter den schwarzen Schafen der kleinen Gemeinde. Ein Raunen und Flüstern begann, das sich mehr und mehr ausbreitete, ja selbst die Grundfesten solch unerschütterlicher Felsen wie Sid und Mary zu umspülen versuchte. Mit dem schlussandeutenden Sinken des Tons in des Redners Stimme ließ auch das Summen nach, und der Schluss selbst wurde mit dem Ausbruch allgemeinsten, dankbaren Schweigens begrüßt.

Ein großer Teil der Unruhe war durch einen ebenso erstaunlichen als seltenen Zwischenfall verursacht worden – es waren Fremde gekommen! Der Bürgermeister erschien, begleitet von zwei Herren, einem alten, schwächlich aussehenden und einem jüngeren, stattlichen mit schon stark ergrauten Haaren. Voran ging eine Dame, offenbar die Frau des Letzteren, die ein Mädchen an der Hand führte. Tom war bis dahin rastlos und unruhig gewesen, er hatte Gewissensbisse und konnte Amy Lorenz nicht ansehen, deren Auge mit liebendem Blick das seine suchte. Als er nun aber die Kleine erscheinen sah, fühlte er sich wie trunken vor Wonne. Im nächsten Augenblick begann er mit Macht, sich zu zeigen – puffte seine Nachbarn, riss sie an den Haaren, schnitt Gesichter, kurz, bediente sich aller jener Künste, die imstande sind, ein kleines Schulmädchenherz zu bezaubern und ihm Beifall abzugewinnen. Seiner Wonne wurde nur ein Dämpfer aufgesetzt durch den Gedanken an die Demütigung, welche er in jenes Engels Garten hatte erdulden müssen, aber die Erinnerung hieran war doch nur in den Sand verzeichnet, den schon jetzt die hochgehenden Wogen des Glücks, die seine Seele überfluteten, wegzuschwemmen begannen. Den Fremden wurde der beste Ehrenplatz angewiesen, und als des Vikars Rede zu Ende war, stellte sich heraus, wer sie seien. Der stattliche, ergraute Herr in mittleren Jahren entpuppte sich als eine große Persönlichkeit. Er war nichts mehr und nichts weniger als der oberste Richter des Kreises, das erhabenste Produkt der Schöpfung, das die Kinder je geschaut, und sie sannen darüber nach, aus welchem Stoff er wohl gemacht sein möge; halb sehnten sie sich danach, seine Donnerstimme zu vernehmen, und halb fürchteten sie sich davor. Er war aus Konstantinopel, zwölf Meilen flussabwärts, also ein weit gereister Mann, der die Welt kannte. Was der wohl alles schon gesehen hatte? Am Ende gar Washington und das Weiße Haus, das sich die Kinder wie eine blendende, leuchtende, flimmernde Masse von Eis und Schnee vorstellten, so weiß und so glänzend. Die durch solche Gedanken erweckte ehrfurchtsvolle Scheu prägte sich in dem atemlosen Schweigen, in den großen, runden, erstaunt dreinstarrenden Augen aus. Das also war der große, gewaltige Kreisrichter Thatcher, der Bruder ihres eignen Bürgermeisters der Onkel von Willy Thatcher, der da eben vortrat aus ihren Reihen und dem großen Mann die Hand bot, als sei das nichts. Hätte Willy gewusst, was das Flüstern bedeutete, das sich erhob, es hätte ihm wie Sphärenmusik in den Ohren geklungen!

»Sieh doch, Jim, Tom, sieh doch! Er geht ja wahrhaftig hin und gibt ihm die Hand! Und er schüttelt sie. Weiß Gott, ich gäb drei Steinkugeln drum, wenn ich der Willy wäre!«

Der Vikar begann sich nun zu zeigen, rannte hierhin, dorthin, erteilte Befehle, Lob, Tadel, wie's gerade kam und wo er nur irgendwas anbringen konnte. Der Bücherausteiler zeigte sich in übermäßigem Wichtigtun und Amtseifer, indem er mit den Armen voller Bücher hin und her rannte. Die jungen Damen, welche die verschiedenen Klassen unterrichteten, wollten gleichfalls nicht zurückbleiben, süß lächelnd neigten sie sich über kleine Schülerinnen, die sie kurz zuvor gescholten, hoben lieblich drohende Fingerlein gegen schlimme, kleine Jungen und streichelten andre zärtlich und milde. Die jungen Herren, welche als Lehrer wirkten, zeigten sich in kleinen, ernsten Strafreden, die sie ihren betreffenden Klassen hielten, und anderen ähnlichen Beweisen ihrer Autorität. Dabei hatten fast alle jugendlichen Lehrer beiderlei Geschlechts ganz erstaunlich viel mit Bücherwechseln zu tun in der Nähe der Kanzel, irrten sich erstaunlich oft in dem, was sie holten, mussten wieder und wieder gehen, zwei-, dreimal, und schienen sich gewaltig darüber zu ärgern. Auch die kleinen Mädchen zeigten sich auf die verschiedenste Weise, und die kleinen Jungen zeigten sich in ihrer Art, indem sie sich heimlich schubsten und die Luft mit emporgeschleuderten Papierpropfen erfüllten.

Und über all dem thronte majestätisch der große Mann, ließ die Sonne seines Lächelns erstrahlen und wärmte sich an seiner eigenen Größe, denn er selbst – er zeigte sich erst recht. Eines nur fehlte, um des Herrn Vikars Glück vollständig zu machen in dieser erhabenen Stunde, und das war die Möglichkeit der Erteilung eines Bibelpreises. Einige Schüler konnten ein paar gelbe Zettel aufweisen, keiner aber hatte die genügende Zahl, wie er sich bei einem Umfragen unter den ersten »Gestirnen« leider überzeugen musste.

Da, im letzten Moment, als er schon jede Hoffnung fahren ließ, trat Tom Sawyer vor mit neun gelben, neun roten und zehn blauen Zetteln – trat vor und verlangte eine Bibel! Das war ein Blitzschlag aus heiterem Himmel! Der Herr Vikar hatte auf ein solches Ansinnen aus dieser Himmelsrichtung jede Hoffnung aufgegeben gehabt, für die nächsten zwanzig Jahre mindestens. Aber die unglaubliche Tatsache ließ sich nicht wegleugnen – hier stand Tom, und da waren die Zettel, und sie stimmten aufs Haar. Tom wurde also nach dem Ehrenplatze geleitet zu dem Kreisrichter und den anderen Auserlesenen und die erstaunliche Tatsache allen kund und zu wissen getan. Das wirkte nun förmlich versteinernd, war die außerordentliche Begebenheit des Jahrzehnts, und so nachhaltig und tief war der Eindruck derselben, dass er den neuen Helden noch beinahe über den alten erhob und die Schule nun zwei Wunder statt des einen zu bestaunen hatte. Die Jungen verzehrten sich in Neid, zumeist aber diejenigen, die sich nun zu spät klarmachten, dass sie selbst zu diesem verhassten Ruhme beigetragen, indem sie ihre Zettel an Tom verhandelten für die Reichtümer, die er durch zeitweilige Ablassung seiner Tünchungsprivilegien aufgerafft. Sie verachteten und verdammten sich selbst als überlistete Opfer eines schwarzen Betrügers, einer kriechenden, verräterischen Schlange.

Inzwischen wurde der Preis an Tom ausgeliefert mit so

viel Pomp, als der Vikar nur irgend bei der Gelegenheit anbringen konnte. Der volle, richtige Schwung aber schien doch dabei zu fehlen; ihm sagte der Instinkt, dass hier ein Geheimnis verborgen liege, welches das Licht nicht vertrage, ja es scheuen müsse. Es war einfach ein Ding der Unmöglichkeit, dass *dieser* Junge zweitausend Körner der Schriftweisheit in die Scheunen seines Geistes eingeheimst haben sollte, dieser Junge, dessen Fähigkeiten nicht hinreichend schienen, sich auch nur ein Dutzend solch köstlicher Früchte zu Eigen zu machen. Amy Lorenz war stolz und glücklich und bemühte sich, es Tom in ihren Augen sehen zu lassen, der aber wollte nicht hersehen. Sie verwunderte und grämte sich darüber; dann fasste sie Verdacht und passte auf; ein verstohlener Blick, den sie auffing, sagte ihr Welten und brach ihr armes Herz. Sie war eifersüchtig, zornig, Tränen kamen, sie hasste alle Welt, Tom aber zu allermeist, in ihrem Herzen.

Tom wurde dem Kreisrichter vorgestellt, aber die Zunge schien ihm wie gelähmt, sein Atem stockte, sein Herz klopfte zum Zerspringen, teils wegen der Furcht erregenden Größe des gewaltigen Mannes, hauptsächlich aber, weil er ihr Vater war. Er wäre gerne vor ihm niedergesunken, wenn's nur dunkel gewesen wäre. Der große Mann legte die Hand auf Toms Haupt, nannte ihn einen tüchtigen, kleinen Burschen und fragte ihn, wie er heiße. Der Junge stammelte, stotterte und stieß endlich hervor: »Tom.«

»Nun, doch nicht nur Tom, sondern –«

»Thomas.«

»So ist's recht, ich dachte mir wohl, es gehöre noch etwas dazu. Du hast aber doch wohl noch einen anderen Namen, denk ich, und den wirst du mir doch auch sagen, nicht?«

»Nenne dem Herrn deinen vollen Namen, Thomas«, mahnte der Vikar, »und sage auch ›mein Herr‹, oder ›Herr Kreisrichter‹, du musst doch wissen, was sich schickt!«

»Thomas Sawyer – Herr Kreisrichter!«

»So, so ist's recht, das nenn ich einen guten Jungen. Prächtiger Bursche! Wirklich prächtiger Kerl! Zweitausend Verse sind viel – sehr viel! Aber, mein Kleiner, du wirst es gewiss nie bereuen, dass du dir so viel Mühe drum gegeben. Wissen ist mehr wert als alles in der Welt, lernen und etwas wissen macht die großen und die guten Männer im Leben. Auch du wirst wohl einmal ein guter, vielleicht ein großer Mann, Thomas, und dann wirst du auf die Tage deiner Kindheit zurücksehen und sagen: Das alles verdanke ich den unbezahlbaren Wohltaten, die ich durch die Sonntagsschule genossen, verdanke es meinen guten Lehrern, die mich zum Lernen anhielten, dem Herrn Vikar, der mich anfeuerte, mich leitete, mir die schöne Bibel schenkte, eine wundervolle, fein gebundene Bibel, die ich behalten durfte und ganz für mich allein besitzen – alles, alles verdanke ich meiner guten, ausgezeichneten Erziehung. So wirst du sprechen, Thomas, und du ließest dir dann für kein Geld der Welt diese zweitausend Verse abkaufen – für kein Geld der Welt, niemals! Und jetzt wirst du gewiss dieser Dame und mir etwas mitteilen, was du weißt, was du gelernt hast, nicht wahr? Denn sieh, wir sind stolz auf kleine Jungen, die etwas wissen. Ohne Zweifel kannst du uns doch die Namen der Jünger des Herrn sagen? Du kennst sie gewiss alle zwölf. Sag uns einmal, wer waren die zwei ersten, die ihm nachfolgten?«

Tom hatte währenddessen immerzu an einem Knopf seiner Jacke herumgedreht und möglichst dumm und einfältig dazu ausgesehen. Jetzt wurde er glühend rot und bohrte die Augen beinahe in den Boden. Dem Vikar sank das Herz in die Stiefel. Er wusste, dass der Junge unmöglich die allereinfachste Frage beantworten konnte, warum auch musste der Herr Kreisrichter ihn fragen! Trotzdem fühlte er sich gedrungen, gleichsam ermunternd zu sagen:

»Antworte dem Herrn, Thomas – fürchte dich doch nicht!«

Tom tat nichts als rot und röter werden.

»Mir wirst du's doch sagen«, begann nun auch die Dame, »also die Namen der beiden ersten Jünger waren –«

»David und *Goliath!«*

Lasst uns den Schleier christlicher Barmherzigkeit über den Rest der Szene breiten. Auch was Tante Polly später zu der Bibel sagte und wie sie sich drüber freute, erwähnen wir besser nicht.

Fünftes Kapitel

Der Montagmorgen fand Tom sehr niedergeschlagen. Das war eigentlich an jedem Montagmorgen der Fall, denn damit begann ja eine neue Woche der Plage und des Leidens in der Schule. Gewöhnlich begrüßte er diesen Tag mit dem Wunsche, dass es lieber gar keine Feiertage geben möchte, denn das machte die nun wieder aufzunehmenden Ketten der Sklaverei nur umso drückender und fühlbarer.

Tom lag da und dachte nach. Plötzlich kam ihm die leuchtende Idee: Wenn er nun krank wäre, dann brauchte er doch nicht zur Schule. Das war die einzige Möglichkeit. Er untersuchte und prüfte sein ganzes Körpersystem. Nirgends fand sich auch nur das geringste Schadhafte. Von neuem prüfte er. Diesmal meinte er leise Anzeichen von kolikartigen Schmerzen zu verspüren, die er mit rasch aufkeimender Hoffnung liebend zu beobachten begann. Trotzdem verringerten sich dieselben aber bei näherer Betrachtung mehr und mehr und waren bald gänzlich verschwunden. Wieder überlegte Tom. Plötzlich entdeckte er etwas. Einer seiner oberen Zähne wackelte bedenklich. Er frohlockte. Schon begann er sich zu einem tiefen Stöhnen vorzubereiten, das er als Einleitung vorausschicken wollte, als ihm noch zur richtigen Zeit der Gedanke kam, dass, wenn er diesen Beweis von Krankheit ins Feld führe, die Tante ihm einfach den Zahn ausreißen würde, und das tat weh. Damit wollte er also nur im Notfall herausrücken und jetzt erst noch ein bisschen weiter herumdenken. Eine Weile war alles Sinnen umsonst, dann erinnerte er sich, wie der Doktor einmal von einem Manne erzählt hatte, dem irgendetwas, Tom wusste nicht mehr genau was, etwas wie kalter Brand oder dergleichen, bei einem schlimmen Finger hinzugetreten sei, dass derselbe zwei bis drei Wochen damit zu tun gehabt und schließlich beinahe den Finger verloren habe. Zum Glück war Tom imstande, eine schlimme Zehe aufzuweisen, die er sich vor ein paar Tagen einmal irgendwo verletzt hatte. Die zog er nun eiligst unter der Decke hervor, um sie aufs Eingehendste zu prüfen. Damit ließ sich was machen! Leider kannte er die nötigen Symptome nicht, über die er sich beklagen musste, aber probieren wollte er's doch auf jeden Fall, und so begann er denn laut und tief aufzustöhnen.

Sid aber schlief ruhig und sorglos weiter.

Tom stöhnte lauter und meinte auf einmal, wirklich Schmerz in der Zehe zu spüren.

Sid gab kein Zeichen.

Tom keuchte schon förmlich vor Anstrengung. Einen Moment sammelte er neue Kraft, hielt den Atem an und stieß dann eine ordentlich fortlaufende Tonleiter von wunderbar echtem Stöhnen aus.

Sid schnarchte weiter.

Nun wurde Tom ärgerlich. Er begann den hartnäckigen Schläfer zu rütteln und »Sid, Sid« zu rufen. Das wirkte besser, und nun begann das Stöhnen von neuem. Sid gähnte, streckte sich, stützte sich dann mit einem letzten Schnarcher auf seinen Ellbogen und starrte nach Tom hin. Tom stöhnte weiter. Endlich ruft Sid:

»Tom, so hör doch, Tom!«

Keine Antwort.

»Du, Tom, Tom, was ist los?«, und er rüttelte ihn und starrte ihm voll Angst ins Gesicht.

Tom stöhnte:

»Ach, Sid, lass los, du tust mir weh!«

»Herr Gott, was gibt's Tom? Ich muss die Tante rufen.«

»Nein, lass sein. Es wird schon vorübergehen. Ruf niemand.«

»Doch, natürlich, das muss ich. Stöhn doch nicht so, Tom, das ist ja schrecklich. Wie lang tut dir's denn schon weh?«

»Ach, stundenlang. Autsch, autsch! Sei doch still, Sid, und lass mich in Ruhe.«

»Warum hast du mich denn nicht früher geweckt? Herr Gott, Tom, hör auf, es macht einen ja elend, dich so stöhnen zu hören. Wo tut dir's denn weh?«

»Ich verzeih dir alles, Sid, was du mir je getan hast. (Stöhnen.) Alles, alles, Sid! Wenn ich tot bin –«

»Oh, Tom, du wirst doch nicht sterben? Sag nein, Tom, komm, sag nein. Vielleicht –«

»Ich vergebe allen Menschen, Sid. (Tiefes Stöhnen.) Sag's allen. Und, Sid, gib du die schöne gelbe Türklinke, die ich habe, und die einäugige Katze dem Mädchen, das neulich erst gekommen ist, und sag ihr –«

Aber Sid hatte schon seine Kleider aufgerafft und war verschwunden. Tom litt nun in Wahrheit, so lebhaft arbeitete seine Einbildungskraft, und sein Stöhnen fing an, erschreckend natürlich zu klingen.

Sid flog die Treppe hinunter und rief atemlos:

»Tante Polly, Tante Polly, komm schnell, Tom stirbt!«

»Stirbt?«

»Ja, ja, eil dich, frag nicht lang.«

»Dummheiten! Ich glaub's nicht.«

Trotzdem aber stürzte sie die Treppe hinauf, so schnell sie ihre alten Beine tragen wollten, und Mary hinter ihr her. Blass war auch sie geworden, und ihre Lippen zitterten. Am Bett angelangt, keuchte sie nur so:

»Tom, Tom, was gibt's, was ist los?«

»Ach, Tante, ich –«

»Was gibt's – was ist's, Kind, was fehlt dir?«

»Ach, Tante, ich – ich hab furchtbare Schmerzen da an meiner Zehe – ich hab – ja ich hab, glaub ich – den kalten Brand!«

Erleichtert aufseufzend sank jetzt die arme Tante auf einen Stuhl, lachte ein wenig, weinte ein wenig, tat dann beides zusammen, was sie wieder so weit herstellte, dass sie Worte fand:

»Tom, Bengel, wie hast du mich erschreckt! Jetzt hör aber auf mit dem Unsinn und mach, dass du aus dem Bett kommst. Es ist Zeit zum Aufstehen! Vorwärts – oder ich geb dir was, um deinen kalten Brand zu wärmen!«

Das Stöhnen hörte auf, und der Schmerz verschwand aus der Zehe. Kleinlaut und niedergedrückt ob des verunglückten Experiments meinte der Junge:

»Tante, wahrhaftig, ich glaubte, es müsse der kalte Brand sein, es tat so furchtbar weh, dass ich gar nicht mehr an meinen Zahn dachte.«

»An deinen Zahn? Was ist denn mit dem Zahn los?«

»Ach, der wackelt und tut gar schrecklich weh.«

»Na, na, nur nicht wieder stöhnen, ist ganz unnötig! Mund auf! Ja, der wackelt richtig, daran stirbst du aber noch lange nicht! Mary, gib mir einen Seidenfaden und hol ein Stück glühende Kohle aus der Küche!«

Eiligst rief Tom, der plötzlich ganz munter wurde:

»Bitte, bitte, Tantchen, zieh ihn mir nicht aus, er tut schon gar nicht mehr weh. Ei, ich will des Todes sein, wenn ich noch das Geringste spüre! Bitte, bitte, nicht, Tantchen, ich will ja doch wahrhaftig nicht zu Hause und von der Schule wegbleiben.«

»So, du willst nicht zu Hause bleiben, mein Junge, willst durchaus nicht, was? Also deshalb all der Lärm! Wärst wohl gern aus der Schule weggeblieben und dafür fischen gegangen, gelt? Na, ich kenn dich, Tom, durch und durch, mir machst du keine Flausen vor, du Bengel! Tom, Tom, und ich hab dich doch so lieb, und du – du denkst nur dran, wie du deiner alten Tante das Herz brechen kannst. Geh, schäm dich in deine schwarze Seele hinein!«

Mittlerweile waren die zahnärztlichen Instrumente zur Stelle geschafft worden. Ein Ende des Seidenfadens befestigte die Tante mit einer Schlinge an Toms Zahn, während sie das andere um den Bettpfosten schlang, sodass der Faden straff angespannt war. Dann ergriff sie mit einer Zange die glühende Kohle und fuhr damit geschwind auf Toms Gesicht los. Ein Ruck – und der Zahn hing baumelnd am Bettpfosten.

Wie aber jede überstandene Prüfung ihren Lohn in sich trägt, so auch diese. Als sich Tom später mit der neu erworbenen Zahnlücke auf der Straße zeigte, war er ein Gegenstand des Neides für alle Kameraden, denn keiner von ihnen war imstande, auf solch neue, noch nie da gewesene Weise auszuspucken, wie es nun Tom, durch die Lücke in der Zahnreihe, tat. Er zog ein ganzes Gefolge von Bewunderern hinter sich her, die sich für die Schaustellung interessierten, und ein anderer Junge, der bis dahin wegen eines verletzten Fingers der Mittelpunkt der Verehrung und Bewunderung gewesen, sah sich plötzlich all seines Ruhmes beraubt, er musste ohne Erbarmen dem neu aufstrahlenden Gestirne weichen und zurücktreten in den Schatten des Nichts. Sein Herz war ihm darob schwer, und eine Verachtung heuchelnd, die ihm fern lag, meinte er: Das sei auch was Rechtes, so auszuspucken wie Tom Sawyer. Da schallte ihm ein höhnendes: Saure Trauben, saure Trauben! entgegen, und beschämt schlich er zur Seite, ein entthronter Held.

Auf dem Weg zur Schule traf Tom den jugendlichen Paria des Ortes, Huckleberry Finn, den Sohn des bekanntesten Stadt-Trunkenboldes. Huckleberry war der Gegenstand des Abscheus und Hasses aller Mütter der Stadt, die ihn fürchteten wie die Pest, weil er faul und zuchtlos, roh und böse war, wie sie dachten, und weil – ihre eigenen Jungen ihn anstaunten und vergötterten, sich förmlich um seine verbotene Gesellschaft rissen und alles darum gegeben haben würden, wenn sie hätten sein dürfen wie er. Tom, wie alle die anderen »ordentlichen, anständigen Jungen«, beneidete Huckleberry um seine verlockende Existenz, und es war ihm streng untersagt worden, je mit dem »schlechten Kerl« zu spielen. Gerade darum tat er es denn auch gewissenhaft, wenn sich nur irgend Gelegenheit dazu fand – und tat es mit Wonne. Huckleberry steckte immer in alten, abgelegten Kleidern von Erwachsenen, deren Fetzen und Lumpen nur so um ihn herumhingen. Sein Hut war nur die Ruine einer vormaligen Kopfbedeckung, deren Rand zerfetzt auf die Schultern niederbaumelte. Sein Rock, wenn er überhaupt einen trug, hing ihm bis auf die Füße und zeigte die hinteren Knöpfe etwa in der Gegend der Kniekehlen. Nur ein Träger hielt seine Hosen an Ort und Stelle, Hosen, deren geräumige Sitzpartie zu leer war und sich nur zuweilen im Winde blähte, während die ausgefransten Enden im Schmutz nachschleiften, wenn sie nicht zufällig aufgekrempelt waren. Huckleberry kam und ging, wie es ihm beliebte. Bei schönem Wetter schlief er auf Treppenstufen oder sonst wo, bei schlechtem in leeren Fässern, alten Kisten oder wo er eben unterkriechen konnte, wählerisch war er keineswegs. Er brauchte nicht zur Schule, nicht zur Kirche, brauchte niemanden als Herrn anzuerkennen, brauchte keiner lebenden Seele zu gehorchen. Er konnte schwimmen und fischen gehen, wann und wo er wollte, konnte bleiben, solange es ihm behagte. Niemand verbot ihm, sich mit andern zu prügeln, und abends konnte er aufbleiben bis Mitternacht und länger, ihn zankte keiner. Er war der Erste, der barfuß lief im Frühling, und der Letzte, der im Herbst wieder in das lästige Leder kroch. Zu waschen brauchte er sich nie, zu kämmen auch nicht, noch frische Wäsche anzuziehen, und fluchen konnte er wie ein Alter, wundervoll. Mit einem Wort: Alles, alles, was das Leben schön und angenehm macht, besaß dieser beneidete Huckleberry im reichs-

ten Maße. So dachte und fühlte jeder Einzelne der armen, geplagten, »anständigen« Jungen in St. Petersburg. Tom rief natürlich diesen für ihn romantischsten aller Helden sofort an:

»Holla, Huckleberry!«

»Holla, du selber!«

»Was hast du da?«

»Tote Katze.«

»Zeig her, Huck. Herrgott, wie steif! Woher hast du's?«

»Gekauft von 'nem Jungen.«

»Was hast du dafür gegeben?«

»'ne Schweinsblase und 'nen blauen Zettel.«

»Woher war denn der blaue Zettel?«

»Von Ben Rogers, dem hab ich vor vierzehn Tagen 'ne prachtvolle Gerte dafür gegeben.«

»Zu was kann man denn tote Katzen brauchen, Huck?«

»Zu was? Ei, um Warzen zu vertreiben.«

»Nein! Wahrhaftig? Ich weiß noch was Besseres.«

»Du? Wird was recht's sein! Was denn?«

»Wasser aus faulem Holz!«

»Wasser aus faulem Holz? Ist den Kuckuck nix wert.«

»Nichts wert? Hast du's probiert?«

»Ich nicht, aber Bob Tanner.«

»Wer hat dir's gesagt?«

»Wer? Ei, er hat's dem Willy Thatcher gesagt und der dem Johnny Baker und der dem Jim Hollis und der dem Ben und der Ben 'nem alten Nigger und der mir. Da, nun weißt du's!«

»Na, und was weiter? 's ist ja doch nur gelogen! Die lügen alle miteinander, bis auf den Nigger, den kenn ich nicht. Aber ich kenn auch keinen Nigger, der nicht lügt, oder du? Jetzt aber erzähl, wie's der Bob Tanner gemacht hat mit den Warzen, Huck!«

»Na, der hat seine Hand in 'nen alten Baumstumpf gesteckt, in dem Regenwasser war.«

»Am Tag?«
»Natürlich.«
»Mit dem Gesicht nach dem Baum zu?«
»Gewiss, ich glaub wenigstens.«
»Hat er was dazu gesagt?«
»Was weiß ich? – Wahrscheinlich nicht!«
»Aha! Da haben wir's! Und dann will der Kerl Warzen mit faulem Wasser kurieren und stellt sich so an! Da kann's natürlich nichts nützen. Ich will dir sagen, wie man's macht. Erst geht man ganz mutterseelenallein mitten in den Wald, wo man einen alten Baumstumpf mit Wasser weiß, und dann, wenn's Mitternacht ist, stellt man sich mit dem Rücken nach dem Stumpf zu, tunkt die Hand ins Wasser und sagt:

Schreit die Eule, quakt der Frosch,
scheint der Mond darauf,
Faules Wasser, Zauberwasser,
zehr die Warzen auf!

Danach tritt man rasch mit geschlossenen Augen elf Schritt vor, dreht sich dreimal um sich selbst und geht heim, ohne mit jemandem ein Wort zu reden. Denn wenn man das tut, ist der Zauber gebrochen!«
»Na, das lässt sich hören, so aber hat's der Bob nicht gemacht, das weiß ich gewiss!«
»Ja, da hast du wahrlich Recht, denn der ist jetzt noch der warzigste Junge in der Schule, und wenn er sich mit dem faulen Wasser nicht dumm angestellt hätte, so brauchte er keine einzige mehr zu haben. Ich bin so schon über tausend Warzen los geworden, Huck. Ich greif so viele Frösche an, dass ich immer ein paar Dutzend Warzen an den Händen habe. Manchmal nehm ich auch eine Bohne.«

»Ja, Bohnen sind gut. Das hab ich schon selbst probiert.«

»Wirklich? Wie machst du's?«

»Ei, ich nehm die Bohne und schneid sie in zwei Stücke, ritz dann die Warze blutig und tröpfle das Blut auf das eine Stück der Bohne und vergrab das um Mitternacht bei Vollmond am Kreuzweg. Das andere Stück wird verbrannt. Jetzt zieht und zieht das blutige Stück und will das andere nachziehn, und das Blut zieht mit und zieht, bis die Warze fort ist. So mach ich's.«

»Und das ist auch ganz richtig, Huck, nur hilft's noch mehr, wenn du beim Vergraben sagst: ›Fort die Bohne, Warze fort, komm nicht mehr zum alten Ort.‹ Das ist ausgezeichnet, sag ich dir. So macht's Joe Harper, und der war schon beinahe in Cronville und fast überall. Aber das mit der toten Katze, das weiß ich nicht.«

»Na, das ist einfach. Du nimmst die tote Katze und gehst auf den Kirchhof, so um Mitternacht herum, auf das Grab von irgendeinem schlechten Kerl. Schlag zwölf kommt dann der Teufel, vielleicht auch zwei oder drei, man sieht sie nur nicht, und hören tut man nur so was wie Wind. Und wenn sie dann den Kerl mit sich fortnehmen, schmeißt man ihnen die Katze nach und ruft:

Will der Deubel sich versehn,
Muss die Katze noch dreingehn,
Warze fliegt auch hinterdrein,
Werd alle drei los dann sein!

Das vertreibt dir jede Warze noch vor der Geburt.«

»Klingt nicht übel. Hast du's mal probiert, Huck?«

»Nee, aber die alte Mutter Josephine hat's mir gesagt.«

»Na, die muss es wissen, das soll ja 'ne Hexe sein.«

»Soll sein! Ist's, Tom, ist's, das weiß ich genau. Die hat meinen Alten behext, das sagt der immer. Wie der einmal an ihr vorbeigegangen ist, hat er grad gesehen, wie sie ihn behext hat, und da hat er einen Stein genommen und den nach ihr geschmissen; wenn die sich nicht gebückt hätt, wär sie längst keine Hexe mehr. Na, und in derselbigen Nacht ist mein Alter von einer Mauer gefallen, auf der er gelegen hat und geschlafen, weil er betrunken war, und hat den Arm gebrochen.«

»Puh, das ist ja grässlich! Woran hat er denn gemerkt, dass sie ihn behext?«

»Woran? Ei, das weiß mein Alter ganz genau. Er sagt, wenn sie einen immerzu anstarren und was dazu brummen, dann behexen sie einen, besonders, wenn sie brummen und was vor sich hin murmeln. Dann sagen sie das Vaterunser rückwärts.«

»Sag mal, Huck, wann willst du denn das mit der Katze probieren?«

»Heute Nacht. Ich denk, da werden sie den alten Williams holen kommen.«

»Der ist aber schon am Sonnabend begraben worden, Huck, warum haben sie ihn da nicht schon in der Nacht geholt?«

»Na, du redst auch, wie du's verstehst! Sonnabendmitternacht ist doch schon Sonntag, und da hat kein Teufel mehr was zu suchen hier oben. Der wird sich schwer hüten, sich am Sonntag blicken zu lassen.«

»Daran hab ich freilich nicht gedacht. Wahrhaftig, so ist's. Darf ich mitgehen?«

»Meinethalben, wenn du dich nicht fürchtest.«

»Fürchten? Na, auch noch! Wirst du miauen vor unsrem Haus, wenn's Zeit ist?«

»Ja, wenn du mich nicht warten lässt. Das letzte Mal hab ich so lange miauen müssen, bis euer alter Nachbar mit Steinen nach mir warf und auf den Kater fluchte, der ihm keine leibliche Ruhe lasse. Zum Dank hab ich ihm 'nen Backstein durchs Fenster geschmissen, der wird an den Kater denken! Aber verrat du mich nicht.«

»Wo werd ich! Damals hab ich nicht kommen können, weil mir die Tante immer auf den Hacken saß. Heut aber komm ich, und wenn's Feuer und Pech regnet. – Was ist denn das, Huck?«

»Ach, nur 'ne Baumwanze.«

»Woher denn?«

»Aus dem Wald.«

»Was willst du dafür?«

»Ich – ich weiß nicht, ich geb's gar nicht her.«

»Gut. 's ist auch nur 'ne ganz lumpig kleine Wanze.«

»Na, das kann jeder sagen, der keine hat. Mir ist sie groß genug, mir ist sie lang gut.«

»Pah, ist auch was Rares! Ich könnt tausend haben, wenn ich nur wollte.«

»Na, warum willst du nicht? Gelt, du weißt warum, Alterchen! Die Baumwanze hier ist etwas Seltenes, denn 's ist noch früh für Baumwanzen. Wenigstens ist's die erste, die ich dieses Jahr sehe!«

»Hör du, Huck, ich geb dir meinen schönen Zahn dafür.«

»Zeig her.«

Tom zog ein Stückchen Papier hervor, das er sorgfältig aufrollte. Huck sah prüfend hinein. Die Versuchung war groß. Zuletzt fragte er:

»Ist der auch echt?«

Ohne jede weitere Beteuerung öffnete Tom den Mund, um die Lücke zu zeigen.

»Na, gut«, meinte Huck, »also abgemacht, schlag ein!«

Tom barg die Wanze vorsichtig in einer kleinen Schachtel, die ähnlichem Gewürm schon öfter zum Gefängnis gedient und immer für vorkommende Fälle in Toms Tasche bereit war. Huck sackte den Zahn ein, und beide Jungen trennten sich, jeder in dem erhebenden Bewusstsein, einen sehr guten Tausch gemacht zu haben.

Als Tom das kleine, einzeln gelegene Schulhaus erreichte, öffnete er hastig die Tür und eilte auf seinen Platz, als käme er eben mit größtmöglicher Geschwindigkeit direkt von zu Hause angestürzt. Geschäftig hing er seinen Hut an den Nagel, warf die Bücher auf den Tisch, sich selbst auf die Bank und machte Miene, sich Hals über Kopf in die Arbeit zu stürzen. Der Lehrer, der hoch oben hinter dem Katheder auf einem hochlehnigen Rohrsessel thronte und der bei der Stille, die das eifrige Summen der lernenden Kinder nur noch einschläfernder machte, ein klein wenig eingenickt war, erwachte von der Unterbrechung:

»Thomas Sawyer!«

Als Tom diesen seinen Namen in unverkürzter Schönheit an sein Ohr schlagen hörte, wusste er, dass es nichts Gutes bedeutete.

»Herr Lehrer!«

»Komm einmal hierher zu mir. Warum bist du wie gewöhnlich wieder zu spät dran?«

Eben wollte Tom irgendeine kleine Notlüge zu Hilfe nehmen, als er zwei lange, blonde Schwänze gewahrte, die an einem Rücken niederbaumelten, den er sofort mit dem elektrischen Instinkt der Liebe erkannte. Und neben jenem Rücken war der *einzige leere Platz,* bei den Mädchen drüben. Schnell gefasst, sagte er daher:

»Ich musste noch etwas mit Huckleberry Finn verabreden!«

Dem Lehrer stand der Atem still; hilflos, ungewiss starrte er den kecken Sünder an. Das Summen der Lernenden verstummte, die Kinder trauten ihren Ohren nicht ob dieser offenen Sprache, dachten, Tom müsse verrückt geworden sein. Endlich, nach atemloser Pause, fand der Lehrer Worte:

»Was – was hast du gesagt?«

»Musste noch etwas mit Huckleberry Finn verabreden«, wiederholte Tom sorglos.

Ein Missverständnis war hier nicht möglich.

»Thomas Sawyer, auf dieses ganz außerordentlich erstaunliche Bekenntnis kann nur die Rute antworten. Jacke herunter!«

Und nun tanzte des Lehrers Rute auf Toms Rücken, bis Hand und Arm fast lahm waren und die Rute sich in Wohlgefallen auflöste. Dann folgte der Befehl:

»Jetzt gehst du und setzt dich zur Strafe zu den Mädchen! Und lass dir das als Warnung dienen! Marsch!«

Das Kichern, welches nun das Zimmer durchlief, schien den Jungen sehr verlegen zu machen, in Wahrheit war es aber nur das Bewusstsein, erreicht zu haben, wonach er gestrebt, nämlich sich seiner Gottheit nahen zu dürfen. Standhaft wie ein Märtyrer hatte er die Prügel ertragen, die gleichsam die dunkle Pforte bildeten, durch die er nun zu seinem Paradiese eingehen sollte. Vorsichtig ließ er sich ganz am äußersten Ende der Bank nieder. Mit einem verächtlichen Zurückwerfen des Kopfes rückte das Mädchen so weit als möglich von ihm weg. Das Flüstern, Köpfezusammenstecken, Kichern und das bedeutungsvolle Anstarren des armen Sünders dauerten noch eine Weile fort, Tom aber schien keine Notiz davon zu nehmen. Still saß er da, hatte die Arme über den Tisch gelegt und sah mit großer Aufmerksamkeit in sein geöffnetes Buch. Allmählich hörte er auf, der Gegenstand der allgemeinen Beachtung und Heiterkeit zu sein, und wieder füllte das gewöhnliche Summen der Schule die sommerlich stille Luft. Jetzt begann Tom verstohlene Blicke nach seiner Göttin zu werfen. Sie bemerkte es, rümpfte das Näschen und wandte eine volle Minute lang den Kopf ab. Als sie verstohlen wieder nach ihrem Banknachbar hinblinzelte, lag ein Pfirsich vor ihr. Sie stieß ihn weg, Tom legte ihn sorgsam wieder vor sie; wieder stieß sie ihn fort, aber schon mit weniger Heftigkeit. Geduldig schob Tom ihn zurück, da ließ sie ihn liegen. Jetzt kritzelte Tom auf seine Tafel: »Bitte, behalt ihn – ich habe noch mehr.« Sie las die Worte, gab aber kein Zeichen von sich, weder zustimmend noch verneinend. Jetzt begann der Junge etwas auf seine Tafel zu zeichnen, das er mit der linken Hand vor ihren Blicken barg. Eine Weile lang schien sie sich gar nicht darum zu kümmern, bald aber begann sich menschliche Neugier in ihr zu regen, die sich in allerlei kaum bemerkbaren Zeichen kundgab. Tom zeichnete weiter, anscheinend ganz in sein Werk versunken. Das Mädchen suchte auf unverfängliche Art, sich einen Blick auf die Zeichnung zu verschaffen, der Junge aber verriet mit keiner Miene, dass er dies bemerkte. Endlich gab sie nach und flüsterte zögernd:

»Du, lass mich doch mal sehen!«

Tom enthüllte nun das traurige Zerrbild eines Hauses mit zwei windschiefen Giebeln, aus dessen Schornstein ein korkenzieherartiges Rauchwölkchen aufschwebte. Jetzt war des Mädchens ganzes Interesse wach, und alles darüber vergessend, folgte sie mit Eifer der Vollendung des Meisterwerks. Als es fertig war, bestaunte sie es einen Moment und flüsterte dann:

»Wundervoll – jetzt noch 'nen Mann!«

Der Künstler stellte einen Mann in den Vordergrund, lang wie ein Mastbaum; mit einem Schritt hätte er über das Haus wegsteigen können. Die Zuschauerin aber war nicht kritisch, ihr gefiel das Ungetüm, und sie wisperte:

»Der Mann ist prächtig – nun mach mich, wie ich daherkomme!«

Tom malte eine Art Acht mit einem kreisrunden Vollmond oben und vier dünnen Streifen als Arme und Beine. Die sich weit spreizenden Finger bedachte er mit einem ungeheuren Fächer. Das Original des Gemäldes fühlte sich geschmeichelt und meinte:

»Nein, wie nett – wenn ich doch zeichnen könnte!«

»Das ist leicht«, flüsterte Tom, »ich will dich's lehren!«

»Oh, willst du? Wann?«

»Am Mittag. Gehst du zum Essen heim?«

»Wenn du bleibst, bleib ich auch.«

»Gut, das ist also abgemacht. Wie heißt du?«

»Becky Thatcher. Und du? Ach, ich weiß, Thomas Sawyer.«

»So heiß ich nur, wenn ich Schelte oder Prügel krieg, sonst heiß ich Tom. Du rufst mich Tom, gelt?«

»Ja.«

Jetzt kritzelt Tom was auf die Tafel, mit der linken Hand das Geschriebene zuhaltend. Diesmal wollte sie's gleich sehen. Tom sagte:

»Oh, 's ist nichts.«

»Doch, doch.«

»Nein, 's ist nichts, es liegt dir gar nichts dran, ob du's siehst.«

»Doch, nein wirklich, bitte, lass mich sehen.«

»Du wirst's weitersagen.«

»Nein, nein und dreimal nein, gewiss und wahrhaftig nicht.«

»Wirst du's aber auch keinem Menschen sagen, solang du lebst?«

»Nie im Leben, niemand! Nun zeig aber auch.«

»Ach, dir liegt doch nichts dran!«

»Jetzt, wenn du so bist, Tom, da muss ich's sehen –«, und sie legte ihre kleine Hand auf die seine, worauf sich ein kleiner Kampf entspann. Tom schien im Ernst widerstreben zu wollen, zog aber seine Hand allmählich doch so weit zurück, dass die Worte sichtbar wurden: *»Ich liebe dich.«*

»Oh, du Abscheulicher!« Und sie gab ihm einen tüchtigen Klaps auf die Hand, wurde aber rot und schien gar nicht ungehalten.

Im selben Moment fühlte der Junge einen schicksalsschweren Griff an seinem Ohr, dazu einen unwiderstehlich nach oben ziehenden Drang, und ehe er wusste wie, befand er sich an seinem eigenen Platz unter dem Feuer gewaltiger Lachsalven der ganzen Schule. Unerbittlich, wie das Schicksal, starrte der Lehrer noch während einiger schrecklicher Momente auf ihn nieder, begab sich aber dann schließlich feierlich zurück nach seinem Thron, ohne ein Wort zu sagen. Und obgleich Toms Ohr brannte, triumphierte sein Herz.

Als der Sturm in der Schule sich wieder gelegt hatte, machte Tom den ernsten Versuch zu lernen, aber der Sturm in seinem Innern war zu gewaltig. Jetzt sollte er lesen, die Reihe war an ihm, er brachte aber vor Stammeln und Stottern keinen Satz zusammen; dann kam die Geographiestunde. Bei Tom wurden Seen zu Bergen, Berge zu Flüssen und Flüsse zu Inseln, bis das Chaos wieder über die Welt hereingebrochen zu sein schien. Beim Diktatschreiben, in dem er sonst einer der Besten war, stolperte er über die kinderleichtesten Wörter, hatte in einem Diktat von zehn Linien fünfzig Fehler und musste die bleierne Verdienstmedaille, die er bis dahin für diese seine erste und einzige Kunst mit so viel Stolz getragen, ohne alle Gnade einer würdigeren Brust überliefern.

Sechstes Kapitel

Je eifriger Tom sich bemühte, seine Gedanken fest auf das Buch zu heften, umso rastloser schweiften sie rings in der Weite herum. So gab er es denn zuletzt mit einem Seufzer und Gähnen auf. Ihm schien die erlösende Mittagsstunde heute niemals schlagen zu wollen. Die Luft draußen war vollständig regungslos, nicht der kleinste Hauch belebte die Stille. Es war der schläfrigste aller schläfrigen Tage. Das eintönige Gemurmel der fünfundzwanzig eifrig studierenden Schüler umspann die Seele mit demselben einschläfernden Zauber, der in dem Gesumm der Bienen liegt. Hoch oben am blauen Sommerhimmel schwebten zwei Vögel auf trägen Schwingen, sonst war draußen kein lebendes Wesen zu erblicken, außer einigen Kühen, welche schliefen.

Toms Herz sehnte sich nach Freiheit, oder doch wenigstens danach, irgendetwas von Interesse zu haben, das ihm die schreckliche Langeweile vertreiben helfe. Mechanisch wanderte seine Hand zur Tasche, und, siehe da, sein Antlitz erhellte ein Strahl dankbarer Rührung. Verstohlen kam die kleine Schachtel zum Vorschein, die Baumwanze wurde befreit und auf den langen schmalen Schultisch gesetzt. Die unvernünftige Kreatur erglühte in diesem Augenblick wohl gleichfalls in tiefster Dankbarkeit, doch diese Wonne kam verfrüht, denn kaum hatte sie sich jubelnden Herzens marschfertig gemacht, als das grausame Schicksal, in Gestalt einer Stecknadel in Toms Hand, ihrem Laufe eine andere Richtung gab.

Toms Busenfreund saß neben ihm, leidend, wie dieser soeben noch gelitten, und zeigte sich augenblicklich von tiefstem, dankbarstem Interesse erfüllt für die neue Unterhaltung. Dieser Busenfreund war Joe Harper. Die ganze Woche hindurch waren die beiden Jungen geschworene Freunde, der Sonnabend nur sah sie regelmäßig als Gegner auf dem Schlachtfeld. Joe zog sofort eine Stecknadel aus seinem Jackenfutter und begann, sich mit Lust und Liebe am Einexerzieren der gefangenen Wanze zu beteiligen. Von Minute zu Minute nahm die Sache an Interesse zu. Bald meinte Tom, dass sie sich gegenseitig nur hinderten und somit keiner den vollen Genuss an der Wanze haben könne. So nahm er denn Joes Tafel vor sich hin auf den Tisch und zog von oben bis unten eine Linie, genau durch die Mitte derselben.

»Jetzt«, sagte er, »pass auf! Solang die Wanze auf deiner Seite ist, darfst du sie treiben mit der Nadel, und ich lass sie in Ruhe. Brennt sie dir aber durch und kommt zu mir herüber, dann siehst du zu, so lang, bis sie mir wieder durchgeht. Hast du verstanden?«

»Schon gut, nur vorwärts«, trieb der ungeduldige Joe, »kitzle sie mal ein bisschen!«

Die Wanze entwischte Tom schleunigst und passierte die Linie, nun war die Reihe des Kitzelns an Joe, gleich danach hatte sie wiederum den Äquator gekreuzt. Dieser Wechsel wiederholte sich des Öfteren. Während nun der eine Junge die unglückselige Baumwanze mit der Nadel anspornte, in nimmer erlahmendem Eifer, schaute der andere in atemloser Spannung zu, die beiden Köpfe waren tief über die Tafel gebeugt, die beiden Seelen schienen der ganzen übrigen Welt wie abgestorben. Endlich wollte sich das launenhafte Glück für Joe entscheiden, an seine Fersen heften. Die Wanze versuchte, auf allen möglichen Wegen zu entwischen, und wurde bei der Jagd so lebhaft und erregt wie die Jungen selber. Aber wieder und wieder, gerade als sie den Sieg schon, sozusagen, in Händen hielt und Toms Finger juckten und zappelten vor Begier, in die Aktion eingreifen zu können, gerade im entscheidenden Moment lenkte Joes Nadel geschickt den Flüchtling nach seiner Seite zurück und wahrte sich den Besitz dieses köstlichen Guts. Endlich konnte es Tom nicht länger mehr aushalten, die Versuchung war zu groß. So streckte er denn die Hand aus und begann mit seiner Nadel nachzuhelfen. Da aber wurde Joe zornig und rief drohend:

»Tom, lass das bleiben!«

»Ich will dir ja nur ein bisschen helfen, Joe.«

»Ach was, helfen! Brauch dich nicht, lass bleiben, sag ich.«

»Kuckuck, noch einmal. Ich werd doch auch ein bisschen helfen dürfen!«

»Lass bleiben, sag ich dir!«

»Ich will aber nicht.«

»Du musst – die Wanze ist auf meiner Seite.«

»Hör mal zu, Joe Harper. Wem gehört die Wanze denn eigentlich, dir oder mir?«

»Das ist mir ganz einerlei. Eben ist sie auf meiner Seite der Linie, und du sollst sie nicht anrühren oder –«

»Na, wettest du, dass ich's tu? Die Wanze ist mein, und ich kann mit ihr machen, was ich will – hol mich der und jener! Her damit, sag ich!«

Ein saftiger Hieb sauste hernieder auf Toms Schulter, ein Zwillingsbruder desselben traf Joes Rücken; zwei Minuten lang waren die Jungen in eine Staubwolke gehüllt, die aus ihren Jacken aufwirbelte, zum ungeheuren Gaudium der ganzen Schule. Die beiden Sünder waren zu versunken gewesen in ihre Beschäftigung, um das verhängnisvolle Schweigen zu bemerken, das eingetreten war, als der Lehrer auf den Fußspitzen zu ihnen hinschlich und dann hinter ihnen stehen blieb. Er hatte eine hübsche Weile der seltenen Beschäftigung zugeschaut, ehe er sich erlaubte, seinen Teil zur Mehrung des Vergnügens beizutragen.

Als die Schule dann um Mittag aus war, flog Tom auf Becky Thatcher zu und wisperte ihr ins Ohr:

»Setz deinen Hut auf und tu, als ob du heim wolltest. Wenn du an der Ecke bist, lass die andern laufen und komm durchs Heckengässchen zurück. Ich mach's grad auch so.«

So ging also jedes der beiden mit einem andern Haufen Kinder ab, am Ende des Heckenpfads trafen sie einander, und als sie dann zusammen die Schule erreichten, hatten sie dieselbe ganz für sich allein. Sie setzten sich nebeneinander, nahmen eine Tafel vor, und Tom führte Beckys mit dem Griffel bewaffnete Hand sorgsam mit der seinen und schuf ein neues erstaunliches Wunder von Haus. Als das Interesse an der Kunst etwas zu erlahmen begann, machten sich die zwei ans Plaudern. Tom schwamm in einem Meer von Wonne. Jetzt fragte er:

»Magst du Ratten?«

»Puh, nein, ich kann sie nicht ausstehen.«

»Ich auch nicht – lebendige wenigstens. Aber tote, mein ich, die man an eine Schnur bindet und um seinen Kopf schwingt.«

»Nee, ich mach mir überhaupt nicht viel aus Ratten, so oder so. Was ich gern mag, ist Süßholz!«

»Das glaub ich. Wollt, ich hätt ein Stück!«

»Wirklich? Ich hab eins. Da, du kannst ein bisschen dran kauen, musst mir's aber dann wiedergeben, gelt?«

Das war nun eine wundervolle Beschäftigung. So kauten sie denn abwechselnd und baumelten dazu mit den Beinen gegen die Bank im Übermaß wonnigsten Behagens.

»Warst du schon einmal im Zirkus?«, fragte Tom.

»Ja, und ich darf wieder hin, hat Papa versprochen, wenn ich sehr brav bin.«

»Ich war schon drei- oder viermal – nee, noch viel, viel öfter dort. Die Kirche ist gar nichts dagegen! Im Zirkus ist immer was los. Wenn ich mal groß bin, werd ich Hanswurst!«

»Wahrhaftig? Das wird reizend! Die sind immer so wunderhübsch gefleckt, Hosen und Jacke und alles.«

»Das ist wahr. Und sie verdienen Haufen von Geld – beinahe 'nen Dollar am Tag, meint Ben Rogers. Sag mal, Becky, warst du schon mal verlobt?«

»Was ist denn das?«

»Na, verlobt – wenn man sich heiraten will.«

»Nein, nie.«

»Möchtest du's gern?«

»Vielleicht, ich weiß nicht. Wie ist's denn ungefähr?«

»Wie's ist? Ja, wie gar nichts eigentlich. Du brauchst nur 'nem Jungen zu sagen, du wolltest keinen andern haben als ihn, nie, nie und nimmer, dann gibst du ihm 'nen Kuss, und die Geschichte ist fertig. Das kann doch ein kleines Kind – nicht?«

»'nen Kuss? Warum denn den?«

»Ja, das muss man, weil – kurz, sie tun's eben alle, das gehört dazu.«

»Alle tun's?«

»Ja, alle, die ineinander verliebt sind. Weißt du noch, was ich dir auf die Tafel geschrieben habe?«

»J-ja.«

»Was denn?«

»Ich sag's nicht.«

»Soll ich's sagen?«

»J-ja – aber ein andermal.«

»Nein, jetzt.«

»Nein, nicht jetzt – morgen.«

»Ach nein, jetzt, bitte, bitte, Becky. Ich will's auch nur ganz, ganz leise sagen. Soll ich?«

Da Becky zögerte, nahm Tom ihr Schweigen für Zustimmung, schlang den Arm um sie, legte den Mund dicht an ihr Ohr und flüsterte ihr leise, leise die uralte Zauberformel zu. Dann fuhr er ermunternd fort:

»Jetzt bist du dran. Nun musst du's sagen – ganz dasselbe.«

Eine Weile widerstand sie und bat dann: »Du musst dein Gesicht dorthin drehen, dass du mich nicht sehen kannst, dann sag ich's. Du darfst's aber keinem, keinem Menschen wiedersagen, gelt Tom, das versprichst du, gelt?«

»Nie im Leben, Becky, gewiss und wahrhaftig. Na – denn los!«

Er wandte den Kopf ab, sie beugte sich schüchtern zu ihm, bis ihr Atem seine Wange streifte und seine Locken bewegte, und flüsterte: »Ich – liebe – dich.«

Dann sprang sie auf, rannte um Bänke und Tische, Tom immer hinterdrein, nahm zuletzt Zuflucht in einer Ecke des Zimmers und drückte ihr Gesichtchen fest in die weiße kleine Schürze. Tom schlang die Arme um ihren Hals und bat:

»Jetzt, Becky, ist's ja beinahe vorbei – nur noch der Kuss. Du brauchst dich doch davor nicht zu fürchten, das ist ja gar nichts. Bitte, Becky.«

Und er versuchte, Schürze und Hände vom kleinen Gesicht zu lösen.

Allmählich gab sie nach und ließ die Hände sinken. Das Gesichtchen, ganz rot und erhitzt von der Anstrengung, kam zum Vorschein und unterwarf sich der Prozedur. Tom küsste die roten Lippen und sagte:

»So, jetzt ist's geschehen, Becky. Und von jetzt an, weißt du, darfst du nur mich lieben und heiraten und gar, gar keinen andern, nie, niemals, in alle Ewigkeit nicht. Willst du?«

»Nein, ich will nie 'nen andern lieben, Tom, und nie 'nen andern heiraten als dich, aber du darfst's auch nicht tun, Tom, darfst auch nie 'ne andere heiraten wollen.«

»Gewiss! Natürlich, das gehört auch dazu. Und immer auf dem Weg zur Schule oder nach Hause musst du mit mir gehen, wenn's niemand sieht, und bei Gesellschaften wähl ich dich und du mich zum Spiel, denn so macht man's, wenn man verlobt ist.«

»Nein, wie hübsch! Davon hab ich noch gar nichts gewusst.«

»Ja, 's ist schrecklich lustig. Ei, ich und Amy Lorenz –« Beckys große, erschreckte Augen verrieten Tom sofort seinen Missgriff. Verwirrt hielt er ein.

»Oh, Tom. Ich bin also nicht die Erste, mit der du verlobt bist?« Ihre Tränen flossen. Tom tröstete:

»Wein nicht, Becky. Ich mach mir gar nichts mehr aus der.«

»Doch, Tom, doch – du weißt selbst, dass du dir noch was aus ihr machst …«

Tom versuchte, den Arm um ihren Hals zu legen, sie aber stieß ihn fort, wandte das Gesicht der Wand zu und schluchzte herzbrechend weiter. Tom versuchte es noch einmal mit sanft zuredenden Worten und wurde wieder zurückgewiesen. Nun regte sich sein Stolz, stumm schritt er der Tür zu und ging hinaus. Draußen drückte er sich eine Weile herum, rastlos und unbehaglich, von Zeit zu Zeit nach der Tür schielend, in der Hoffnung, sie würde bereuen und kommen, ihn zurückzuholen. Sie aber kam nicht. Nun wurde ihm schlecht zumute, und er begann zu fürchten, dass er selber im Unrecht sei. Es kostete ihn einen harten Kampf, noch einmal Annäherungsversuche zu machen, doch wappnete er sich schließlich mit Mannesmut und ging hinein. Dort stand Becky noch in ihrem Winkel und weinte, das Gesicht gegen die Wand gepresst. Toms Herz krampfte sich zusammen bei dem Anblick. Er trat zu ihr, im Moment ratlos, wie er die Verhandlungen einleiten sollte. Endlich stieß er zögernd hervor:

»Becky, ich – ich mag keine andre mehr sehen als dich.«

(Keine Antwort – nur erneutes Schluchzen.)

»Becky –« (bittend).

»Becky, willst du mir gar nichts sagen?«

(Heftiges Schluchzen.)

Tom grub in seinen Taschen und brachte endlich das Kleinod seines Herzens, den Messingknopf irgendeines alten Deckels, zum Vorschein, hielt ihr denselben vor, sodass sie ihn sehen konnte, und sagte in einladendem Tone:

»Bitte, Becky, nimm doch das da, sieh mal her!«

Sie aber schlug's unbesehen zu Boden. Nun wandte sich Tom wortlos, schritt aus dem Hause und suchte das Weite, um für diesen Tag nicht zur Schule zurückzukehren. Bald wurde es Becky klar, was sie verscherzt hatte. Sie rannte nach der Tür, auf den Hof, flog um die Ecke des Hauses – er war nicht mehr zu sehen. Nun erhob sie die Stimme:

»Tom, Tom, komm zurück, Tom!«

Atemlos lauschte sie, keine Antwort. Ihre einzigen Gefährten waren Schweigen und Einsamkeit. Wieder setzte sie sich, um zu weinen, und als dann die Schüler zu den Nachmittagsstunden herbeizuströmen begannen, musste sie ihre Trauer bergen, ihr gebrochenes Herz zur Ruhe bringen und das Kreuz eines langen, trübseligen, schmerzvollen Nachmittags auf sich nehmen, ohne unter diesen Fremden auch nur eine fühlende Brust zu haben, die ihren Schmerz hätte teilen können.

Siebtes Kapitel

Tom schlich sich fort auf Seitenpfaden bald zur Rechten und bald zur Linken, um dem Späherauge der zur Schule zurückpilgernden Kinder zu entgehen. Er setzte einige Male über einen kleinen Bach, da kreuzweises Überschreiten von Wasser ein gutes Mittel sein sollte, sich geplanter Verfolgung sicher zu entziehen. Eine halbe Stunde später sah man ihn oben hinter dem letzten hoch gelegenen Haus des Städtchens verschwinden, die Schule lag wie im Nebel weit hinter ihm. Nun kam er in einen dichten Wald, bahnte sich mühsam einen Weg recht ins Dickicht hinein und warf sich ins weiche Moos unter einer breitästigen Eiche nieder. Nicht ein Lüftchen regte sich, die brütende Mittagsglut hatte selbst den Gesang der Vöglein verstummen lassen. Die ganze Natur lag regungslos, wie in Verzückung, nur das gelegentliche, wie aus weiter Ferne ertönende Hämmern eines Spechtes unterbrach die lautlose Stille und schien die ringsum herrschende Einsamkeit nur noch lastender und fühlbarer zu machen. Des Knaben Seele badete sich gleichsam in Schwermut, seine Gefühle befanden sich im glücklichsten Einklang mit der Umgebung. Lange saß er so, die Ellbogen auf die Knie, das Gesicht in die Hände gestützt, und dachte nach. Ihm schien das Leben im besten Falle nur eine Last zu sein, und er beneidete beinahe den Jimmy Hodges, der kürzlich von dieser Last erlöst worden war. So friedlich und schön dachte er's sich, da unten zu liegen, zu schlummern und zu träumen für immer und immer, während der Wind in den Bäumen spielte und mit den Blumen und Gräsern koste, die auf dem Grabe standen. Da gab es dann nichts mehr, über das man sich zu quälen und zu grämen brauchte.

Wenn nur sein Sonntagsschulgewissen rein wäre, wie gerne würde er der ganzen Welt Valet sagen. Und was jenes Mädchen betraf – was hatte er eigentlich getan? Nichts. Er hatte es so gut gemeint wie nur einer in der Welt und war behandelt worden wie ein Hund – wie ein elender Hund. Sie würde es bereuen eines Tages – wenn es zu spät wäre vielleicht. Ach, wenn er nur sterben könnte, nur für *einige Zeit!*

Das elastische Herz der Jugend aber lässt sich nicht lange in ein und dieselbe Form zusammenpressen. Tom glitt alsbald wieder ganz unmerklich in die Interessen dieses Lebens zurück. Wie, wenn er allem den Rücken kehrte und geheimnisvoll verschwände? Oder wenn er davonwanderte, weit, weit, ewig weit fort, in ferne fremde Länder jenseits der See und niemals wiederkäme? Wie würde Becky zumute sein? Der Gedanke, ein Hanswurst zu werden, stieg auch wieder in ihm auf, aber er wies ihn mit Ekel von sich. Tollheit und Witze nebst gesprenkelten Trikots waren jetzt förmlich eine Beleidigung für seinen Geist, der sich in das nebelhafte, hehre Gebiet der Romantik aufgeschwungen hatte. Nein, ein Soldat wollte er werden und nach langen, langen Jahren wiederkehren, kriegsmüde, ruhmbedeckt. Oder, noch besser! Er wollte zu den Indianern gehen, Büffel jagen, den Kriegspfad beschreiten, in den wilden Bergen und unermesslich weiten Ebenen des »Fernen Westens«, und dann einmal in grauer Zukunft zurückkehren als großer Häuptling, starrend von Federn, scheußlich bemalt, und an einem schläfrigen Sommermorgen mit gellendem Kriegsgeheul, welches das Blut gerinnen machte, in die Sonntagsschule einbrechen, wo die Herzen und Augen seiner Kameraden ihn förmlich verzehren würden vor sengendem Neid. Halt, es gab noch etwas Größeres als selbst dieses! Ein Seeräuber wollte er werden! Das war's. Jetzt lag seine Zukunft klar vor ihm, strahlend in unsagbar blendendem Glanze. Wie würde sein Name die Welt erfüllen und alle Menschen schaudern und erbeben machen! Wie glorreich würde er auf seinem langen, niedrigen, kohlschwarzen Schnellsegler »Sturmesfittich« die wogenden Wellen der See durchfurchen, während die düstere Flagge vom Vordermast wehte, ein gefürchtetes Zeichen auf allen Meeren. Und, auf dem Gipfel seines Ruhmes angelangt, wie wollte er plötzlich im alten Städtchen erscheinen, in die Kirche treten, braun und verwittert, in seinem schwarzen Samtwams und der faltigen Pluderhose, seinen hohen Stulpstiefeln, der roten Schärpe und dem mit wallenden Federn besteckten Schlapphut, den Gürtel starrend von Reiterpistolen, das in blutigen Metzeleien eingerostete Schwert an der Seite; sodann wollte er die schwarze Flagge mit dem Totenschädel und den gekreuzten Gebeinen darauf entfalten und mit einem das Herz zum Zerbersten schwellenden Entzücken das Raunen und Flüstern hören: »Seht, das ist Tom Sawyer, der Pirat! Der schwarze Würger der spanischen Meere!«

Ja, nun war's entschieden, seine Laufbahn festgestellt. Er wollte von Hause weglaufen und dieselbe sofort antreten. Gleich am nächsten Morgen wollte er's tun! Drum musste er aber auch sofort an die Vorbereitungen gehen. Es galt zunächst, all seine Reichtümer zusammenzutragen. So ging er denn zu einem verfaulten Baumstamm in der Nähe und begann an einem Ende desselben mit seinem Messer den Boden aufzuwühlen. Bald kam er auf Holz, das hohl klang. Er legte die Hand darauf und sprach andächtig die Beschwörungsformel:

»Erscheine, was nicht hier,
Und was schon hier war, bleibe!«

Danach kratzte er die Erde vollends weg und legte eine fichtene Schindel bloß. Diese hob er empor, und nun zeigte sich eine schmucke, kleine Schatzkammer, deren Boden und Wände ebenfalls aus Schindeln bestanden. Eine *einzige* Glaskugel lag darinnen. Toms Erstaunen war grenzenlos. Verblüfft kratzte er sich am Kopf und sagte:

»Na, das übersteigt denn doch alles!«

Darauf schleuderte er die Kugel zornig von sich und überlegte die Sache, tief in Brüten versunken. Einer seiner festesten Glaubenssätze, die bis jetzt ihm und seinen Kameraden für unfehlbar gegolten, war soeben ins Wanken geraten. Wenn man eine solche Kugel vergrub, so hieß es, und die nötigen Formalitäten dabei streng befolgte, dann nach vierzehn Tagen an dem Platz wieder nachsah mit eben der Formel, die Tom gesprochen, so würde man alle Kugeln, die man jemals im Leben verloren, um die eingegrabene versammelt finden, einerlei, wie weit zerstreut sie gewesen. So lautete der Satz. Und nun war das Ding fehlgeschlagen, fraglos, zweifellos fehlgeschlagen. Toms ganzes Glaubensgebäude wankte in seinen Grundfesten. Immer nur hatte er von dem Erfolg, niemals von dem Missglücken dieses Verfahrens gehört. Er selbst hatte es schon einige Male probiert und nur keinen Erfolg gehabt, weil er nie das Versteck wieder auffinden konnte. Ratlos brütete er eine Zeit lang über der Sache und kam schließlich zu der Einsicht, dass irgendeine Hexe die Hand im Spiel gehabt und den Zauber gebrochen haben müsse. Davon wollte er sich nun überzeugen. So suchte er denn herum, bis er einen kleinen sandigen Fleck entdeckte, mit einer trichterförmigen Vertiefung in der Mitte. Er legte sich flach auf den Boden, hielt den Mund dicht an diese kleine Höhlung und rief:

»Faulpelzkäfer, Faulpelz du,
Sag mir, was du weißt, im Nu!«

Da begann es im Sande zu arbeiten, und gleich danach erschien auf einen Augenblick ein kleiner, schwarzer Käfer an der Oberfläche, der sich aber alsbald erschreckt wieder zurückzog.

»Haha! Der wagt's nicht, was zu sagen. 's war also richtig eine Hexe! Hab mir's doch gedacht!«

Da er die Fruchtlosigkeit eines Versuchs, es mit Hexen und Dämonen irgendwelcher Art aufnehmen zu wollen, kannte, so gab er dies sofort entmutigt auf. Dann fiel ihm ein, dass er doch wenigstens die Kugel nehmen sollte, die er weggeworfen im ersten Zorn, und er begab sich geduldig ans Suchen, konnte sie aber nicht finden. Nun ging er zur Schatzkammer zurück, stellte sich sorgfältig wieder gerade so hin, wie er zuvor gestanden, als er die Kugel weggeschleudert, nahm eine zweite Kugel aus der Tasche, warf diese nach derselben Richtung und sagte:

»Bruder, such den Bruder flink!«

Genau passte er auf, wo sie hinflog, ging dann hin und sah nach. Entweder war sie zu kurz oder zu weit geflogen, und zweimal musste er dasselbe Experiment wiederholen. Das letzte Mal war es von Erfolg begleitet. Die beiden Kugeln lagen nur einen Fuß weit voneinander entfernt.

Gerade im selben Moment ertönte von fern der schwache Klang einer Blechtrompete durch die grünen Bogengänge des Waldes. Im Nu hatte sich Tom seiner Jacke und Hosen entledigt, einen Hosenträger in einen Gürtel verwandelt, einen Haufen Gestrüpp hinter dem faulenden Holzstamm beiseite geschoben, sich eines Bogens samt Pfeilen, eines hölzernen Schwertes und einer Blechtrompete bemächtigt und stürzte nun davon, barfuß, in flatterndem Hemde. Bald darauf machte er Halt unter einer großen Ulme, stieß antwortend seinerseits ins Horn, begann dann, sich zu recken und kriegerisch nach allen Seiten auszuspähen. Vorsichtig mahnte er eine, nur im Geist vorhandene Schar von Getreuen:

»Haltet euch still, meine Tapferen! Versteckt euch, bis ich blase!«

Jetzt erschien Joe Harper auf der Bildfläche, ebenso lustig gekleidet und furchtbar gewappnet wie Tom. Dieser rief:

»Halt! Wer wagt es, den Sherwood-Forst zu betreten ohne meine Erlaubnis?«

»Guy von Guisborne bedarf keines Sterblichen Erlaubnis. Wer bist du, der du – der du –«

»Es wagst, eine solche Sprache zu führen«, fiel Tom schnell ein, denn sie sprachen nach dem Buch, aus dem Gedächtnis.

»Wer bist du, der du es wagst, eine solche Sprache zu führen?«

»Ich, fragst du, wer ich sei? Ich bin Robin Hood, was dein klapperndes Gebein alsbald erfahren soll.«

»Du wärest in der Tat jener berühmte Geächtete? Mit Freuden will ich mit dir um das Recht der Herrschaft in diesem fröhlichen Forst ringen. Sieh dich vor!«

Beide zogen ihre Lattenschwerter und ließen die andern Waffen zu Boden fallen, nahmen Fechterstellung ein, Fuß an Fuß, und begannen einen ernsten, regelrechten Kampf, zwei Hiebe oben, zwei unten. Alsbald rief Tom:

»So, wenn du's los hast, lass uns mal schneller reingehen!«

Und sie gingen schneller rein, bis sie keuchten und schwitzten vor Anstrengung. Nun brüllt Tom:

»Fall doch, fall, warum fällst du nicht?«

»Ich? Fall du selber. Du kriegst die dicksten Hiebe.«

»Darauf kommt's gar nicht an. Ich kann nicht fallen. So steht's nicht im Buch. Dort heißt's: ›Und mit einem gewaltigen Streiche von rückwärts fällte er den armen Guy von Guisborne!‹ Du musst dich also umdrehen, und ich hau dich von hinten nieder.«

Um diese Autorität war nun nicht herumzukommen, Joe drehte sich, erhielt seinen Streich und fiel.

»Jetzt aber«, rief Joe, der ebenso flink wieder emporschnellte, »ist die Reihe an mir, dich tot zu hauen. Los also, dreh dich um – was dem einen recht ist, ist dem andern billig. Nun, wird's bald?«

»Ja, aber, Joe, das kann ich doch nicht, so steht's ja gar nicht im Buch.«

»Na, das ist dann einfach eine Gemeinheit, weiter sag ich gar nichts.«

»Du, hör mal, Joe, du könntest ja der Bruder Tuck sein oder Much, der Müllerssohn, und mich mit einem Prügel für zeit meines Lebens lahm hauen. Oder, wart, ich weiß noch was Besseres. Du bist Robin Hood für ein Weilchen und ich der Sheriff von Nottingham, und du haust mich tot.«

Damit war nun Joe zufrieden, und so wurden denn beide Abenteuer mit der nötigen Feierlichkeit in Szene gesetzt. Dann verwandelte sich Tom wieder in Robin Hood, und Joe, der die verräterische Nonne vorstellte, ließ ihn sich an seiner Wunde zu Tode bluten. Zuletzt schleifte ihn der vielseitige Joe, der nun eine ganze Bande trauernder Räuber darstellte, nach vorn, legte Bogen und Pfeil in die zitternden Hände des Sterbenden, und dieser hauchte: »Wo dieser Pfeil niedersinken wird, da verscharret die Reste des armen Robin Hood unter den Bäumen des Waldes.« Der Pfeil entschwirrte der Sehne, Tom fiel zurück und würde gestorben sein, wenn er nicht zufällig in einen Nesselbusch gesunken und für eine Leiche etwas allzu lebhaft emporgesprungen wäre.

Darauf steckten sich die Jungen wieder in ihre Kleider, verbargen ihre Waffenausrüstung und zogen von dannen, in Trauer versunken darüber, dass das Zeitalter der Geächteten und Räuber entschwunden war. Vergeblich fragten sie sich, welche Errungenschaft moderner Gesittung wohl diesen Verlust aufzuwiegen vermöchte. Ihrem eigenen Gefühl nach wären die beiden weit lieber ein einziges kurzes Jahr lang Räuber, verfemte, geächtete Räuber im Sherwood-Forst, gewesen als Präsident der Vereinigten Staaten auf Lebenszeit.

Achtes Kapitel

Um halb zehn Uhr an jenem Abend wurden Tom und Sid wie gewöhnlich zu Bette geschickt. Sie sprachen ihr Gebet, und Sid war bald eingeschlafen. Tom lag wach und wartete in rastloser Ungeduld. Als er schon meinte, es müsse beinahe Morgen sein, schlug die Uhr zehn – es war rein zum Verzweifeln. Er würde sich im Bette herumgeworfen haben, unaufhörlich von einer Seite zur andern, wie es seine Nerven gebieterisch verlangten, hätte er nicht gefürchtet, Sid dadurch zu wecken. So lag er denn krampfhaft ruhig und starrte hinein in die Finsternis. Allmählich begannen sich in der beinahe greifbaren Stille kleine, kaum zu unterscheidende Geräusche bemerkbar zu machen. Erst drängte sich ihm der Laut der tickenden Uhr auf. Alte Balken krachten geheimnisvoll. Die Treppe knisterte leise. Augenscheinlich waren die Geister munter. Ein taktmäßiges, gedämpftes Schnarchen klang aus Tante Pollys Zimmer. Und jetzt begann auch noch einer Grille ermüdendes Zirpen, das mit Genauigkeit zu lokalisieren kein menschlicher Scharfsinn je imstande ist. Dann machte das unheimliche Ticken einer Totenuhr in der Wand, am Kopfende des Bettes, Tom zusammenschaudern – bedeutete es doch, dass jemands Tage gezählt seien. Nun erhob sich das klagende Geheul eines Hundes in die Nachtluft, dem leiseres Gewinsel aus der Ferne antwortete. Tom lag in reiner Todesangst da. Er war fest überzeugt, dass die Zeit aufgehört, die Ewigkeit begonnen habe. Trotz allen Bemühens, sich wach zu halten, begann er leise einzudämmern. Die Uhr schlug elf, er aber hörte es nicht mehr. Auf einmal tönte mitten in seine noch gestaltlosen Träume hinein das lang gezogene, schwermütige Miauen eines Katers. Das Öffnen eines benachbarten Fensters, der Ruf: »Verfluchtes Katzenpack!«, und das Zersplittern einer gegen die Mauer geschleuderten leeren Flasche ließen ihn entsetzt und urplötzlich wach in die Höhe fahren. Eine Sekunde später war er angezogen, zum Fenster hinaus und kroch auf allen vieren auf dem Dach des Vorbaus entlang. Dabei miaute er ein- oder zweimal mit großer Vorsicht, sprang dann auf das Dach des Holzschuppens und von dort zu Boden. Huckleberry Finn mit seiner toten Katze erwartete ihn. Die Jungen entfernten sich und verschwanden im Dunkel. Eine halbe Stunde später wateten sie durch das hohe Gras des Friedhofs.

Es war ein Friedhof nach der altmodischen Art des Westens und lag auf einem Hügel, etwa eine halbe Stunde vom Städtchen entfernt. Ihn umgrenzte ein wackeliger Bretterzaun, der sich abwechselnd bald nach innen, bald nach außen lehnte, nirgends aber gerade stand. Gras und Unkraut wucherten üppig über den ganzen Begräbnisplatz hin. Die alten Gräber waren sämtlich eingesunken. Kein Grabstein war zu erblicken. Wurmstichige Bretter schwankten stattdessen lose und schief auf den verfallenen Hügeln, schienen nach einer Stütze zu suchen und keine zu finden. »Zum Gedächtnis an – so und so« war einst auf ihnen zu lesen gewesen, jetzt aber war's nicht mehr zu entziffern, auf den meisten wenigstens nicht, selbst im hellsten Tageslicht.

Ein schwacher Windzug ächzte in den Bäumen; Tom war's, als müsste es das Seufzen der Toten sein, die sich über die Störung beklagten. Die Jungen sprachen nur wenig und nur im Flüsterton, denn Zeit und Ort sowie das feierliche, tiefe Schweigen versetzten sie in gedrückte Stimmung. Bald fanden sie den frisch aufgeworfenen Haufen, den sie suchten, und verschanzten sich in dem Schutze von drei großen Ulmen, die in einer dichten Gruppe, wenige Fuß vom Grabe entfernt, wuchsen.

Dort warteten sie schweigend eine Zeit lang, die ihnen eine Ewigkeit schien. Das Geschrei einer fernen Eule war alles, was die Totenstille unterbrach. Toms Gedanken wurden niederdrückend, er musste ein Gespräch erzwingen um jeden Preis. So flüsterte er denn:

»Huckchen, meinst du, dass die toten Leute da drunten etwas dagegen haben, dass wir hier sind?«

Worauf Huckleberry zurückflüsterte:

»Möcht's selber wissen. Aber gelt, 's ist furchtbar feierlich, nicht?«

»Weiß Gott, das ist's – uff!«

Lange Pause, während die Jungen noch einmal innerlich der Sache nachgrübelten. Wieder wisperte Tom:

»Du, Huckchen, glaubst du, dass der alte Williams uns hören kann?«

»Natürlich kann er, wenigstens sein Geist.«

Tom, nach einer Pause:

»Hätt ich doch *Herr* Williams gesagt! Ich hab's aber nicht bös gemeint. Jedermann nennt ihn doch den alten Williams.«

»Ja, man kann nicht vorsichtig genug sein in dem, was man über die Leute da drunten sagt, Tom.«

Dies war ein warnender Dämpfer, und das Gespräch erstarb von neuem. Plötzlich ergriff Tom den Arm seines Kameraden:

»Scht!«

»Was gibt's, Tom?« Und die zwei umklammerten sich gegenseitig, atemlos, wild pochenden Herzens.

»Seht! Da ist's wieder. Hast du denn nichts gehört?«

»Ich –«

»Da, noch einmal! Jetzt musst du's doch hören!«

»Herrgott, Tom, da kommen sie! Gewiss und wahrhaftig, da kommen die Teufel! Was sollen wir anfangen?«

»Ich weiß nicht. Ob sie uns sehen?«

»Oh, Tom, Tom, die sehen im Dunkeln, grad wie die Katzen. Ach, wär ich doch nicht hierher gegangen.«

»Na, alter Waschlappen, fürcht dich doch nicht so! Ich glaub nicht, dass die sich viel um uns kümmern. Wir tun ja niemand nichts Böses. Wenn wir uns ganz mucksmäuschenstill verhalten, merken sie vielleicht gar nicht, dass wir da sind.«

»Ich will mich ja nicht fürchten, Tom, aber ich – ich – ach Gott, ich klapper nur so in meiner Haut.«

»Horch doch!« Die Jungen steckten die Köpfe zusammen und atmeten kaum. Ein unterdrücktes Geräusch wie von Stimmen ertönte vom andern Ende des Friedhofs.

»Sieh, sieh dort!«, hauchte Tom. »Was ist das?«

»'s ist Hexenfeuer. Ach Tom, das ist grausig.«

Einige undeutlich nebelhafte Gestalten näherten sich in dem Dunkel. Sie schwangen eine altmodische Blechlaterne, die den Boden mit unzähligen kleinen Lichtfleckchen besäte. Alsbald flüstert Huck schaudernd: »Da, das sind die Teufel, gewiss und wahrhaftig! Und gleich drei auf einmal! Herrgott, Tom, wir sind hin! Kannst du beten?«

»Ich will's mal probieren. Aber fürcht du dich doch nicht so, die tun uns sicher nichts. Wart, ich bet! Müde bin ich, geh zur Ruh, schließ die beiden Augen zu, Vater –«

»Scht!«

»Was gibt's, Huck?«

»'s sind Menschen! Einer davon mal gewiss! Die eine Stimme kenn ich, die gehört dem alten Muff Potter.«

»Nee, wahrhaftig?«

»Na, ich wett meine Seele. Rühr du dich aber nicht, der merkt nichts von uns. Ist natürlich wieder voll, wie gewöhnlich – verflixter alter Saufaus!«

»Schon gut, ich muckse mich nicht. Da, sie bleiben stehen, können's nicht finden. Jetzt geht's wieder vorwärts – es wird heiß* – kalt – ganz kalt – jetzt lau – da warm – puh, nun wird's aber heiß – heißer, glühend! Seht – da sind sie! Huck, ich kenn noch einen, 's ist der Indianer-Joe.«

»Der mörderische Lump! Teufel wären mir fast lieber! Auf was die wohl aus sind?«

Letztere Worte waren bloß noch gehaucht, denn die drei Männer hatten nun das Grab erreicht und standen kaum ein paar Fuß von dem Versteck der Jungen entfernt.

»Hier ist's!«, sagte die dritte Stimme; der, welcher gesprochen hatte, hielt die Laterne in die Höhe und zeigte im Strahl des Lichtes das Antlitz des jungen Doktors Robinson.

Potter und der Indianer-Joe schleppten eine Trage mit einem Seil und ein paar Schaufeln drauf. Sie setzten ihre Last nieder und begannen das Grab zu öffnen. Der Doktor stellte die Laterne zu Häupten desselben, ging und setzte sich, mit dem Rücken gegen einen der Ulmenbäume gelehnt. Er war so dicht bei den Jungen, dass diese ihn hätten berühren können.

»Eilt euch, Leute!«, sagte er mit leiser Stimme. »Der Mond kann jeden Augenblick herauskommen.«

Die brummten eine Antwort und fuhren fort zu graben. Eine Zeit lang hörte man kein anderes Geräusch als das Knirschen der sich ihrer Last von Erde und Sand entladenden Schaufeln. Es klang unsäglich eintönig. Endlich stieß ein Spaten mit dumpfem, hohlem Laut auf den Sarg, und in der nächsten Minute hatten die Männer diesen empor an die Oberfläche gehoben. Sie brachen den Deckel mit ihren Schaufeln auf, rissen den Leichnam heraus und warfen ihn roh zur Erde. Eben trat der Mond hinter den Wolken vor und beleuchtete das starre, weiße Antlitz. Die Trage wurde herbeigebracht, die Leiche darauf gelegt, mit einer Decke verhüllt und mit dem Seile festgebunden. Potter holte ein

---

* Dem Leser ist wohl das Spiel »kalt oder warm« bekannt. Der Übers.

großes Klappmesser aus der Tasche, schnitt das niederhängende Ende des Seiles ab und sagte:

»Jetzt ist das verfluchte Ding abgetan, Knochenjäger, jetzt rückst du mit noch 'nem Fünfer heraus, oder die Bescherung bleibt hier.«

»Recht gesprochen, beim Schinder!«, bekräftigte der Indianer-Joe mit einem Fluch.

»Hört mal, Leute, was soll das heißen?«, sagte der Doktor. »Ihr habt Vorausbezahlung verlangt und sie auch gekriegt, und damit basta!«

»Jawohl, basta«, zischte der Indianer-Joe und sprang auf den Doktor zu, der nun aufrecht stand. »Wir zwei sind noch lang nicht fertig, dass du's nur weißt. Vor fünf Jahren jagtest du mich wie einen Hund von der Tür deines Vaters weg, als ich um etwas zu essen bat; der Kerl ist wegen ganz was andrem da, hieß es. Als ich dann sagte, das solltest du mir ausfressen, und wenn's erst nach hundert Jahren wäre, da ließ mich der Herr Vater als Strolch einsperren. Meinst du, das hätt ich vergessen? Ich hab nicht umsonst Indianerblut in mir. Jetzt hab ich dich, und jetzt kommt die Abrechnung, merk dir's!«

Er fuchtelte dem Doktor dabei mit der geballten Faust unter der Nase herum. Dieser schlug plötzlich aus und streckte den Schurken zu Boden. Da ließ Potter sein Messer fallen und rief:

»Was da! Ich lass meinen Kameraden nicht hauen.« Im nächsten Moment hatte er den Doktor umklammert, und die beiden rangen mit Macht und Gewalt, Gras und Boden dabei wild zerstampfend. Der Indianer-Joe sprang auf die Füße, seine Augen glühten und flammten vor Wut, er hob Potters Messer vom Boden auf und umkreiste unheimlich, katzenartig die Ringenden, nach einer Gelegenheit spähend. Plötzlich gelang es dem Doktor, seinen Gegner abzuschütteln. Mit einem Griff riss er das schwere, breite Brett, das auf Williams Grabe gestanden, an sich und schlug Potter damit zu Boden. Im selben Moment aber hatte auch der Indianer-Joe die günstige Gelegenheit ersehen; bis zum Heft stieß er das Messer in des jungen Mannes Brust. Der wankte und fiel teilweise auf Potter, den er mit seinem Blut überströmte – da verkroch sich der Mond hinter Wolken und entzog das grässliche Schauspiel den Augen der entsetzten Knaben, die in dem Dunkel sich eiligst davonmachten.

Als der Mond wieder hervortrat, stand der Indianer-Joe vor den beiden hingestreckten Gestalten und betrachtete sie. Der Doktor murmelte etwas Unverständliches, holte einmal tief Atem und – war still. Der Mörder brummte:

»Jetzt ist's abgerechnet – fahr zur Hölle!«

Dann beraubte er die Leiche, wonach er das verhängnisvolle Messer in Potters geöffnete rechte Hand steckte, sich selbst aber auf den zertrümmerten Sarg setzte. Drei – vier – fünf Minuten verflossen, da begann Potter zu stöhnen und sich zu bewegen. Seine Hand umschloss das Messer, er hob's empor, warf einen Blick drauf und ließ es mit einem Schauder fallen. Dann richtete er sich auf, schob den toten Körper zurück, starrte drauf nieder und dann verwirrt in die Runde. Seine Augen begegneten denen Joes.

»Herrgott, wie kam's denn, Joe?«, fragte er.

»Ja, das ist 'ne faule Sache, Potter«, versetzte dieser. »Dass du aber auch gleich so drauflosgehen musst!«

»Ich? Ich hab's doch nicht getan!«

»Hör mal, du, das Geschwätz wäscht dich noch lang nicht weiß.«

Potter zitterte und wurde leichenblass.

»Hab ich doch gemeint, ich wär nüchtern gewesen, was hab ich auch am Abend so trinken müssen, ich alter Esel. Ich hab's noch im Kopf, das spür ich – schlimmer als im Anfang, wie wir kamen. Ich bin rein wie im Dusel – kann mich auf nichts besinnen. Sag doch, Joe – aber ehrlich, alter Kerl – hab ich's wirklich getan, Joe? Ich hab's ja gewiss und wahrhaftig nicht gewollt, auf Ehr und Seligkeit, ich hab's nicht tun wollen, Joe. Wie ist's denn eigentlich gewesen, Joe? Ach, 's ist grässlich – und er so jung und hochbegabt!«

»Na, ihr beiden balgtet euch, und er hieb dir eins mit dem Brett dort über, und du fielst um wie ein Sack. Dann rappeltest du dich wieder auf, ganz taumelig und wackelig, griffst nach dem Messer und bohrtest es ihm in die Rippen, gerade als er dir einen zweiten gewaltigen Klapps mit dem Dings da versetzte. Seitdem lagst du da wie ein Klotz und hast dich nicht gerührt.«

»Oh, ich hab nicht gewusst, was ich tue. Will auf der Stelle tot hinfallen, wenn ich's gewusst hab. Daran sind nur der verdammte Branntwein und die Aufregung schuld. Nie im Leben hab ich's Messer gezogen, Joe. Gerauft hab ich, aber nie gestochen. Das kannst du von jedem hören. Joe, verrat mich nicht! Sag's, dass du mich nicht verraten willst, Joe, bist auch 'n guter Kerl. Ich hab dich immer gern gehabt, Joe, und hab dir's Wort geredet. Weißt du's nicht mehr? Gelt, du sagst nichts, Joe?« Und der arme, geängstigte Kerl warf sich auf die Knie vor dem vertierten Mörder und faltete flehend die Hände.

»'s ist wahr, du hast immer zu mir gehalten, Muff Potter, und das will ich dir jetzt gedenken. – Das nenn ich doch wie 'n ehrlicher Kerl gesprochen, was?«

»Oh, Joe, du bist ein Engel. Ich will dich segnen, solange ich lebe.«

Und Potter begann zu weinen.

»Na, komm, lass gut sein. Jetzt ist keine Zeit zum Heulen und Greinen. Mach dich fort, dort hinaus, ich geh den Weg. Flink, los – und dass du mir keine Spuren zurücklässt!«

Potter schlug einen gelinden Trab an, der bald in ein Rennen ausartete. Sein Geselle sah ihm nach und murmelte:

»Wenn er so benebelt ist vom Schnaps und vom Hieb, wie er aussieht, so wird er nicht mehr an das Messer denken, bis er so weit weg ist, dass er sich fürchtet, allein hierher zurückzukommen – der Hasenfuß!«

Zwei oder drei Minuten später sah nur noch der Mond nieder auf den Ermordeten, auf die verhüllte Leiche, den deckellosen Sarg und das offene Grab. Lautlose Stille herrschte aufs Neue.

Neuntes Kapitel

Die beiden Jungen flohen keuchend, sprachlos vor Entsetzen, dem Städtchen zu. Von Zeit zu Zeit warfen sie angstvolle Blicke über die Schultern zurück, als ob sie fürchteten, man könne sie verfolgen. Jeder Baumstumpf, der sich am Wege erhob, schien ein Mensch und ein Feind, dessen Anblick ihnen beinahe den Atem raubte. Als sie an einigen frei gelegenen Häusern vorüberjagten, schien das Bellen der aufgestörten Hofhunde ihren Sohlen Flügel zu verleihen.

»Wenn wir nur die alte Gerberei erreichen, ehe wir zusammenbrechen«, keuchte Tom stoßweise zwischen dem mühsamen Atemholen hervor. »Ich kann kaum mehr länger!«

Hucks Keuchen war seine einzige Antwort; die Jungen hefteten die Augen fest auf ihr ersehntes Ziel und strebten mit aller Macht, es zu erreichen. Es rückte näher und näher, endlich stürzten sie, Schulter an Schulter, durch die offene Tür und fielen atemlos in den schützenden Raum. Nach und nach mäßigten die jagenden Pulse ihr Tempo, und Tom flüsterte:

»Huckleberry, was denkst du, dass daraus werden wird?«

»Wenn der Doktor stirbt, wird einer baumeln.«

»Glaubst du?«

»Glauben? Das ist sicher!«

Tom dachte eine Weile nach, dann sagte er:

»Wer soll's denn sagen? – Wir?«

»Unsinn! Wenn was dazwischenkommt und der Indianer-Joe doch nicht baumeln muss, der würd uns schön an den Kragen gehen, so gewiss ich hier lieg.«

»Das hab ich eben auch gedacht, Huck.«

»Wenn's einer sagen muss, so kann's ja der Muff Potter tun, dumm genug ist er dazu. Beduselt ist er auch meistens.«

Tom sagte nichts – dachte weiter. Bald darauf flüsterte er:

»Huck, Muff Potter weiß ja von nichts. Wie kann der's sagen?«

»Warum weiß er von nichts?«

»Der hatte ja gerade den Hieb abgekriegt, als der andre zustach. Glaubst du, dass der noch etwas gesehen haben kann, dass er noch etwas weiß?«

»Allerdings mein ich das, Tom!«

»Hör du, der Hieb hat ihm am Ende auch noch den Rest gegeben!«

»Das glaub ich nicht, Tom. Der hatte Branntwein im Kopf, ich hab's gesehen. Wenn mein Alter voll ist, dürft man ihm ohne Schaden mit 'nem Kirchturm über den Kopf hauen, er würd's nicht spüren. Das sagt er selber. Grad so ist's mit Muff Potter natürlich. Wenn einer nüchtern wäre, könnte er freilich am Ende mit so 'nem Klaps genug haben.«

Nach einer anderen gedankenvollen Pause fragte Tom:

»Huckchen, bist du sicher, dass du deinen Mund halten kannst?«

»'s bleibt uns einfach gar nichts andres übrig, Tom. Das siehst du doch selbst. Der Teufel von Indianerbrut schmisse uns ins Wasser wie ein paar Katzen, wenn wir nur davon mucksen wollten und er nicht richtig drauf gehenkt würde. Hör mal zu, Tom, wir müssen's uns gegenseitig zuschwören, das müssen wir tun, schwören, dass wir nichts ausplappern!«

»Ist mir recht, Huck. 's wird wohl das Beste sein. Heb die Hand auf und schwör –«

»Nee, Tom, so leicht geht das nicht! Das ist freilich gut genug für kleine, lumpige Sachen – besonders, wenn man was mit Mädchen hat, die dummen Dinger verklatschen einen doch immer, wenn sie mal in der Patsche sitzen – bei so was

Großem aber, wie das, muss was Schriftliches dabei sein – und Blut!«

Tom war mit Leib und Seele bei dieser Idee. Sie war tief, düster, unheimlich – mit der Zeit, dem Ort, den Umständen im Einklang. Er hob eine reine Holzschindel auf, die dort im Mondlicht lag, nahm ein Endchen Rotstift aus der Tasche, setzte sich so, dass der Mond die Schindel beleuchtete, und kritzelte darauf folgende Zeilen, jeden Grundstrich mit einem krampfhaften Druck der Zunge gegen die Zähne betonend, der bei den Haarstrichen mechanisch nachließ:

»Huck Finn und Tom Sawyer, die schwören, dass sie hierüber den Mund halden wollen und wollen auf der stelle tot umfallen, wann sie's jehmals ausblautern.«

Huckleberry war voll Staunen und Bewunderung ob Toms Gewandtheit im Schreiben und der Erhabenheit seines Stils. Flink zog er eine Stecknadel aus seinem Jackenfutter und wollte sich eben sein Fleisch ritzen, als Tom rief:

»Wart, tu's nicht. So 'ne Nadel ist von Messing, und da könnt Grünspan dran sein.«

»Grünspan? Was ist das für 'n Span?«

»Gift ist's – weiter nichts. Schluck's nur mal runter, wirst schon sehen!«

Tom langte dann eine von seinen Nähnadeln vor, wickelte den Faden ab, und jeder der Jungen stach sich damit in den Ballen der Hand und quetschte einen Tropfen Blut hervor.

Mit Geduld, nach oftmaligem Quetschen, brachte denn auch Tom seine Initialen zustande, wozu er die Spitze des kleinen Fingers als Feder gebrauchte. Dann zeigte er Huckleberry, wie dieser ein H und ein F zu machen habe, und der Eidschwur war gültig. Sie vergruben die Schindel dicht an der Mauer, unter Anwendung von allerlei unheimlichen Zeremonien und Zauberformeln, und die Fesseln, die ihre Zungen banden, wurden als fest geschlossen, der Schlüssel dazu als weggeworfen betrachtet.

Eine Gestalt schob sich in dem Moment verstohlen durch eine Lücke am andern Ende des verfallenen Gebäudes, die Jungen aber bemerkten sie nicht.

»Tom«, flüsterte Huckleberry, »werden wir nun niemals nichts von der Geschichte sagen können, niemals?«

»Natürlich nicht. Was auch kommen mag, wir müssen den Mund halten. Sonst fielen wir ja gleich tot um, hast du das schon vergessen?«

»Nee – aber – ja, du hast Recht.«

Eine Zeit lang flüsterten sie noch leise zusammen. Plötzlich schlug ein Hund ein lang gezogenes, unheimliches Geheul an, dicht vor ihrem Schlupfwinkel, vielleicht zehn Schritte von ihnen entfernt. Die Jungen umklammerten einander in Todesangst. Ihr Aberglaube hatte wieder die Oberhand.

»Wen von uns meint er wohl?«, ächzte Huckleberry.

»Weiß ich's? – Guck durch den Ritz, schnell!«

»Guck du, Tom!«

»Ich kann nicht – kann's nicht, Huck!«

»Bitte, Tom, bitte! Da – da ist's wieder!«

»Ach, Gottchen, wie dank ich dir«, flüsterte Tom. »Ich kenn die Stimme, 's ist Harbisons Tyras seine.«

»Das ist 'n Glück, Tom, ich sag dir, ich war halb tot vor Schreck; dacht schon, 's sei ein fremder Hund.«

Wieder heulte der Hund. Den Jungen sank das Herz abermals bis in die unterste Zehenspitze.

»Ach, du mein alles«, stöhnte Huck, »das ist nicht Harbisons Tyras. Guck doch mal, Tom.«

Tom gab nach, obgleich er mit den Zähnen klapperte vor Furcht, und legte sein Auge an die Ritze. Sein Flüstern war kaum verständlich, als er zurückfuhr mit einem:

»Huck, 's ist *ein fremder Hund!*«

»Schnell, schnell, Tom, wen meint er von uns?«

»Er muss uns beide meinen – wir stehen dicht zusammen.«

»Tom, dann sind wir hin, ich sag dir's. Wo ich hinkommen werde, für meinen Teil, weiß ich nur zu gut. Ich bin so oft gottlos gewesen.«

»Ach, Huck, das kommt davon, wenn man die Schule schwänzt und immer tut, was verboten ist. Ich hätt grad so gut und brav sein können wie Sid – aber natürlich, das passt mir nicht. Wenn ich noch mal mit heiler Haut davonkomme, so schwör ich, dass ich mein Leben lang in die Sonntagsschule gehen will – ich Elender!«

Und Tom begann, ein wenig zu schluchzen und sich die Augen zu reiben.

»Du, schlecht?« Auch Huckleberry schluchzte nun. »Ach was, Tom Sawyer, du bist Gold, reines Gold, sag ich dir, gegen mich. Ach, Gottchen, Gottchen, Gottchen – ja, wenn ich nur halb die Gelegenheit gehabt hätt, gut zu sein wie du, Tom, ich –«

Tom brach plötzlich im Schluchzen ab und flüsterte freudig:

»Sieh doch, Huck, sieh! Er kehrt uns ja den Rücken zu!«

Nun schielte auch Huck durch die Ritze, Wonne im Herzen.

»Weiß Gott, so ist's! Hat er denn vorher das auch schon getan?«

»Ei, freilich; ich Esel hab aber gar nicht darauf Acht gegeben. Na, das ist herrlich! Jetzt aber, wen kann er meinen?«

Das Geheul verstummte. Tom spitzte die Ohren.

»Seht – was ist das?«, flüstert er.

»'s klingt wie – na, wie Schweinegrunzen. Doch nein – da schnarcht einer, Tom!«

»Wahrhaftig, so ist's! Woher kommt's wohl, Huck?«

»Ich glaub von dort, vom anderen Ende. ’s klingt wenigstens so. Mein Alter hat dort manchmal geschlafen, aber, Herrgott, wenn der schnarcht, fallen die Mauern ein. Ich glaub auch nicht, dass der je wieder hierher kommt.«

Noch einmal regte sich der Unternehmungsgeist in der Seele der Knaben.

»Huckchen, getraust du dir mitzukommen, wenn ich vorangehe?«

»Viel Lust hab ich nicht, Tom. Wenn’s nun der Indianer-Joe wäre?«

Tom fuhr zusammen und zögerte. Bald aber erhob sich die Versuchung wieder mit aller Macht, und die Jungen kamen überein, die Sache zu untersuchen, aber Fersengeld zu geben, sowie das Schnarchen aufhöre. So stahlen sie sich denn auf den Zehenspitzen, einer hinter dem andern, dem Orte zu, von wo der Laut kam. Fünf Schritte etwa vom Schnarcher entfernt trat Tom auf einen Stock, der mit scharfem Knack zerbrach. Der Mann stöhnte und wandte sich ein wenig, sodass sein Gesicht sich dem Mondschein zukehrte. Es war Muff Potter. Den Jungen hatte das Herz stillgestanden, als der Mann sich regte, nun aber schwand ihre Angst. Auf den Zehen schlichen sie hinaus durch die geborstene Mauer und blieben in geringer Entfernung stehen, um ein Abschiedswort zu tauschen. Wieder erhob sich jenes lang gezogene, klägliche Geheul in die Nachtluft hinein. Sie wandten sich und sahen den fremden Hund, nur ein paar Schritte entfernt von dem Ort, an dem Potter lag, diesem den Kopf zuwendend, mit der Schnauze gen Himmel deuten.

»Herrjemine, den meint er!«, riefen die beiden in einem Atem.

»Sag mal, Tom, ’s hat mir einer erzählt, dass um dem Johnny Miller sein Haus ’n fremder Hund herumgeheult hätt vor 'n paar Wochen und dass 'ne Eule sich auf dem Dach gezeigt hat, und doch ist noch keiner tot dort.«

»Weiß ich. Das beweist aber gar nichts! Ist nicht am selben Sonnabend die Grace Miller auf den Herd gefallen und hat sich schrecklich verbrannt?«

»Wohl, aber tot ist sie doch nicht – im Gegenteil, viel besser.«

»Na, pass du nur auf, die muss sterben, so gewiss, wie der Muff Potter dort sterben muss. So sagen die Nigger, und die wissen Bescheid in den Geschichten, Huck!«

Die Jungen trennten sich, in tiefes Nachdenken versunken.

Als Tom durch sein Schlafzimmerfenster zurückkroch, war die Nacht beinahe vorüber. Er entkleidete sich mit der äußersten Vorsicht und fiel in Schlaf, indem er sich selbst von Herzen Glück dazu wünschte, dass niemand von seinem nächtlichen Ausflug etwas gemerkt habe. Armer, blinder Tom! Er selbst hatte nichts gemerkt; er wusste nicht, dass der sanft schnarchende Sid wachte, wach gewesen war seit einer Stunde.

Als Tom am andern Morgen die Augen aufschlug, war Sid angekleidet und fort. Das Tageslicht draußen hatte ordentlich einen späten Schein, es lag was Spätes in der ganzen Atmosphäre. Tom erschrak. Warum hat man ihn nicht gerufen – ihn nicht geplagt wie gewöhnlich, bis er auf war?

Dieser Gedanke erfüllte ihn mit schlimmen Ahnungen. Innerhalb von fünf Minuten war er in den Kleidern und die Treppe hinunter, noch ganz schwindelig und müde. Ihm war nicht wohl zumute. Die Familie saß noch um den Tisch, das Frühstück war beendet. Keine Stimme des Vorwurfs erhob sich, aber die abgewandten Augen aller, die Stille und so eine Art Feierlichkeit, die das ganze Zimmer zu erfüllen schien, ließen des armen Sünders Herz in ahnender

Sorge erbeben. Er setzte sich nieder, versuchte munter und unbefangen zu erscheinen, das aber war verlorene Liebesmüh. Kein Lächeln, keine Antwort kamen; auch er verfiel in Schweigen, und sein Herz sank in die tiefsten Tiefen der Verzweiflung und Bekümmernis.

Nach dem Frühstück nahm ihn die Tante beiseite, und Tom lebte sichtlich auf in der Erwartung, dass nun die wohlverdiente Züchtigung vom Stapel laufen würde. Dem aber war nicht so. Tante Polly fing an zu weinen, fragte, wie er es über sich gewänne, sie so zu betrüben, ihr altes Herz beinahe zu brechen, und schloss damit, dass sie ihm sagte, er möge nur hingehen, sich zugrunde richten und ihre grauen Haare mit Schande in die Grube bringen, sie könne ihn nicht mehr aufhalten, wolle es auch gar nicht mehr probieren, es sei doch alles nutzlos und vergebens. Das war schlimmer als die schlimmsten Prügel, und Toms Herz war nun noch matter und elender als sein Körper. Er weinte, bat um Verzeihung, gelobte Besserung wieder und wieder und wurde schließlich entlassen mit dem beschämenden Gefühl, doch nur halb und halb Vergebung und Vertrauen in seine Gelöbnisse gefunden zu haben.

Er schlich aus dem Zimmer, zu elend selbst, um Rachegelüste gegen Sid, den Verräter, zu spüren, und so war des letzteren hastige Flucht durch die Hintertür unnötig. Trübselig und traurig machte er sich zur Schule auf und nahm mit Joe Harper zusammen seine Tracht Prügel für das Schulschwänzen entgegen, mit der Miene eines Menschen, dessen Seele schlimmeres Leid kennt und tot ist für die kleinen Kümmernisse dieser Welt. Dann verfügte er sich nach seinem Platz, stützte die Ellbogen auf den Tisch, das Kinn auf die Hände, bohrte den Blick in die Wand und saß da, ein Bild starrer Verzweiflung, die ihre Grenzen erreicht hat und nicht weiter zu gehen vermag. Sein Ellbogen ruhte auf irgendetwas Hartem. Nach einer geraumen Zeit änderte er langsam und traurig seine Stellung und nahm das Etwas mit einem Seufzer zur Hand. Es war in Papier eingeschlagen. Er entfaltete es. Ein lang gezogener, ungeheurer Seufzer folgte … Es war jener Messingknopf, den er Becky gestern geboten. Dieser letzte bittere Tropfen brachte den Becher seiner Trübsal zum Überfließen.

Zehntes Kapitel

Kurz vor der Mittagsstunde durchzuckte das ganze Städtchen plötzlich wie ein elektrischer Schlag die grausige Kunde. Er bedurfte nicht des Telegraphen, von dem man sich damals überhaupt noch nichts träumen ließ; die Nachricht flog von Mund zu Mund, von Gruppe zu Gruppe, von Haus zu Haus, mit kaum geringerer Schnelle als der elektrische Funke. Natürlich gab der Lehrer für den Nachmittag frei, man würde ihm das Gegenteil sehr verdacht haben. Ein blutiges Messer war dicht bei dem Ermordeten gefunden worden, und jemand hatte es als dem Muff Potter gehörig erkannt, so lautete die Erzählung. Auch sollte ein Bürger, der sich verspätet hatte, auf Potter gestoßen sein, wie er sich im Bache wusch, gegen ein oder zwei Uhr morgens, und als er sich bemerkt sah, eiligst davonschlich – lauter verdächtige Momente, namentlich das Waschen, was für gewöhnlich sehr gegen Potters Art war. Die ganze Stadt, so sagte man, sei schon abgesucht worden nach dem »Mörder« (das Publikum ist schnell bei der Hand mit Beweis und Urteilsspruch), er sei aber nirgends zu finden. Reiter waren nach jeder Richtung abgesandt, und der Sheriff war überzeugt, dass man ihn noch vor Einbruch der Nacht einfangen werde.

Die ganze Stadt wallfahrte nach dem Friedhof. Toms Herzensnot schwand; er schloss sich dem Zuge an, nicht, dass er nicht tausendmal lieber woanders gewesen wäre – aber eine unheimliche, unerklärliche Zauberkraft lockte und zog ihn dorthin. Am Schreckensort angekommen, schob und zwängte er seine kleine Person durch die dichte Menge und stand bald vor dem grässlichen Schauspiel. Es schien ihm ein Menschenalter her, seit sein Blick zuletzt darauf geruht. Jemand zwickte ihn am Arm. Er wandte sich um, und seine Augen trafen die Huckleberrys. Wie auf Kommando sahen dann beide nach entgegengesetzten Richtungen, voll Angst, jemand könne den Blick bemerkt haben, den sie sich zugeworfen. Jedermann aber schwatzte in unterdrücktem Flüsterton und hatte genug zu tun mit dem furchtbar schauerlichen Ereignis, dessen Schauplatz man umstand.

»Armer Bursche!« – »Armer, junger Mensch!« – »Dies sollten alle Leichenräuber sich zur Lehre dienen lassen!« – »Muff Potter muss baumeln dafür, wenn sie ihn erwischen!« So lauteten die Bemerkungen, die fielen. Der Geistliche meinte: »Das war ein Gottesgericht – hier sehen wir die Hand des Herrn.«

Tom zitterte vom Kopf bis zu den Füßen, denn sein Blick war auf das stumpfsinnige Gesicht des Indianer-Joe gefallen. Im selben Moment begann die Menge, zu schwanken und zu drängen, und einzelne Stimmen riefen: »Da ist er, da ist er, dort kommt er selber!«

»Wer? Wer?«, fragten zwanzig andere dagegen.

»Muff Potter!«

»Da, jetzt halten sie ihn an! Er dreht sich um – haltet, haltet fest, lasst ihn nicht durchbrennen!«

Leute, die in den Ästen der Bäume saßen, über Toms Kopf, meinten, Muff versuche gar nicht zu entrinnen – er sähe nur ganz dumm und verblüfft aus.

»Verdammte Frechheit das!«, sagte einer, »wollte sich wohl noch mal in Ruhe sein Werk beschauen; dachte nicht, Gesellschaft zu finden!«

Die Menge teilte sich nun, und der Sheriff schritt mit großartiger Wichtigkeit in Blick und Miene hindurch, Muff Potter am Arme haltend. Des armen Burschen Gesicht sah ordentlich eingefallen aus, und aus den Augen starrte das Entsetzen, das ihn gebannt hielt. Als er vor dem Gemordeten stand, schüttelte es ihn, wie ein Krampf, er barg das Gesicht in den Händen und brach in Tränen aus.

»Ich hab's wahrhaftig nicht getan, Freunde«, schluchzte er, »auf mein Ehrenwort, ich hab's nicht getan.«

»Wer hat dich denn beschuldigt?«, schrie eine Stimme.

Der Schuss traf. Potter erhob die Augen und ließ sie in die Runde gehen, qualvollste Hoffnungslosigkeit im Blick. Da sah er den Indianer-Joe und rief:

»Ach, Joe, und du hast doch versprochen, dass du nie –«

»Ist dies hier Euer Messer?« Damit schob ihm der Sheriff das Mordwerkzeug unter die Nase.

Potter wäre gefallen, wenn man ihn nicht aufgefangen und sachte zu Boden hätte gleiten lassen. Dann stöhnte er:

»Hab's mir doch gedacht, wenn ich nicht käme und das – Messer –« Ein Schauder überlief ihn, dann winkte er mit der kraftlosen Hand dem Indianer-Joe und flüsterte tonlos:

»Sag's ihnen, Joe, sag's ihnen, alles – 's ist ja doch umsonst.«

Huckleberry und Tom hörten nun stumm und starr, wie der hartherzige Mörder in heiterster Ruhe Zeugnis ablegte. Mit jedem Moment erwarteten sie, dass der klare Himmel sich öffnen und der gerechte Gott seine Zornesblitze auf das Haupt des ruchlosen Lügners schleudern müsse; jeder weitere Moment der Verzögerung des Gerichtes erregte ihr größtes Staunen. Und als er geendet hatte und noch lebend und unversehrt vor ihnen stand, schwand der leise in ihrer Seele flackernde Trieb wieder, den geschworenen Eid zu brechen und des armen Gefangenen Leben zu retten. Solch ein Missetäter wie Joe musste sich ja, das war ihnen jetzt gänzlich klar, dem Teufel verschrieben haben. Sich mit dieser Macht aber in einen Kampf um deren berechtigtes Eigentum einzulassen konnte allzu verhängnisvoll werden.

»Warum machtest du dich nicht davon? Weshalb kamst

du hierher zurück?«, fragte einer den mutmaßlichen Mörder.

»Ich könnt nicht anders, könnt nicht anders«, stöhnte dieser. »Ich hab ja durchgehen wollen, aber 's hat mich immer wieder hierher getrieben.«

Und wieder schluchzte er herzbrechend.

Nochmals wiederholte der Indianer-Joe seine Aussage ebenso ruhig und bekräftigte dieselbe endlich ein paar Minuten später bei der Totenschau. Da immer noch keine Blitze herniederfuhren, sahen die Jungen ihren Glauben bestätigt, dass Joe sich dem leibhaftigen Gottseibeiuns verkauft habe. Er wurde ihnen nun zum Gegenstand des schauerlichsten, unheimlichsten Interesses, wie sie es bis dahin noch niemals empfunden, und ihre Blicke hingen wie gebannt an seinem Antlitz. Sie beschlossen innerlich, ihm nachzuspüren, des Nachts namentlich, wenn sich ihnen Gelegenheit dazu böte, in der stillen Hoffnung, einen verstohlenen Blick auf seinen schauerlichen Herrn und Meister tun zu können.

Der Indianer-Joe half die Leiche des Gemordeten auf einen Wagen heben, der dieselbe wegbringen sollte, und es ging ein Flüstern durch die Menge, dass die Wunde dabei leicht zu bluten begonnen. Huck und Tom hofften schon, dieser glückliche Umstand möchte den Verdacht auf die richtige Fährte lenken, und fühlten sich daher sehr enttäuscht, als einer der Zuschauer bemerkte:

»Kein Wunder! Drei Schritt davon war ja der Potter, da hat's freilich bluten müssen!«

Toms schreckliches Geheimnis und sein nagendes Gewissen störten ihm den Schlaf für länger als eine Woche nach diesem Vorfall. Eines Morgens beim Frühstück sagte Sid:

»Tom, du wirfst dich immer so herum und schwatzt so laut im Traum, dass ich die halbe Nacht nicht schlafen kann.«

Tom erbleichte und senkte die Augen.

»Das ist ein schlimmes Zeichen«, meinte Tante Polly ernst. »Was hast du auf dem Herzen, Tom?«

»Nichts, Tante, ich weiß von nichts.« Aber des Jungen Hand zitterte so, dass er den Kaffee verschüttete.

»Und so dummes Zeug redest du«, fuhr Sid fort. »Heute Nacht hast du gesagt: ›Blut ist's, Blut und gar nichts andres!‹ Und das hast du immer und immer wieder gesagt. Und dann hast du auch gesagt: ›Quäl mich doch nicht so – ich will's ja gestehen.‹ Was gestehen? Was willst du denn gestehen?«

Vor Toms Augen schwamm alles. Es lässt sich kaum ausdenken, was nun hätte geschehen können, wäre nicht plötzlich der forschende Blick aus Tante Pollys Auge geschwunden und sie Tom, ohne es zu wissen, zu Hilfe gekommen, indem sie ausrief:

»Na, natürlich! 's ist der grausige Mord, der ihm zu schaffen macht. Mir geht's grad auch so. Ich träume jede Nacht davon. Ich hab schon geträumt, ich wär's selber gewesen!«

Mary sagte, ihr ginge es gerade auch so, und Sid schien damit zufrieden gestellt. Tom entzog sich den Blicken der Seinen, sobald er irgend konnte, beklagte sich danach über Zahnweh eine Woche lang und band sich ein dickes Tuch um Mund und Kinnlade jede Nacht. Er wusste nicht, dass Sid ihn allnächtlich belauerte, zuweilen selbst die Binde lockerte, sich auf die Ellbogen stützte, über ihn beugte und lange, lange lauschte, worauf er vorsichtig das Tuch an die alte Stelle zurückschob. Toms Furcht und Angst verloren sich allmählich, der ewige Zahnschmerz wurde langweilig und daher fallen gelassen. Wenn es Sid wirklich gelungen war, aus Toms unzusammenhängendem Gemurmel sich einen Vers zu machen, so behielt er alles für sich. – Es war Tom, als ob seine Schulkameraden es niemals satt bekommen könnten, gerichtliche Totenschau zu halten über tote

Katzen und dergleichen. Sid fiel es dabei auf, dass Tom niemals die Rolle des Leichenbeschauers zu übernehmen trachtete, obgleich er sonst gewohnt war, Anführer bei jeder neuen Unternehmung zu sein. Er bemerkte auch, dass Tom auffallenderweise niemals als Zeuge auftrat, ja sogar eine entschiedene Abneigung gegen diese Art von Zeitvertreib an den Tag legte und sie mied, wo er nur irgend konnte. Sid wunderte sich, wie gesagt, darüber, erwähnte aber nichts. Endlich kamen denn auch die Totenschauen aus der Mode und hörten auf, Toms Gewissen zu beunruhigen.

Jeden Tag oder einen Tag um den andern während dieser Zeit der Trübsal nahm Tom die Gelegenheit wahr, sich an das kleine, vergitterte Kerkerfenster zu schleichen und dem »Mörder« allerlei kleine Trostgegenstände, deren er habhaft werden konnte, zuzuschmuggeln. Das Gefängnis war ein winzig kleiner Backsteinbau, der am Ende des Städtchens mitten in einem Sumpf stand. Wächter gab's keine, Gefangene waren selten. Diese Opfergaben trugen sehr dazu bei, Toms Gewissen zu erleichtern.

Die Einwohner des Städtchens hatten große Lust, auch dem Indianer-Joe zu Leibe zu gehen wegen des Leichenraubes. So furchtbar war aber sein Ruf, dass sich keiner fand, der sich dazu verstehen wollte, die Leitung der Sache zu übernehmen, und so ließ man es denn bleiben. Vorsichtigerweise hatte er in seinen beiden Aussagen gleich bei der Rauferei begonnen, ohne erst den beabsichtigten Leichenraub einzugestehen, der dieser vorangegangen war, und so hielt man es für das Klügste, die Sache, einstweilen wenigstens, nicht vor Gericht zu bringen.

Elftes Kapitel

Eine der Ursachen, weshalb Toms innerer Mensch begann, sich von seinen geheimen Sorgen und Leiden abzuwenden, lag darin, dass ein neues und wichtiges Interesse alle seine Gedanken in Beschlag nahm. Becky Thatcher war aus der Schule fortgeblieben. Tom rang mit seinem Stolze ein paar Tage lang, versuchte, sich die Gedanken an *sie* aus dem Kopf zu schlagen; aber umsonst. Zu seinem eigenen Erstaunen fand er sich selbst auf nächtlichen Streifereien um ihres Vaters Haus herum wieder, wobei ihm ganz elend zumute war. *Sie* war krank. Wenn sie nun sterben müsste? Verzweiflung, Wahnsinn lagen in dem Gedanken. Ihn lockte nichts mehr hienieden, kein Krieg, kein Seeräubertum. Die Sonne des Lebens war entschwunden, nur die qualvollste Finsternis geblieben. Er stellte seinen Reifen zur Seite mitsamt dem Stock, an keinem Spielzeug konnte er mehr Freude haben. Tante Polly begann sich zu grämen, zu beunruhigen ob dieser Zeichen und setzte ihm mit allerhand Arzneien zu. Sie war eine von denen, die auf Patent-Medizinen jeder Art schwören, die jegliche neue Methode, unfehlbare Gesundheit zu verleihen oder die schadhaft gewordene auszuflicken, mit Enthusiasmus und nimmer wankendem Vertrauen begrüßen. Alles neu Auftauchende dieser Art musste sofort probiert werden, es ließ ihr keine Ruhe, bis sie irgendjemanden entdeckt hatte, an dem das Experiment gemacht werden konnte, denn ihr selbst fehlte zu ihrem größten Leidwesen niemals etwas, das solchen Eingriff erfordert hätte. Sie war auf alle Zeitschriften für Gesundheitspflege abonniert, und ihre harmlose Seele ergab sich gläubig dem krassesten Unsinn, der schwarz auf weiß, mit dem nötigen feierlichen Ernst vorgetragen, darin stand. All der theoretische Schnickschnack, den sie enthielten darüber, wie man zu Bett gehen müsse, wie aufstehen, was essen, was trinken, wie oft lüften, wie viel und welcher Art sich Bewegung schaffen, welcher Gemütsverfassung sich befleißigen, in was für Kleidung den äußeren Menschen stecken, all dieser Schwindel war ihr Evangelium, und niemals fiel es ihr auf, dass die neuesten Nummern in der Regel das Gegenteil von dem empfahlen, was die früheren angepriesen hatten. Sie war so arglos und leichtgläubig wie ein Kind und ging ohne Zögern auf jeden Leim. So mit ihren Quacksalberschriften und Mittelchen bewaffnet, saß sie – um ein bekanntes Bild zu gebrauchen – mit dem Sensenmann im Sattel auf dem fahlen Rosse, während dicht hinter ihr die Hölle einhertrabte. In ihrer schlichten Einfalt kam es ihr jedoch niemals in den Sinn, sie könne der leidenden Menschheit etwas anderes sein als ein heilender Engel des Trostes, der Balsam des Herrn in Person.

Kaltwasserkuren waren neu dazumal, und Toms leidender Zustand war Wasser auf ihre Mühle. Morgens mit Tagesgrauen holte sie ihn aus seinem Bett, schleppte ihn nach dem Holzschuppen und ertränkte ihn hier fast in einer Sintflut kalten Wassers, das sie über ihn ergoss. Dann raspelte sie ihn mit einem rauen Tuche wie mit einer Feile ab, wobei er wieder zu sich selbst kam, rollte ihn in ein nasses Betttuch und stopfte ihn unter einen Berg von wollenen Decken, bis er sich die Seele fast aus dem Leib geschwitzt hatte, sodass »deren gelbe Flecken zu den Poren herauskamen«, wie Tom sagte.

Aber all dieser gründlichen Behandlung zum Trotz wurde der Junge täglich schwermütiger, blasser, niedergeschlagener. Tante Polly fügte nun heiße Bäder bei, Sitzbäder, Duschen und Sturzbäder. Der Junge aber verharrte in seiner trübseligen Stimmung. Sie verstärkte nun die Wasserkur durch strenge Diät und Zugpflaster und füllte ihn, als ob er ein Krug gewesen wäre, alltäglich mit Wundertränken jeglicher Art bis zum Rande.

Tom ließ alles mit sich beginnen, er war gleichgültig geworden gegen jede Quälerei. Diese Phase seines Leidens erfüllte die Seele der alten Dame mit Bestürzung. Die beängstigende Gleichgültigkeit musste gebrochen werden um jeden Preis. In dieser Krise hörte sie zum ersten Mal von einem Universal-Wundermittel, »Schmerzenstöter« genannt. Sie bestellte sofort einige Dutzend Flaschen, kostete und war von Dankbarkeit durchglüht, es schien einfach Feuer in flüssiger Form. Die Wasserbehandlung wurde nun eingestellt, mitsamt allem andern, und »Schmerzenstöter« war hinfort die Losung. Tom bekam den ersten Löffel voll, und seine Tante erwartete in tiefster Seelenangst das Resultat. Ihrer Sorgen war sie augenblicklich ledig, Frieden zog in ihre Seele ein, der Bann der »Gleichgültigkeit« war gebrochen. Hätte sie ein Feuer unter ihm angezündet, der Junge hätte kein tolleres, kein urkräftigeres Interesse zeigen können.

Tom sah, dass die Zeit gekommen sei, sich aufzuraffen. Diese Art von Leben mochte ja ganz romantisch sein, war auf die Dauer aber nicht auszuhalten. Bei allem Überfluss an Abwechslung wurde es am Ende doch monoton. Er sann daher auf Änderung seiner Lage und verfiel schließlich darauf, eine leidenschaftliche Neigung für den »Schmerzenstöter« vorzugeben. Er verlangte so oft nach dem Wundertrank, dass er damit förmlich zur Plage wurde und seine Tante ihn schließlich anfuhr, er möge sich selber bedienen und sie in Ruhe lassen. Wäre es nun Sid gewesen, so hätte kein Schatten ihr Entzücken ob solch ungeahnten Erfolges getrübt, da es aber Tom war, beobachtete sie verstohlen die Flasche. Die Flüssigkeit verminderte sich in der Tat, ihr aber kam es niemals in den Sinn, dass der Junge die

Gesundheit einer Spalte des Fußbodens im Esszimmer damit kurierte.

Eines Tages war Tom eben wieder damit beschäftigt, der Spalte die gewohnte Dosis zu verabfolgen, als seiner Tante gelbe Katze daher kam, einen Buckel machte, schnurrte und, gierigen Blicks den Löffel beäugend, um ein Pröbchen bettelte. Tom warnte:

»Bitt nicht drum, Peter, wenn du's nicht brauchst.«

Peter deutete an, dass er's brauche.

»Überleg's noch mal, Peter.«

Peter hatte überlegt und war seiner Sache gewiss.

»Also, Peter, du willst's und du sollst's auch haben, denn *so* bin ich nicht. Wenn's dir aber nachher nicht schmeckt, so mach niemand 'nen Vorwurf, außer dir selber.«

Peter war einverstanden, und so sperrte ihm Tom das Maul auf und goss den »Schmerzenstöter« hinunter. Peter sprang ein paar Meter hoch in die Luft, stieß dann ein gellendes Kriegsgeheul aus, setzte wie toll im Zimmer herum, stieß gegen Möbelkanten, schmiss Blumentöpfe und dergleichen um und richtete eine allgemeine Verwüstung an. Zunächst erhob er sich auf die Hinterfüße, begann in wahnwitziger Verzücktheit zu tanzen, wobei er den Kopf über die Schultern zurückwarf und der Welt in schallenden Tönen seine Glückseligkeit kund und zu wissen tat. Dann fing der tolle Kreislauf von vorne an, Chaos und Verwüstung folgten seinen Spuren. Tante Polly trat eben noch zurzeit durch die Tür, um zu sehen, wie Peter ein paar doppelte Purzelbäume schlug und, ein gewaltiges Schluss-Hurra ausstoßend, durch das offne Fenster segelte, wobei er den Rest der Blumentöpfe mit sich riss. Starr vor Staunen stand die alte Dame und sah ihm über ihre Brillengläser weg nach, Tom aber lag am Boden und wollte sich ausschütten vor Lachen.

»Tom, was, zum Kuckuck, fehlt der Katze?«

»Weiß ich doch nicht, Tante«, stieß der Junge, nach Luft schnappend, hervor.

»So was hab ich ja im Leben noch nicht gesehen. Was ist denn der Katze in den Leib gefahren?«

»Weiß ich wahrhaftig nicht, Tante. Die Katzen machen's immer so, wenn's ihnen wohl in der Haut ist.«

»So? Machen sie's immer so?« Es war etwas in ihrem Ton, das Tom mit bangem Ahnen erfüllte.

»Ja, Tante, das heißt, ich – ich glaub wenigstens, dass sie's so machen.«

»Du glaubst?«

»Ja-a – Tante.«

Die alte Dame bückte sich nieder, Tom beobachtete sie mit von Furcht geschärftem Interesse. Zu spät erriet er, wo sie hinauswollte. Der Stiel des verräterischen Löffels war eben noch sichtbar unter den Fransen der Tischdecke. Tante Polly griff danach und hielt ihn empor. Tom schien verlegen und senkte die Augen. Tante Polly hob ihn ohne Umstände an dem gewöhnlichen Henkel – seinem Ohr – zu sich herauf und gab ihm mit der freien Hand einen gesunden Klaps.

»Jetzt, Junge, gesteh, warum hast du der armen, unvernünftigen Kreatur so mitgespielt?«

»Ich – ich hab's nur aus Mitleid getan – Peter hat ja keine Tante.«

»Hat keine Tante – du Dummkopf! Was hat denn das damit zu schaffen?«

»Alles. Denn wenn Peter 'ne Tante hätte, so hätt ihn die gewiss ausgebrannt, hätt ihm die Eingeweide geröstet bei lebendigem Leib, ohne sich mehr dabei zu denken, als wenn er ein Mensch gewesen wäre.«

Tante Polly fühlte plötzlich Gewissensbisse. Das zeigte die Sache in einem neuen Lichte. Was Grausamkeit gegen eine Katze war, konnte doch vielleicht auch Grausamkeit gegen einen Jungen sein. Sie begann weich zu werden, es tat ihr Leid. Die Augen wurden ihr feucht, sie legte die Hand auf Toms Kopf und sagte sanft:

»Tom, ich hab's nur gut gemeint und – es hat dir auch gut getan, Tom.«

Dieser sah ihr treuherzig ins Gesicht, und nur ganz leise blitzte der Schelm ihm aus den Augen, als er im höchsten Ernste erwiderte:

»Ich weiß, dass du's nur gut gemeint hast, Tantchen, ich hab's aber auch mit dem Peter nur gut gemeint, und dem hat's auch gut getan, im Leben ist er noch nicht so hübsch herumgefahren –«

»Ach, heb dich fort, Tom, eh du mich wieder bös machst. Und probier's doch mal, ob du nicht einmal ein braver Junge sein kannst; und – Medizin brauchst du keine mehr zu nehmen.«

Tom kam vor der Zeit zur Schule. Man wollte beobachtet haben, dass dies Außergewöhnliche in der letzten Zeit ganz regelmäßig stattgefunden. Auch heute wieder, wie gewöhnlich seit kurzem, trieb er sich am Tore des Schulhofes herum, anstatt wie sonst mit seinen Kameraden zu spielen. Er sei krank, sagte er und sah auch so aus. Er versuchte den Anschein zu erwecken, als schaue er überall anders hin als gerade da, wohin er wirklich schaute – den Schulhof hinunter. Jetzt tauchte Jeff Thatcher am Horizonte auf, und Toms Antlitz erhellte sich. Einen Moment starrte er hin, um sich dann voll Trauer abzuwenden. Als Jeff herankam, redete ihn Tom an, suchte listig das Gespräch auf Becky zu lenken, Jeff aber, der einfältige Kerl, wollte niemals den Köder sehen und anbeißen.

Tom schaute und schaute – voller Hoffnung, wenn wieder ein wehender Mädchenrock auftauchte, und voll Grimm, wenn dann die Eigentümerin desselben die Erwartete nicht war.

Zuletzt kamen keine Röcke mehr, und hoffnungslos sank er in sein dumpfes Brüten zurück. Er betrat allein, vor den andern, das leere Schulhaus und setzte sich nieder, um weiter zu dulden. Da trat noch ein verspäteter Rock durchs Tor, hoch auf schlug Toms Herz in Wonne und Entzücken. Im nächsten Moment war er draußen und gebärdete sich wie ein Indianer, johlte, lachte, jagte die Jungen vor sich her, setzte über den Zaun mit Gefahr für Leib und Leben, schlug ein Rad, stellte sich auf den Kopf, kurz, er verrichtete unzählige Heldentaten und hielt dabei immer sein wachsames Auge auf Becky geheftet, um zu sehen, ob sie Notiz davon nähme. Sie aber schien sich seiner Gegenwart völlig unbewusst, sah gar nicht nach ihm hin. Konnte es möglich sein, dass sie gar nicht wisse, er sei in der Nähe? Nun begann er seine Heldentaten in ihrer unmittelbaren Nachbarschaft auszuführen. Er umkreiste sie mit wildem Geheul, riss einem Jungen die Mütze vom Kopf und schleuderte diese auf das Dach des Schulhauses, brach dann gewaltsam durch einen Haufen Jungen hindurch, die nach allen Richtungen umpurzelten, fiel dabei selber zappelnd dicht vor die Nase Beckys hin, diese beinahe mit sich zu Boden reißend. Sie aber wandte sich, hob das Näschen in die Luft, und er hörte sie sagen:

»Ph – ph! 's gibt Jungens, die sich für furchtbar interessant halten – immer müssen sie sich zeigen!«

Toms Wangen brannten. Er rappelte sich auf und schlich davon, gedemütigt, vernichtet.

Zwölftes Kapitel

Tom war nun fest entschlossen. Er war finsterer, verzweifelter Gedanken voll. Er kam sich als verlassener, freundloser Knabe vor, den niemand liebte. Wenn sie erst merkten, zu was ihre Lieblosigkeit ihn getrieben, würde es ihnen vielleicht leid sein. Er hatte versucht, das Rechte zu tun, gut zu sein, sie ließen's ja nicht zu. Da sie ihn denn durchaus los sein wollten, so sollten sie ihren Willen haben; natürlich würden sie ihn allein für die Folgen verantwortlich machen – aber so ist's immer! Hat ein Freudloser und Verstoßener das Recht zu klagen? Jetzt, da sie ihn zum Äußersten getrieben, wollte er das Leben eines Verbrechers führen. Ihm blieb keine Wahl. Unter solchen Betrachtungen war er weit über die Wiesen geschritten, und die Schulglocke, welche die Säumigen mahnte, klang ihm nur noch schwach ins Ohr. Er schluchzte jetzt beim Gedanken, dass er nie, nie wieder diesen altvertrauten Ton vernehmen solle – es war hart, so furchtbar hart, aber – sie zwangen ihn ja dazu. Da sie ihn vertrieben hatten, hinausgestoßen in die kalte, unbarmherzige Welt, so musste er sich drein ergeben – aber er verzieh ihnen, verzieh ihnen allen. Das Schluchzen wurde stärker, erschütternder.

In diesem Moment stieß er auf seines Herzens innigsten Freund – Joe Harper, der finster blickend dahertrottete, augenscheinlich einen schrecklichen, schwerwiegenden Entschluss in seiner Seele herumwälzend. Hier waren offenbar »zwei Seelen und ein Gedanke«! Tom, der sich die Augen mit seinem Ärmel wischte, fing an, etwas Unzusammenhängendes hervorzustottern, von einem Entschluss, sich den Misshandlungen und dem Mangel an Verständnis daheim durch seine Flucht in die weite Welt zu entziehen, nie, niemals wiederzukehren, und schloss damit, dass er Joe bat, ihm ein treues Gedenken zu bewahren.

Da zeigte sich aber, dass Joe just eben um ganz dasselbe hatte bitten wollen und gerade zu dem Zweck gekommen war, Tom aufzuspüren. Seine Mutter hatte ihn geprügelt, weil er Rahm getrunken haben sollte, von dem er doch rein gar nichts wusste. Es sei klar, sie wolle nichts mehr von ihm wissen und ihn los sein. Solchen Empfindungen gegenüber – was bleibe ihm da anderes übrig, als sich darein zu ergeben? Möge es ihr wohl ergehen und sie niemals bereuen, ihren armen Jungen hinausgetrieben zu haben in die kalte, gefühllose Welt, um da zu leiden und schließlich zu sterben.

Wie nun die zwei trauernden Jünglinge so dahinwandelten, schlossen sie einen Pakt, fest zusammenzustehen wie Brüder, nicht voneinander zu lassen, bis der Tod sie einst scheide und sie erlöse von ihrem Jammer. Dann begannen sie Pläne zu schmieden. Joe war dafür, ein Eremit zu werden, von harten Brotkrusten und Wasser in einer finsteren Höhle zu leben und eines Tages aus Not, Kälte und Kummer zu sterben. Nachdem er aber Toms Plan gehört, gab er zu, dass das Leben eines Verbrechers doch einige hervorragende Vorteile böte, und willigte ein, als Seeräuber sein Heil zu probieren.

Drei Meilen unterhalb St. Petersburgs, an einer Stelle, wo der Mississippi etwas mehr als eine Meile breit war, lag eine lange, schmale, bewaldete Insel mit einer seichten Sandbank an der Spitze. Diese Insel war nicht bewohnt, lag weit drüben gegen das andere Ufer zu, das mit einem ausgedehnten, menschenleeren, fast undurchdringlichen Walde bestanden war. Das schien ein Ort wie gemacht für das Unternehmen, und so wurde denn die Jackson-Insel gewählt. Welches die Opfer sein sollten für ihr Seeräubertum, das kam den Jungen nicht in den Sinn. Vor allem trieben sie nun Huckleberry Finn irgendwo auf, der sich ihnen sofort anschloss. Jegliche Laufbahn war ihm recht, er war nicht wählerisch. Nachdem sie alles verabredet hatten, trennten sie sich, um sich an einer einsamen Stelle des Flussufers, zwei Meilen oberhalb des Städtchens, wieder zu treffen, um Mitternacht, zu ihrer Lieblingsstunde. Dort wussten sie von einem kleinen Holzfloß, das sie sich anzueignen gedachten. Jeder von den dreien wollte eine Angelrute und Haken mitbringen, dazu solche Essvorräte, deren er sich auf möglichst versteckte und geheimnisvolle Weise bemächtigen konnte, wie es Ausgestoßenen und Geächteten ihrer Art zukam. Bevor noch der Nachmittag verflossen, war es ihnen gelungen, heimlicher Wonne voll, im ganzen Städtchen das Gerücht zu verbreiten, es werde sich in Bälde etwas sehr Merkwürdiges ereignen. Alle, die diesen Wink erhielten, bekamen zugleich die Mahnung, zu schweigen und abzuwarten.

Um Mitternacht erschien Tom mit einem gekochten Schinken und noch sonstigen Kleinigkeiten in dem dichten Untergehölz des steilen Uferabhangs, das zum Sammelplatz bestimmt worden. Es war sternklar und totenstill. Der mächtige Strom lag, ozeangleich, in friedlicher Ruhe da. Tom lauschte einen Moment, kein Laut unterbrach die feierliche Stille. Er ließ ein leises, lang gezogenes Pfeifen ertönen, das von unten erwidert wurde; zweimal noch pfiff Tom, beide Male wurde das Signal in derselben Weise beantwortet. Nun fragte eine leise Stimme:

»Wer naht sich dort?«

»Tom Sawyer, der ›Schwarze Rächer der spanischen Meere‹. Nennt Eure Namen!«

»Huck Finn, die ›Blutige Hand‹ und Joe Harper, der ›Schrecken der See‹.« Tom hatte diese Titel aus seiner Lieblingsliteratur geschöpft.

»Gebt das Feldgeschrei!«

In dumpfem, grauenvoll durchdringendem Flüsterton

erklang von zwei Stimmen zugleich dasselbe schreckliche Wort in die brütende Nacht hinein:

»Blut!«

Nun kollerte Tom seinen Schinken über den Abhang und ließ sich selber nachgleiten, wobei er Haut und Kleider empfindsam verletzte. Wohl gab's einen leichten, bequemen Pfad den Abhang hinunter und am Ufer entlang, dem aber fehlten jene unerlässlichen Eigenschaften von Schwierigkeit und Gefahr, die ein Seeräuber vor allen andern schätzt.

Der »Schrecken der See« hatte eine riesige Speckseite geliefert und sich halb krumm und lahm geschleppt, um sie herbeizubringen. Finn, der »Blut-Händige«, hatte einen Kochkessel gestohlen, dazu eine Portion halb getrocknete Tabaksblätter und einige Maiskolben, um Pfeifen draus zu machen. Keiner der Piraten freilich rauchte oder kaute Tabak als nur er selber. Der »Schwarze Rächer der spanischen Meere« meinte, man könnte nimmermehr das Unternehmen ins Werk setzen, ohne Feuer an Bord zu haben. Der Gedanke war weise, auch schritt man sofort zur Tat. In der Entfernung glimmte ein Feuer auf einem großen Floße, dahin schlichen sie nun und verschafften sich einen Holzbrand. Aus dieser Expedition machten sie sich mit Wonne und umständlicher Wichtigkeit ein gefährliches Abenteuer zurecht. Unterwegs hielten sie fast jede Minute an, sagten »Pst« und legten den Finger auf die Lippen. Ihre Hände umfassten eingebildete Schwertergriffe, leise Befehle wurden geflüstert, dass, wenn der »Feind« sich rege, er »kaltgemacht« werden müsse, denn »tote Menschen plaudern nichts mehr aus«! Die Jungen wussten freilich mit Bestimmtheit, dass die Flößer unten in der Stadt waren, entweder um Vorräte einzukaufen oder um zu zechen, das war aber für sie kein Grund, sich weniger piratenmäßig bei der Sache zu benehmen.

Glücklich zurückgekehrt von dem gefahrvollen Feuer-

Raubzug, stießen sie alsbald von Land. Tom hatte den Oberbefehl, Huck saß am hinteren Ruder, Joe vorn. Tom stand mitten auf dem Floße. Finster blickend, mit über der Brust gekreuzten Armen, erteilte er seine Befehle in leisem, strengem Flüsterton.

»Luven! Vor den Wind!«

»Geluvt ist, Kap'tän.«

»Stet, Jungens, ste-e-et!«

»Stet ist's, Kap'tän.«

»Einen Strich rechts abgehen!«

»Ein Strich ist's!«

Während die Jungen das Floß unverweilt gegen die Mitte des Stromes zutreiben ließen, verstand es sich von selbst, dass alle diese Befehle nur der Form halber erteilt wurden und weiter gar nichts zu bedeuten hatten.

»Welche Segel führt das Boot?«

»Hauptsegel, Topsegel und fliegenden Klüver, Kap'tän.«

»Oberbramsegel auf! Ihr dort flink, 'n halb Dutzend an die Fockmarsleesegel! Lustig, Jungens, rührt euch!«

»Eh, eh, Kap'tän!«

»Marssegel vom Hauptmast! Schoten und Brassen! Vorwärts, Jungens.«

»Eh, Kap'tän!«

»Ruder nach Lee – hart an Backbord. Backbord-Backbord! Nun, Leute, frisch drauflos. Stet – ste-e-et!«

»Stet ist's, Kap'tän!«

Das Floß begann, die Mitte des Stromes zu kreuzen und auf das andere Ufer zuzuhalten. Die Jungen gaben der Spitze desselben die rechte Richtung und zogen dann die Ruder ein. Kaum ein Wort wurde gewechselt während der nächsten halben Stunde. Jetzt trieb das Floß am fernen Städtchen vorüber. Zwei oder drei schimmernde Lichter zeigten, wo dasselbe lag, in süßem, friedlichem Schlummer, jenseits dieser endlosen, ungeheuren, sternbeschienenen Wasserflut, ohne Ahnung von dem tief eingreifenden Ereignis, das soeben im Begriff war, sich abzuspielen. Der »Schwarze Rächer« stand da mit gekreuzten Armen, einen letzten Blick werfend auf den Schauplatz seiner früheren Freuden und späteren Leiden, und wünschte sehnlichst, »sie« könnte ihn jetzt sehen, da draußen auf der wilden See, der Gefahr und dem Tode ins Antlitz schauend, unverzagten Herzens, mit einem grimmigen Lächeln auf den Lippen seinem Untergang entgegengehend. Seiner Einbildungskraft war es ein Geringes, die Jackson-Insel aus der Gesichtsweite des Städtchens wegzuversetzen, und so sandte er demselben denn seinen »letzten Blick«, zufriedenen, wenngleich gebrochenen Herzens. Die anderen Piraten sandten desgleichen ihre letzten Blicke und blickten so anhaltend und so lange, dass die Strömung sie beinahe aus dem Bereich der Insel fortgetrieben hätte. Diese Gefahr aber wurde noch beizeiten entdeckt und derselben mit Erfolg Einhalt getan. Etwa um zwei Uhr morgens trieb das Floß an der Sandbank auf, ungefähr hundert Meter oberhalb der Spitze der Insel, und die Jungen wateten nun durch das Wasser hin und zurück, bis sie ihre Ladung glücklich gelandet und in Sicherheit gebracht hatten. Zu dem kleinen Floß gehörte auch ein altes Segel, welches sie an einem heimlichen Plätzchen im Gebüsch als Zelt aufspannten, um die Vorräte darunter zu bergen. Sie selbst aber wollten unter freiem Himmel schlafen, in Wind und Wetter, wie es solchen Ausgestoßenen der Menschheit zukam.

Sie schichteten Holz zu einem Feuer auf neben einem dicken, alten, abgestorbenen Baumstamm, der etwa zwanzig bis dreißig Schritte weit in der düsteren Tiefe des Waldes stand, brieten sich Speck zum Abendessen und ließen sich's köstlich munden. Herrlich, unbeschreiblich schön war das wilde, freie Leben im jungfräulichen Walde einer unbekannten, unbewohnten Insel, weitab vom Getriebe der Menschen, und sie schwuren sich, nimmermehr zurückzukehren in die Fesseln der Zivilisation. Das aufglimmende Feuer beleuchtete ihre Gesichter und warf seinen roten Schein auf die säulenartigen Baumstämme dieses grünen Waldtempels, auf das schimmernde Laub und die alles umrankenden, wilden Reben. Als die letzte knusprige Speckschnitte verschwunden, die letzte Brotkrume aufgezehrt war, streckten sich die Jungen auf dem Moose aus, erfüllt von köstlichstem Behagen. Wohl hätten sie ein kühleres Plätzchen finden können, aber sie mochten sich das romantische Gefühl nicht versagen, am leise flackernden Lagerfeuer zu rösten.

»Ist das nun nicht lustig?«, fragte Joe.

»Famos«, bestätigte Tom.

»Was würden die Jungen sagen, wenn sie uns so sehen könnten!«

»Sagen? Ei, die ließen sich totschlagen, wenn sie nur hier sein könnten – he, Huckchen?«

»Das will ich meinen!«, brummte Huckleberry, »mir wenigstens gefällt's, und ich wünsch mir nichts anderes. Für gewöhnlich krieg ich nicht satt – hier kann mich auch keiner herumstoßen und seine Stiefel an mir abputzen, danke!«

»Das ist just ein Leben für mich«, jubelte Tom, »morgens braucht man nicht aufzustehen, braucht nicht in die Schule, sich nicht zu waschen und all den andern dummen Firlefanz. Siehst du nun, Joe, ein Pirat hat gar nichts zu tun, solang er am Lande ist, ein Eremit aber, der muss beten, beten, beten, bis er schwarz wird, und hat nie ein Vergnügen, immer so allein für sich.«

»Das ist auch wahr«, meinte Joe, »ich hab eben nicht weiter darüber nachgedacht. Jetzt will ich selber viel lieber Seeräuber sein, seit ich's probiert hab.«

»Außerdem«, belehrte Tom, »gibt man heutzutage nicht mehr so viel auf Eremiten wie früher in alten Zeiten, während ein Pirat überall geachtet ist. Ein Eremit muss auch immer auf dem allerhärtesten Platz schlafen, den er finden kann, muss Asche auf sein Haupt streuen und –«

»Asche? Zu was denn die Asche auf den Kopf?«, fragte Huck.

»Das weiß ich selber nicht. Aber das müssen sie – alle Eremiten tun's. Du hättest's auch zu tun, wenn du einer wärst.«

»Die sollten mir kommen«, versetzte Huck.

»Na, was tät'st du denn?«

»Das weiß ich noch nicht. Aber Asche auf den Kopf sicher nicht.«

»Aber Huck, das müsstest du einfach. Wie wolltest du da drum herumkommen?«

»Ei, ich würd's eben nicht leiden. Ich risse aus!«

»Ausreißen! Na, du wärst ein nettes altes Gestell von einem Eremiten, weiß Gott, ein wahrer Schandfleck für die andern!«

Der »Blut-Händige« gab keine Antwort, da er Besseres zu tun hatte. Er war soeben damit fertig geworden, einen Maiskolben auszuhöhlen; nun befestigte er einen Binsenhalm daran, stopfte den Kolben mit Tabak, legte eine glühende Kohle darauf und hüllte sich in eine Wolke lieblich duftenden Dampfes. Man sah ihm ordentlich an, wie er sich im höchsten Stadium wollüstigen Behagens befand. Die andern Piraten neideten ihm den Besitz solch imponierend lasterhafter Kunst und beschlossen heimlich, dieselbe in kürzester Frist sich anzueignen. Nach einer Weile fragte Huck:

»Was haben denn Seeräuber eigentlich zu tun?«

Worauf Tom erwiderte:

»Oh, die haben Zeitvertreib genug. Die kapern Schiffe und verbrennen sie, nehmen alles Geld weg und vergraben's an ganz schrecklich gruseligen Plätzen auf ihrer Insel, wo's Geister und solche Wesen gibt, die den Schatz bewachen. Dann töten sie jedermann auf den Schiffen – lassen alle über die Planken springen –«

»Und die Frauen schleppen sie ans Land«, vervollständigte Joe, »die töten sie nicht.«

»Nein«, stimmte Tom bei, »Frauen töten sie nicht, dazu sind sie zu edel. Die Frauen sind auch immer sehr schön.«

»Und was für Kleider sie tragen! 's ist 'ne wahre Pracht; alles voll Gold und Silber und Diamanten«, fiel Joe ganz begeistert ein.

»Wer?«, fragte Huck.

»Nun, die Piraten doch!«

Huck sah nachdenklich an seiner Gewandung hinunter.

»Na, meine Kleider sind dann schwerlich für einen Piraten geschaffen«, bemerkte er mit einer gewissen erhabenen Trauer in der Stimme, »ich habe aber keine anderen nicht!«

Seine beiden Kameraden trösteten ihn, die schönen Kleider würden schnell genug kommen, wenn man nur erst auf Abenteuer auszöge. Sie gaben ihm zu verstehen, dass seine ärmlichen Lumpen für den Anfang genügen sollten, obgleich gut gestellte Seeräuber für gewöhnlich in passender Garderobe auszögen.

Allmählich erstarb das Geplauder, Müdigkeit begann die Lider der kleinen Strolche schwer zu machen. Die Pfeife entglitt den Fingern des »Blut-Händigen«, und er schlief den tiefen Schlaf des Gerechten und – Müden. Der »Schrecken der See«, ebenso auch der »Schwarze Rächer der Spanischen Meere« hatten größere Schwierigkeit im Erlangen des Schlafes. Sie sagten ihre Gebete nur innerlich her, da keine Autorität zugegen war, die sie zum Knien und lauten Aufsagen angehalten hätte. Zuerst hatten sie vorgehabt, gar nicht zu beten, vor solchem Wagnis aber schreckten sie schließlich doch zurück, aus Furcht, es könne ein ganz besonderer Donnerkeil vom Himmel auf ihre schuldigen Häupter niedersausen. Als sie endlich, endlich, ganz nahe am Rande des tiefen Abgrunds, Schlaf genannt, lagen und schon darein zu versinken dachten, da nahte wiederum ein Etwas, ein Störenfried, der sich nicht abweisen lassen wollte. Es war das Gewissen! Es überkam sie eine unbestimmte Ahnung des Unrechts, das sie begangen mit ihrem Davonlaufen, dann tauchte das gestohlene Fleisch auf, und die Tortur begann. Sie versuchten dem Gewissen vorzuhalten, wie sie oft und oft Anleihen an die Speisekammer der Ihren gemacht in Äpfeln und andern Süßigkeiten, das Gewissen aber gab sich mit solch durchsichtigen Ausflüchten nicht zufrieden. Es bewies ihnen klar und unbestreitbar, wie sich die Tatsache nicht umgehen lasse, dass das Einstecken von Äpfeln, Süßigkeiten etc. nur »klauen« heiße, während das Wegnehmen von Speckseiten, Schinken und ähnlichen wertvolleren Gegenständen einfacher, gewöhnlicher Diebstahl genannt werden müsse – wogegen es ein dräuendes Gebot in der Bibel gab. Demzufolge beschlossen sie innerlich, dass, solange sie das Piratengeschäft betrieben, ihre Raubzüge nicht wieder mit dem Verbrechen des Diebstahls besudelt werden dürften. Das Gewissen gab sich denn auch damit zufrieden, schloss einen Waffenstillstand, und unsere merkwürdig inkonsequenten »Seeräuber« versanken in einen friedlichen, ungestörten Schlummer.

Dreizehntes Kapitel

Als Tom am Morgen erwachte, konnte er sich kaum besinnen, wo er eigentlich sei. Er setzte sich auf, rieb sich die Augen und blickte um sich, dann überkam ihn die Erinnerung. Der Tag begann eben zu grauen, kühl und wonnig. Es lag ein köstliches Gefühl der Ruhe und des Friedens in der tiefen, alles umfangenden Stille, dem Schweigen des Waldes. Kein Blatt rührte sich, kein Ton unterbrach das sinnende Nachdenken der großen Natur. Tautropfen perlten auf Blättern und Gräsern. Eine Schicht weißer Asche bedeckte das Feuer, von dem sich ein dünnes, bläuliches Rauchwölkchen in die stille Luft emporkräuselte. Joe und Huck schliefen noch. Jetzt erklang, weit drüben im Walde, der Ruf eines Vogels, ein andrer antwortete, dann hörte man das Hämmern eines Spechtes. Allmählich lüftete sich das kühle, fahle Grau der Morgendämmerung, ebenso allmählich vermehrten sich die Töne, das neu erwachte Leben begann sich allenthalben kundzutun. Das große Wunder, wie die Natur den Schlaf abschüttelt und ihr Tagewerk aufnimmt, entfaltete sich vor den Augen der staunenden Knaben. Eine kleine, grüne Raupe kam über ein taufrisches Blatt dahergekrochen, von Zeit zu Zeit drei Viertel ihres Körperchens in die Luft hebend und herumschnüffelnd, dann wieder vorwärts strebend. Aha, die kommt zum Anmessen, dachte Tom, und als das Tierchen aus freien Stücken sich ihm näherte, saß er stockstill, hoffend und bangend, je nachdem das Geschöpf die Richtung auf ihn zu nehmen oder sich anderswo hinzuwenden schien. Als es aber zuletzt, nach einem bangen Moment des Zweifels, währenddessen es den gekrümmten Körper in der Luft hin und her bewegte, sich ganz entschieden auf Toms Bein gleiten ließ und die Reise längs desselben begann, da füllte Freude Toms Herz, denn das bedeutete, dass er einen neuen Anzug bekommen würde – ohne Zweifel eine glänzende Piratenuniform. Jetzt erschien ein Zug von Ameisen, man wusste nicht woher, sie gingen auf Arbeit aus. Eine derselben schleppte sich mutig mit einer toten Spinne ab, fünfmal so groß wie sie selber, und lotste dieselbe direkt einen Baumstamm hinauf. Ein schwarz geflecktes Johanniskäferchen erklomm die steile Höhe eines Grashalms, Tom beugte sich dicht zu demselben nieder und sang:

»Johanniskäferchen flieg,
Der Vater ist im Krieg.
Flieg, flieg, dein Häuschen brennt,
's sitzen sieben Kinderchen drin!«

Und das Johanniskäferchen entfaltete die kleinen Schwingen und flog davon, um zu Hause nachzusehen, was den Jungen keineswegs verwunderte, wusste er doch aus Erfahrung, wie leichtgläubig das dumme Ding sei, namentlich in Betreff der Feuersbrünste, und er hatte der kleinen Einfalt schon oftmals denselben Streich gespielt. Die Vögel lärmten nun förmlich im Gezweige der Bäume. Ein Rotkehlchen saß in einem Aste über Toms Kopf und schmetterte seine Triller aus voller Brust hinaus in den lichten Morgen. Ein blauschwarzer Häher schoss nieder, gleich dem Strahl einer blauen Flamme, setzte sich auf einen Busch, ganz dicht im Bereich des Knaben, legte den Kopf auf die Seite und beäugelte die Fremden mit lebhafter Neugierde. Ein graues Eichhörnchen und ein stämmiger Bursch aus der Fuchs-Familie kamen angerannt, setzten sich auf die Hinterbeine und betrachteten furchtlos die Eindringlinge. Die harmlosen Geschöpfe hatten wohl noch niemals ein menschliches Wesen gesehen und wussten offenbar nicht, ob man sich fürchten müsse oder freuen. Die ganze Natur war jetzt völlig wach und in Bewegung. Gleich blitzenden Lanzen drangen die goldenen Strahlen des Sonnenlichtes durch das dichte Laubwerk nah und fern, auch kleine buntfarbige Schmetterlinge kamen herbeigeflogen.

Tom ermunterte nun die beiden andern Piraten, und eine Minute später trabten sie mit einem Freudengeheul dem Ufer zu, warfen die Kleider ab und jagten und überpurzelten sich in dem seichten, lauen Wasser bei der Sandbank. Keine Spur von Sehnsucht empfanden sie nach dem Städtchen da drüben, das jenseits der endlosen, majestätischen Wasserfläche noch im Schlafe lag. Eine verirrte Welle oder auch eine leichte Schwellung des Stroms hatte ihr Floß entführt, dies aber diente den Jungen nur zur Befriedigung, denn durch sein Verschwinden waren gleichsam die Brücken zwischen ihnen und der Zivilisation abgebrochen.

Wunderbar erfrischt kehrten sie in ihr Lager zurück, sorglos, glückstrahlend und mit einem Wolfshunger. Bald flackerte das Feuer auf in hellen Flammen; Huck entdeckte eine Quelle frischen, kalten Wassers dicht beim Lager. Die Jungen machten sich Becher aus großen Eichen- und Ahornblättern und fanden, dass Wasser, durch solch eigenartigen, wilden Waldeszauber versüßt, der beste Ersatz für Kaffee sei. Während Joe sich eben anschickte, Speckschnitten zum Frühstück abzuschneiden, riefen ihm Huck und Tom zu, er möge eine Minute warten, griffen zur Angel, liefen zum Flusse, warfen die Leine aus, und ehe noch Joe Zeit hatte, ungeduldig zu werden, waren sie schon zurück mit einem Vorrat an Fischen, der für eine ganze Familie ausgereicht haben würde. Sie brieten nun Fische mitsamt dem Speck, und noch nie hatte ihnen ein Fisch so köstlich geschmeckt. Sie wussten ja nicht, dass ein Süßwasserfisch umso besser ist, je schneller er in die Pfanne kommt, auch dachten sie nicht daran, welche treffliche Würze Schlaf und

Bewegung im Freien, das Bad und ein gehöriger Hunger abgaben.

Nach dem Frühstück lagen sie im Schatten herum, während Huck sein Pfeifchen schmauchte, und dann rüsteten sie sich, eine Entdeckungsreise auf der Insel vorzunehmen. Lustig trabten sie dahin, über modernde Baumstämme, durch wirres Unterholz, zu Füßen der erhabenen Fürsten der Wälder, die von den Kronen bis zur Wurzel, als Zeichen ihrer Würde, mit dem Wundergerank der Reben gleich einem duftenden Krönungsmantel behangen waren. Hie und da trafen sie auf saftiggrüne, lauschige Plätzchen, die mit weichem Grase und Blumen wie ausgepolstert waren.

Massenhaft fanden sie Dinge, die sie entzückten, nichts, das ihnen seltsam vorkam. Sie entdeckten, dass die Insel vielleicht drei Meilen lang und eine Viertelstunde breit sei und dass das Ufer, dem sie zunächst lag, nur durch einen schmalen Kanal von etwa hundert Meter Breite von derselben geschieden war. Jede Stunde einmal erfrischten sie sich durch eine kleine Schwimmexkursion, und so war der Nachmittag schon weit vorgerückt, als sie zum Lager zurückkehrten. Sie waren zu hungrig, um noch erst lange zu fischen, erquickten sich dagegen aufs Beste am kalten Schinken und warfen sich dann in den Schatten auf das Moos, um zu plaudern. Das Gespräch erlahmte bald und hörte dann ganz auf. Die Stille, die Feierlichkeit, die über dem Walde lag, begann, mitsamt dem Gefühl der Einsamkeit, die Gemüter der Knaben zu bedrücken. Sie verfielen in Nachdenken. Eine Art unbestimmter Sehnsucht beschlich sie, die alsbald leise Gestalt annahm – es war aufkeimendes Heimweh. Selbst Finn, der »Blut-Händige«, träumte von seinen heimatlichen Treppenstufen und leeren Schweineställen. Alle drei aber schämten sie sich ihrer Schwäche, und keiner hatte das Herz, seinen Gedanken Worte zu geben.

Schon seit ein paar Minuten waren die Jungen sich undeutlich bewusst, dass ein eigentümlicher Ton aus der Ferne zu ihnen herüberklang, gerade wie man das Ticken einer Uhr hört, ohne sich davon Rechenschaft zu geben. Jetzt aber gewann der geheimnisvolle Ton an Kraft und drängte sich förmlich der Wahrnehmung auf. Die Jungen fuhren zusammen, sahen sich an und richteten sich in lauschender Stellung empor. Ein langes Schweigen folgte, tief und ununterbrochen, dann ertönte ein dumpfes, dröhnendes »Bum« aus der Entfernung über das Wasser herüber.

»Was ist das?«, rief Joe mit unterdrückter Stimme.

»Möcht's selber wissen«, flüsterte Tom.

»Donner ist's keiner«, meinte Huck in ängstlichem Ton, »denn Donner –«

»Still«, gebot Tom, »schwätz nicht; horch lieber!«

Wieder warteten sie eine Zeit lang, die eine Ewigkeit schien, dann unterbrach dasselbe dumpfe »Bum« die feierliche Stille.

»Lasst uns doch sehen, ob wir was entdecken können.«

Damit sprangen sie auf die Füße und rannten dem der Stadt gegenüberliegenden Ufer zu. Vorsichtig teilten sie die Büsche und lugten hinter denselben hervor auf das Wasser hinaus. Die kleine Dampffähre trieb, vielleicht eine Meile unterhalb der Stadt, mit der Strömung daher. Das breite Deck wimmelte von Menschen. Eine Menge Boote ruderten um dieselbe herum oder ließen sich in den Wellen der Fähre treiben, die Jungen aber konnten nicht sehen, was die Männer in den Booten taten. Alsbald brach eine dicke Wolke weißen Rauchs aus der einen Seite der Fähre hervor, und als sie sich zu erheben und zerstreuen begann, erklang derselbe dumpfe Ton in den Ohren der lauschenden Knaben.

»Jetzt weiß ich's«, rief Tom, »da ist einer ertrunken.«

»Das ist's, weiß Gott«, stimmte Huck bei, »so haben sie's vorigen Sommer grad auch gemacht, als der Bill Turner ertrunken war. Da haben sie 'ne Kanone losgefeuert, und da kommt dann der Tote herauf aufs Wasser. Ja, und sie nehmen auch große Brote und stecken Quecksilber hinein und lassen die schwimmen, und die schwimmen dann grad drauflos, wo ein Ertrunkener liegt, und halten da an, damit man ihn findet.«

»Ja, davon hab ich auch gehört«, bestätigte Joe, »woher das Brot das wohl tut?«

»Na, das Brot selber tut's weniger als das, was sie vorher drüber sprechen, den Zauber, mein ich«, sagte Tom.

»Aber sie sprechen gar nichts drüber«, versicherte Huck, »ich war ja ganz nah dabei und hab alles gesehen.«

»Das wär sonderbar«, meinte Tom, »vielleicht sagen sie's nur leise. Natürlich ist's so, das könnt ein Kind wissen«, fügte er geringschätzig bei.

Die andern beiden gaben denn auch zu, dass Tom Recht haben könne. Von einem unvernünftigen Brot, das, unbelehrt durch irgendeinen Zauberspruch, mit solch ernster, wichtiger Sendung betraut werde, könne man doch unmöglich viel Verstand erwarten.

»Weiß Gott, ich wollt, ich wär drüben dabei«, rief Joe.

»Ich auch«, bekräftigte Huck, »ich gäb alles drum, wenn ich wüsst, wer da gesucht wird.«

Wieder lauschten die Jungen und beobachteten. Plötzlich tauchte ein erleuchtender Gedanke blitzartig in Toms Hirn auf, und er rief:

»Jungens, ich weiß, wer dort ertrunken ist – wir sind's!«

Und sie fühlten sich als Helden im nächsten Augenblick. Das war ein glorreicher Triumph! Sie wurden vermisst, betrauert, Herzen brachen ihretwegen, Tränen flossen. Anklagende Erinnerungen an Unfreundlichkeiten gegen diese armen, nun verlorenen Knaben tauchten auf, Bedauern und Reue beschlichen die betreffenden Herzen, und was noch das Beste von allem war, die Verschwundenen bildeten das Gespräch der ganzen Stadt. Alle andern Jungen mussten sie glühend beneiden um diese glänzende, öffentliche Berühmtheit. Das war herrlich! Dafür lohnte es sich wahrhaftig, Pirat zu sein!

Die Dämmerung begann, die Dampffähre kehrte zu ihrer gewöhnlichen Beschäftigung zurück, die Boote verschwanden, und die Piraten begaben sich nach ihrem Lager. Sie strahlten förmlich vor Wonne und Eitelkeit über ihre neue Größe und die glorreiche Unruhe, die sie verursachten. Sie fingen Fische, bereiteten ihr Abendessen, verzehrten es und vertrieben sich dann die Zeit damit, sich vorzustellen, was man zu Hause wohl über sie sagte und dachte. Sich die Bilder der allgemeinen Kümmernis, die ihretwegen herrschte, auszumalen und von ihrem Standpunkt zu betrachten gewährte ihnen die höchste Befriedigung. Als aber die Schatten der Nacht sie zu umhüllen begannen, verstummte allmählich das Gespräch. Sie saßen und starrten ins Feuer, während ihre Gedanken offenbar ganz woanders herumstreiften. Die Erregung war verflogen, und Tom und Joe konnten sich der leise mahnenden Überzeugung nicht erwehren, dass gewisse Leute zu Hause weit weniger Vergnügen haben würden an dem lustigen Abenteuer als sie selber. Böse Ahnungen tauchten auf, sie fühlten sich unruhig und unglücklich, ein Seufzer nach dem andern entschlüpfte ihnen, ohne dass sie selber es merkten. Dann streckte Joe schüchtern einen tastenden Fühler vor, wie wohl die andern dächten über eine Rückkehr zur Zivilisation – nicht jetzt natürlich, aber –

Tom schmetterte ihn mit Verachtung nieder! Huck, der bis jetzt noch keine Anwandlung von Schwäche empfand, stimmte Tom bei, und der Schwankende suchte sich alsbald herauszureden, um sich mit einem möglichst geringen Makel mattherzigen Heimwehs aus der Sache zu ziehen. Die Meuterei war für den Augenblick mit Erfolg unterdrückt.

Als die Nacht vollends hereinbrach, begann Huck einzunicken und schnarchte sofort, dann kam die Reihe an Joe. Regungslos lag Tom, auf seine Ellbogen gestützt, und beobachtete die zwei aufmerksam. Dann erhob er sich vorsichtig auf die Knie und kroch im Gras umher, beim schwach flackernden Schein des Feuers nach etwas suchend. Er las ein Stück weißer, zylinderförmiger Sykomorenrinde nach dem andern auf, untersuchte sie und wählte schließlich zwei derselben, die ihm die besten schienen. Dann kniete er am Feuer nieder, kritzelte voll Anstrengung etwas mit seinem Rotstift auf jedes der Stücke, rollte eines zusammen, steckte es in seine Tasche und schob das andre in Joes Hut, den er etwas entfernt von dem Eigentümer hinlegte. Demselben Hut vertraute er dann noch einige Schuljungen-Kostbarkeiten von fast unschätzbarem Werte an, als da sind ein Klumpen Kreide, ein Gummiball, drei Fischhaken und eine kleine Glaskugel, die überall für echtes Kristall ging. Dann schlich er sich auf den Zehenspitzen unter den Bäumen hin, bis er außer Hörweite war, worauf er sich geradeswegs nach der Sandbank in Trab setzte.

Vierzehntes Kapitel

Ein paar Minuten später befand sich Tom im seichten Wasser der Sandbank und watete dem Illinois-Ufer zu. Noch reichte ihm das Wasser kaum bis zur Brust, als er schon die Hälfte des Wegs zurückgelegt hatte. Jetzt aber erlaubte die Strömung kein weiteres Vordringen, und kühn begab er sich daran, die übrigen hundert Meter schwimmend zurückzulegen. Er ließ sich von der Strömung treiben, die ihn rascher beförderte, als er selber dachte. Doch gelang es ihm endlich, das Ufer zu erreichen und an einer niederen Stelle desselben zu landen. Er fühlte in seiner Tasche nach dem Rindenstück, fand es sicher an seinem Platz und schritt nun mit triefenden Kleidern waldeinwärts am Ufer entlang. Kurz vor zehn Uhr kam er an einen freien Platz, gerade dem heimatlichen Städtchen gegenüber, und sah die Fähre im Schatten der Bäume am hohen Ufer angekettet. Alles war still unter den funkelnden Sternen. Er kroch am Ufer hinab, mit vorsichtigen Blicken ausspähend, glitt ins Wasser und schwamm mit drei oder vier Stößen nach dem Boot, das an der Seite der Fähre befestigt war. Dort streckte er sich unter die Ruderbank und wartete atemlos. Alsbald ertönte eine heisere Glocke, und eine Stimme gab den Befehl zum Abstoßen. Eine bis zwei Minuten später wurde das Boot von der Fähre scharf angezogen, und die Fahrt hatte begonnen. Tom beglückwünschte sich selber zu seinem Erfolg, er wusste, es war die letzte Fahrt diesen Abend. Nach Verlauf von endlosen zwölf oder fünfzehn Minuten standen die Räder still, Tom schlüpfte über Bord und schwamm ans Ufer in der Dunkelheit, etwa fünfzig Meter unterhalb des Städtchens landend, aus Furcht, noch späten Herumschwärmern zu begegnen. Er flog durch einsame Gässchen und befand sich nach kurzem am hintern Zaun von seiner Tante Hof.

Der Zaun war schnell überstiegen, er näherte sich dem Hause und blickte durch das Fenster des Wohnzimmers, in dem noch Licht brannte. Dort saßen Tante Polly, Sid, Mary und Joe Harpers Mutter dicht zusammen und redeten. Sie saßen vor dem Bett, und das Bett befand sich zwischen ihnen und der Tür, welche direkt auf den Hof führte. Tom trat auf den Zehen heran und begann leise auf die Klinke zu drücken. Die Tür gab nach und öffnete sich ein klein wenig mit sanftem Knarren. Vorsichtig erweiterte Tom den Spalt, bis er ihn für groß genug hielt, um sich auf den Knien durchzuschieben. Dann steckte er den Kopf durch und begann mutig, vorwärts zu kriechen.

»Warum das Licht nur so flackert?«, sagte Tante Polly. – Tom beeilte sich mit dem Hereinkriechen. »Herrgott, die Tür ist ja offen, so viel ich seh! Freilich ist sie's. Nehmen die Schrecknisse gar kein Ende! Geh, Sid, mach die Tür zu!«

Gerade zur rechten Zeit verschwand Tom unter dem Bett. Da lag er mäuschenstill, um nur erst zu Atem zu kommen, dann kroch er weiter vor, bis dahin, wo er fast seiner Tante Füße berühren konnte.

»Ja, wie ich gesagt hab«, fuhr diese fort, »schlecht war er nicht, was man so schlecht heißt – nur immer voller Tollheiten, voller Unsinn und immer oben hinaus, wisst ihr. Ihm konnte man's aber so wenig übel nehmen wie einem Füllen; er dachte sich weiter nichts dabei, war weiß Gott der gutherzigste Junge, der lebte und –«, sie begann zu weinen.

»Grad so war mein Joe – immer voller Teufeleien und zu jedem tollen Streich aufgelegt, aber so selbstlos und gut dabei wie nur möglich. Und, der Himmel verzeih mir's, ich, ich, seine eigene Mutter, geh hin und hau ihn durch, weil ich mein, er hat den alten Rahm genommen, denk nicht dran, dass ich den doch selber fortgeschüttet hab, weil er sauer geworden war. Und jetzt soll ich ihn nie wieder sehen in dieser Welt, den armen, misshandelten Jungen, nie, niemals wieder!« Und Frau Harper schluchzte, als wolle ihr das Herz brechen.

»Ich hoffe, Tom ist besser dran, wo er ist«, begann Sid, »wenn er aber hier in manchem besser –«

»Sid!« – Tom fühlte ordentlich den strengen Mahnblick, das drohende Funkeln in den Augen der alten Dame, obgleich er's nicht sehen konnte.

»Kein Wort weiter gegen meinen armen Tom, der nun von uns gegangen ist. Der allmächtige Gott wird sich seiner schon annehmen, da brauchst du dich nicht drum zu kümmern. Oh, Frau Nachbarin, ich weiß nicht, wie ich's überleben soll, weiß nicht, wie ich's überleben soll! Er war mein ganzer Trost, obgleich er mir mein altes Herz fast aus dem Leib herausquälte!«

»Der Herr hat's gegeben, der Herr hat's genommen, der Name des Herrn sei gelobt! Aber hart ist's, so arg hart! Erst vorigen Sonntag ließ mir mein Joe einen Schwärmer grad unter der Nase platzen, worauf ich ihm eins versetzte, dass er umfiel. Da dacht ich nicht, dass er so bald – ach, Herr du meines Lebens, wenn ich wieder in derselben Lage wäre, ich würde ihn an mein Herz drücken und küssen.«

»Ja, ja, ja, Nachbarin, ich weiß, wie Ihnen zumute sein muss, weiß es ganz genau. Gestern Nachmittag erst hat mein Tom dem unvernünftigen Vieh, dem Peter, ›Schmerzenstöter‹ eingegossen, den er selber hat nehmen sollen. Na, ich denk, die Katze reißt's Haus ein, so tobt die herum. Und ich, Gott verzeih mir, geb dem Jungen einen Klaps auf den Kopf mit meinem Fingerhut; armer Junge, armer, armer, toter Junge! Er hat's überstanden jetzt. Und die letzten Worte, die ich von ihm gehört hab, waren, dass er mir vorwarf –«

Diese Erinnerung aber war zu viel für die alte Dame, sie brach vollständig darunter zusammen. Tom schluchzte jetzt selber, mehr aus Mitleid mit sich als aus irgendeinem andern Grund. Er hörte, dass Mary weinte und von Zeit zu Zeit ein freundliches Wort über ihn dazwischenwarf. Seine eigene Meinung von sich stieg um ein Beträchtliches. Der Kummer seiner Tante rührte ihn aber doch sehr, und kaum konnte er der Versuchung widerstehen, hervorzubrechen aus seinem Hinterhalt und ihren Jammer in Freude zu verwandeln. Der theatralische Effekt, den solche Szene notwendig hervorrufen musste, reizte ihn gewaltig, doch er erwehrte sich dessen tapfer und blieb still. Er fuhr fort zu lauschen und merkte aus allerlei Bruchstücken der Reden, die er zusammensetzte, dass man zuerst geglaubt hatte, er und die Kameraden seien beim Schwimmen verunglückt. Dann wurde das kleine Floß vermisst. Verschiedene Jungen gaben nun an, dass die Vermissten gesagt hätten, die ganze Stadt solle bald was Neues erfahren. Die »weisen Häupter« der Gemeinde reimten sich nun Verschiedenes zusammen und waren schließlich darin einig, dass die Jungen auf dem Floß davongegangen und baldigst in der nächsten Stadt flussabwärts auftauchen dürften. Gegen Mittag aber war das leere Floß aufgefunden worden, das etwa vier Meilen unterhalb des Städtchens ans Ufer getrieben war, und da schwand jede Hoffnung. Sie mussten ertrunken sein, sonst hätte sie der Hunger vor Nacht nach Hause gejagt, wenn nicht noch früher. Man glaubte, die Suche nach den Leichen sei hauptsächlich deshalb erfolglos geblieben, weil die Ertrunkenen wohl mitten im tiefsten Wasser umgekommen sein mussten, denn die Jungen waren flotte Schwimmer und hätten sich sonst sicherlich ans Ufer gerettet. Das war am Mittwochabend. Wenn es nun nicht gelang, bis Sonntag die Leichen aufzufinden, so musste man jeder Hoffnung entsagen, und es sollte an dem Tage ein Trauergottesdienst in der Kirche abgehalten werden. Tom schauderte.

Frau Harper schluchzte ein »Gute Nacht« und erhob sich

zum Gehen. Von einem gemeinsamen Antrieb ergriffen, flogen die beiden verwaisten Frauen einander in die Arme, weinten sich ein paar Minuten aus und nahmen darauf Abschied. Tante Polly sagte Sid und Mary mit besonderer Zärtlichkeit »Gute Nacht«, Sid schluchzte ein bisschen, Mary aber weinte aus Herzensgrund.

Jetzt kniete Tante Polly nieder und betete für Tom, so rührend, so eindringlich, mit solch maßloser Liebe in jedem Wort, jedem Ton ihrer alten, zitternden Stimme, dass der Missetäter unter dem Bett wieder förmlich zerfloss in Tränen, lange ehe sie geendet hatte.

Er musste sich sehr ruhig verhalten, eine ganze Zeit, nachdem sie zu Bett gegangen war, denn wieder und wieder warf sie sich ruhelos von einer Seite zur andern und stöhnte und jammerte vor sich hin. Endlich aber wurde sie still, nur noch zuweilen schluchzte sie leise im Schlafe auf. Jetzt stahl sich Tom unter dem Bett vor, richtete sich ganz allmählich in die Höhe, beschattete das Licht mit seiner Hand und betrachtete sie. Sein Herz floss über vor Mitleid. Er nahm die Sykomorenrinde aus der Tasche und legte sie neben dem Lichte nieder. Da schoss ihm ein Gedanke durch den Kopf, und er zögerte überlegend. Sein Gesicht verklärte sich förmlich im Widerschein der erleuchtenden Idee, die ihm gekommen. Hastig nahm er die Rinde wieder an sich, beugte sich über das alte Antlitz, hauchte einen Kuss auf ihre Lippen und stahl sich, leise wie er gekommen, durch die Tür, die er hinter sich schloss.

Er schlich den gleichen Weg zurück nach der Fähre, fand dort niemanden und betrat kühn das Deck. Wusste er doch, dass sich um diese Zeit nur ein Wächter dort befand, und der zog sich für gewöhnlich in die Kajüte zurück und schlief wie ein Sack. Er löste den Nachen von der Seite, schlüpfte hinein und glitt bald danach, vorsichtig rudernd, stromaufwärts dahin. Als er eine Meile oberhalb der Stadt war, schlug er die Richtung quer über den Fluss ein und legte sich tüchtig ins Zeug. Er traf genau auf die Landungsstelle an der andern Seite. Diese Leistung war für ihn nicht neu. Nun überlegte Tom, ob er nicht den Nachen mitnehmen sollte, der doch sozusagen ganz legitime Beute für einen Seeräuber wäre. Doch wusste er, dass man genaue Nachforschungen nach dem Verbleib anstellen würde, und die hätten am Ende zu unliebsamen Entdeckungen führen können. So sprang er denn ans Ufer und begab sich sofort in den Wald. Dort setzte er sich hin, ruhte lange, lange aus und quälte sich dabei namenlos ab, um sich wach zu erhalten. Dann machte er sich müde, matt und schläfrig auf den Heimweg. Die Nacht war schon weit vorgerückt. Es wurde heller Tag, ehe er sich wieder am Ufer gegenüber der Sandbank befand. Er ruhte sich nochmals aus, bis die Sonne ganz aufgegangen war und den Strom mit ihrem Glanze übergoldete, dann warf er sich ins Wasser, und bald darauf stand er triefend am Eingang des Lagers und hörte Joe sagen:

»Nein, Tom ist treu wie Gold, Huck, der kommt wieder, der kneift nicht aus! Er weiß, dass das eine Ehrlosigkeit für einen Piraten wäre, und Tom ist viel zu stolz, um so was zu tun. Er führt irgendetwas im Schilde, das ist sicher, möcht nur wissen, was!«

»Na, aber die Sachen dort im Hut sind doch unser, nicht?«

»Beinahe, Huck, noch nicht ganz. Hier die Schrift auf der Rinde sagt: ›Die Sachen gehören euch, sollte ich nicht bis zum Frühstück zurück sein‹ –«

»Was hiermit der Fall ist«, rief Tom und betrat mit großartigem, dramatischem Effekt die Szene.

Ein üppiges Frühstück, aus Speck und Fisch zusammengesetzt, war bald zur Stelle. Die Jungen machten sich drüber her, Tom erzählte dabei seine Abenteuer mit entsprechender Ausschmückung. Sein Ruhm warf einen strahlenden Abglanz auf die andern. Die Erzählung verwandelte sie alsbald in eine eitle, prahlerische, lärmende Heldenschar. Dann suchte sich Tom ein stilles, verborgenes Winkelchen zum Schlafen, während die andern Piraten sich fertig machten, um zu fischen und auf Entdeckungen auszugehen.

Fünfzehntes Kapitel

Nach dem Mittagessen begab sich die ganze Bande zur Sandbank auf die Suche nach Schildkröteneiern. Mit Stöcken durchwühlten sie den Sand, und wo sie eine hohle Stelle fanden, gruben sie mit den Händen nach und entdeckten oft fünfzig bis sechzig Eier in einem Loch, runde, weiße, nussgroße Dinger. Am Abend bereiteten sie sich aus den gebackenen Eiern ein köstliches Mahl, ebenso ein leckeres Frühstück am nächsten Morgen, einem Freitag. Danach gingen sie zur Sandbank, schwammen und tollten im Wasser herum und wälzten sich zur Abwechslung im heißen Sande, in den sie sich förmlich eingruben. Plötzlich kam ihnen der Gedanke, dass der kleiderlose Zustand, in welchem sie sich befanden, die größte Ähnlichkeit habe mit den Trikots der Zirkushelden. Augenblicklich wurde ein Kreis in den Sand gezogen, der einen Zirkus vorstellen musste, einen Zirkus mit drei Clowns in demselben, denn keiner der Jungen konnte sich entschließen, diesen stolzesten, begehrtesten aller Posten einem andern zu überlassen.

Als dies Vergnügen bis zur Neige ausgekostet war, sprangen Huck und Joe nochmals ins Wasser. Tom getraute sich nicht hinein, da er entdeckte, dass er beim Ausziehen der Hosen seine Klapperschlangen-Klappern verloren habe. Nur durch ein Wunder konnte er bis jetzt der Gefahr eines Krampfes beim Schwimmen entgangen sein ohne den geheimnisvoll wirkenden Schutz dieses Zaubermittels. Eifrig suchte er danach, und als er sie schließlich fand, die Zauber-Klappern, waren die andern des Schwimmens müde und ruhebedürftig. Sie schlenderten nun am Ufer hin, wurden schweigsam, verfielen in Brüten, blieben einer hinter dem andern zurück, und jeder ertappte sich dabei, dass er sehnsüchtig in die Weite starrte, dorthin, wo das heimatliche Nest schläfrig im Sonnenbrand dalag. Tom wurde sich mit einem Male bewusst, dass er mit der großen Zehe »Becky« in den Sand schrieb. Ärgerlich über seine unmännliche Schwäche wischte er's aus, zog aber im nächsten Moment nichtsdestoweniger dieselben magischen Linien aufs Neue, fast gegen seinen Willen; er konnte nicht anders. Wieder löschte er dieselben und entzog sich dann der Versuchung, indem er den beiden Kameraden nachjagte und sie zusammentrieb.

Joes Lebensgeister aber waren mittlerweile so gesunken, dass ein Aufraffen derselben fast unmöglich schien. Er hatte solches Heimweh, dass er es vor Elend kaum mehr aushalten konnte. Verräterische Tränen waren dicht am Überfließen. Auch Huck war melancholisch geworden. Tom war gleichfalls sehr niedergeschlagen, bemühte sich aber redlich, es nicht zu zeigen. Seine Brust barg ein Geheimnis, das ihm aber zur Mitteilung noch nicht reif schien. Sollte sich jedoch diese rebellische Niedergeschlagenheit nicht bannen lassen, so musste er am Ende doch damit herausrücken. Mit erkünstelter Heiterkeit rief er plötzlich:

»Ich wett, Jungens, auf der Insel hier waren schon vor uns Piraten. Lasst uns noch mal genau alles durchforschen. Vielleicht haben sie irgendwo 'nen Schatz versteckt. Das wär doch ein Hauptspaß, wenn wir plötzlich auf eine verfaulte Kiste voll Gold und Silber stießen, was?«

Diese Aussicht vermochte indessen nur eine schwache Begeisterung zu erregen, die alsbald erstarb, ohne ein Echo erweckt zu haben. Tom versuchte es mit zwei oder drei anderen lockenden Vorschlägen – es war eine verlorene Liebesmüh. Joe saß und bohrte mit einem Stock im Sand herum und sah sehr brummig aus. Schließlich rief er ungestüm:

»Jungens, wir wollen's sein lassen. Ich will heim, hier ist's so einsam.«

»Ach, Joe, wart doch«, beruhigte Tom, »bald denkst du ganz anders darüber. Denk doch nur allein ans Fischen!«

»Was liegt mir am Fischen. Ich will heim!«

»Aber, Joe, wo findest du wieder einen Platz zum Schwimmen wie hier?«

»Schwimmen ist mir ganz egal. Ich mach mir gar nichts mehr daraus, seit keiner da ist, um's zu verbieten. Ich will heim.«

»Ach, papperlapapp! Wickelkind! Will seine Mama sehen, was?«

»Ja, das will ich auch! Ich will meine Mutter sehen, und wenn du eine hättest, wolltest du's auch. Ich bin kein größeres Wickelkind als du!« Und Joe schluchzte ein bisschen vor sich hin.

»Schön, schön! Lass das Kindchen zu seiner Mama gehen, gelt, Huck? Armes, kleines Wickelkind will die Mama sehen. Soll's haben, armes, kleines Ding. Dir gefällt's hier, Huck, gelt? Wir zwei bleiben, nicht?«

Huck ließ ein sehr zweifelhaftes, gedehntes »Ja-a-a« hören.

»So lang ich leb, red ich mit dir nie wieder«, damit erhob sich Joe und begann, sich anzukleiden.

»Als ob mir daran was läge!«, versetzte Tom geringschätzig, »wir brauchen dich nicht. Geh heim und lass dich auslachen. Du bist ein schöner Pirat, du! Huck und ich, wir sind keine Schreikinder, wir bleiben hier, gelt, Huck? Der mag laufen, wohin er will, wollen schon fertig werden ohne ihn!«

Tom war es aber doch nicht recht geheuer bei der Sache, und unruhig sah er zu, wie Joe wortlos und halsstarrig fortfuhr, sich anzukleiden. Es ängstigte ihn auch zu sehen, dass Huck aufmerksam den Vorbereitungen Joes folgte, während er ein gefahrdrohendes Schweigen beobachtete. Alsbald, ohne ein Wort des Abschiedes, begann Joe dem Illinois-Ufer zu zu waten. Tom sank das Herz bis in die äußerste Zehenspitze. Er warf einen forschenden Blick auf Huck. Dieser vermochte den Blick nicht auszuhalten und schlug die Augen nieder. Dann sagte er:

»Ich will auch fort, Tom! 's war vorher schon einsam, und jetzt wird's noch schlimmer. Komm, wir gehen mit!«

»Ich geh nicht. Ihr könnt alle weg, wenn ihr wollt. Ich will bleiben.«

»Ich, ich denk, ich geh!«

»Immerzu, wer hält dich denn?«

Huck begann seine Kleider aufzuraffen. Dabei sagte er:

»Tom, ich wollt, du gingst mit. Denk mal drüber nach. Drüben am Ufer wollen wir 'ne Zeit lang auf dich warten.«

»Na, da könnt ihr warten, bis ihr schwarz werdet, das kann ich dir sagen!«

Kummervoll wandte sich Huck ab, und Tom stand und sah ihm nach, während ihm das glühendste Verlangen, den beiden zu folgen, fast das Herz abdrückte. Sein Stolz wollte das aber nicht zulassen. Von Augenblick zu Augenblick hoffte Tom, die Jungen würden stehen bleiben, die aber wateten entschlossen vorwärts, ohne sich umzusehen. Plötzlich überfiel ihn das Bewusstsein, wie still und einsam es um ihn geworden, mit niederschmetternder Gewalt. Einen letzten Strauß bestand er mit seinem Stolze, dann stürzte er hinter den Kameraden her, denselben nachbrüllend:

»Wartet, so wartet doch, ich muss euch etwas sagen!«

Die standen still und wandten sich. Als er sie erreichte, teilte er ihnen sein Geheimnis mit. Sie hörten mürrisch zu; als ihnen aber klar wurde, worauf er loszielte, stießen sie ein gellendes Kriegsgeheul aus und erklärten den Plan für einen Kapitalspaß. Wenn er das gleich gesagt hätte, wären sie niemals weggelaufen, versicherten sie. Tom redete sich heraus, so gut er konnte. In Wahrheit aber hatte er gefürchtet, selbst

die Enthüllung dieses geheimnisvollen Plans vermöchte nicht, sie für die Länge der Zeit auf der Insel festzuhalten, und darum hatte er sich dies als letztes Lockmittel für den äußersten Notfall aufsparen wollen.

Lustig wanderten nun die Jungen zurück und warfen sich mit erneuter Energie aufs Spiel, die ganze Zeit über Toms großartigen Plan besprechend und dessen Genialität bewundernd. Nach einem leckeren Mittagsmahl, aus Fisch und Eiern bestehend, erklärte Tom, dass er nun rauchen lernen wolle. Joe gefiel der Gedanke, er wollte es auch probieren. Huck machte also zwei Pfeifen zurecht und stopfte dieselben. Die beiden neuesten Jünger in der Kunst des Rauchens hatten bis jetzt ihr Talent nur an Schokolade-Zigarren erprobt, und das war keineswegs ein Beweis von gereifter Männlichkeit.

Nun streckten sie sich ins Moos und begannen, freilich etwas zögernd, draufloszudampfen, mit offenbar nicht allzu großer Zuversicht in ihre Fähigkeiten, ganz gegen ihre sonstige Art und Weise. Der Rauch hatte aber auch einen gar zu unangenehmen Geschmack, sie mussten sich immerzu räuspern, doch Tom meinte:

»Ach, das ist ja ganz leicht; wenn ich das früher gewusst hätte, ei, ich hätt's längst gelernt.«

»Ich auch«, bekräftigte Joe, »das ist ja rein gar nichts.«

»Na, wie oft hab ich einem zugesehen, der geraucht hat, und mir gewünscht, wenn du's doch nur auch könntest, hab aber nie gedacht, dass das möglich wär«, sagte Tom. »Aber so bin ich. Nicht, Huck? Trau mir nichts zu! Hundertmal ist mir's schon so gegangen, gelt, Huck?«

»Weiß Gott, hab's auch schon gedacht«, bestätigte dieser.

»Grad wie bei mir«, rief Joe, »tausendmal ist mir das schon passiert. Erinnerst du dich, Huck, damals beim Schlachthaus, die andern waren alle dabei, der Bob und der Johnny und der Jeff auch, da –«

»Ja, so ist's«, fiel Huck ein, ohne weiteres abzuwarten, »'s war just an dem Tag, an dem ich meine schöne weiße Steinkugel verloren hatt – oder auch am Tag vorher.«

»Siehst du wohl«, rief Joe, »der Huck erinnert sich. Ich glaub, die Pfeife hier könnt ich den ganzen Tag lang rauchen, es ist mir kein bisschen übel.«

»Oh, mir auch nicht«, fiel Tom ein, »ich könnt auch den ganzen Tag weiterrauchen. Der Jeff Thatcher aber, da wollt ich alles wetten, der könnt's nicht.«

»Jeff Thatcher! Herrgott, der wär nach zwei Zügen geliefert. Der sollt's nur mal probieren, der würd was Schönes zu sehen kriegen!«

»Das glaub ich auch – und der Johnny Miller – na, den möcht ich mal dabei sehen.«

»Na und ich!«, lachte Joe, »ei der, der könnt das nicht besser als alles andre, was er kann – und er kann nichts! Der braucht's nur zu riechen, dann wär er schon hin!«

»Weiß Gott, so ist's. Ich wollt nur eins, Joe, ich wollt, die Jungens könnten uns so sehen!«

»Und ich erst!«

»Sagt mal, Jungens, wir reden gar nichts drüber, und wenn wir dann mal alle zusammen sind, geh ich auf dich zu, Joe, und frag: ›Hast du 'ne Pfeife da, Joe? Ich möcht gern mal rauchen.‹ Und du sagst dann, so ganz nachlässig, als ob's gar nichts wär: ›Ja, die alte hab ich und auch meine neue, aber mein Tabak ist nicht sehr gut.‹ – ›Ach, macht nichts‹, sag ich dann, ›wenn er nur stark genug ist.‹ Dann du heraus mit den Pfeifen und angesteckt – Herrgott, die werden Augen machen!«

»Das wird wundervoll, Tom, wär's nur schon so weit.«

»Ja, und dann sagen wir, das haben wir alles gelernt, wie wir als Piraten ausgezogen sind, und dann platzen sie erst recht vor Neid.«

»Na und ob! 's wird prächtig, Tom!«

So plauderten sie und bramarbasierten, aber allmählich wurden sie stiller und warfen nur noch gelegentlich eine Bemerkung hin. Die Pausen wurden häufiger, im selben Maße, wie ein sonderbares Ausspucken zunahm. Jede Pore innerhalb ihres Mundes schien zum rieselnden Brunnen geworden. Sie waren kaum imstande, die Höhlungen unter der Zunge schnell genug zu leeren, um eine Überschwemmung zu verhüten. Kleine Ergüsse den Hals hinunter kamen trotz aller Eile vor, denen jedes Mal ein leichter Würganfall folgte. Beide Helden sahen nun recht blass und elend aus. Joes kraftlosen Fingern entsank die Pfeife, Toms Pfeife folgte. Die Wasserwerke und Pumpen arbeiteten mit Macht. Endlich sagte Joe mit schwacher Stimme:

»Hab da irgendwo mein Messer verloren. Will lieber mal gehen und suchen.«

Mit zitternden Lippen keuchte Tom:

»Ich helf dir. Geh du dorthin, ich mach mich nach der Quelle. Nein, Huck, bleib, du brauchst nicht zu kommen, wir werden's schon finden!«

Huck setzte sich also nieder und wartete ungefähr eine Stunde. Dann fand er's langweilig und ging die Kameraden suchen.

Er fand sie auch, weit voneinander entfernt, mitten im

Walde, beide sehr blass, beide schlafend. Etwas aber in ihrer Umgebung bewies ihm, dass, falls sie Unannehmlichkeiten gehabt, sie sich derselben endgültig entledigt hatten.

Beim Abendessen waren sie nicht allzu redselig, hatten eine etwas niedergeschlagene Miene, und als Huck zum Nachtisch seine Pfeife hervorzog und sich bereit zeigte, auch die ihren zu stopfen, da dankten sie, sagten, sie fühlten sich nicht ganz wohl, beim Mittagessen müsse ihnen etwas nicht gut bekommen sein.

Sechzehntes Kapitel

Um Mitternacht ungefähr erwachte Joe und weckte die andern. Es lag eine drückende Schwüle in der Luft, die nichts Gutes zu bedeuten schien. Die Jungen schmiegten sich eng aneinander und suchten die freundliche Nähe des Feuers, obgleich die brütende, lastende Hitze der bewegungslosen Atmosphäre nahezu erstickend war. Stille saßen sie da, atemlos wartend. Außerhalb des Lichtkreises, den das Feuer warf, schien alles wie in schwarzer Nacht begraben. Alsbald erglomm ein zitternder Schein, der für einen Moment das Laub der Bäume sichtbar hervortreten ließ, um ebenso plötzlich zu erlöschen. Dann tauchte ein zweiter, schon stärkerer Strahl auf. Ein dritter folgte. Wie leises Stöhnen zog's nun durch das Geäste der Waldbäume, ein schwacher Lufthauch streifte die Wangen der Knaben, und diese erschauerten in dem Gedanken, der Geist der Nacht habe sie mit seinem Fittiche berührt. Wieder folgte eine Pause. Jetzt verwandelte ein unheimlicher Blitz die Nacht zum Tage und ließ jeden kleinen Grashalm zu ihren Füßen deutlich hervortreten. Zugleich enthüllte der Strahl aber auch drei weiße, bange, erschrockene Gesichter. Ein dumpfer Donner stürzte rollend und krachend vom Himmel nieder, um sich in leisem Grollen in der Ferne zu verlieren. Ein kühler Luftstoß folgte, raschelte in den Blättern und jagte die Aschenflocken des Feuers auf. Ein andrer zuckender, flammender Strahl fuhr nieder, unmittelbar gefolgt von einem schmetternden Krach, der die Kronen der Bäume zu Häupten der Knaben zerreißen zu wollen schien. In sprachlosem Schreck umklammerten sich die Kinder in der trostlosen Finsternis, die der Lichtflut folgte.

Schwere, große Regentropfen fielen klatschend auf die Blätter.

»Schnell, Jungens, nach dem Zelt«, schrie Tom.

Sie sprangen in der Richtung desselben davon, stolperten über Wurzeln, verfingen sich in den Rebenranken und waren in der Finsternis nicht imstande, zusammenzubleiben. Ein wütender Sturm raste in den Wipfeln und verschlang jeden andern Laut. Die Blitze jagten einander, Schlag auf Schlag folgte ohrenbetäubender Donner. Stromweise stürzte der Regen nieder, vom Sturm flutartig am Boden hingefegt. Die Jungen schrien einander zu, aber der heulende Sturm und der dröhnende Donner übertönten die schwachen Kinderstimmen vollständig. Doch gelang es den Knaben allmählich, sich einer nach dem andern zum Zelte durchzuschlagen, wo sie durchnässt und zu Tode geängstigt Obdach zu finden hofften. Dass ihr Leid ein geteiltes war, machte es leichter zu tragen. Reden konnten sie nicht, das alte Segel klatschte wie rasend im Sturm und erstickte jeden Laut. Stärker und stärker brauste der Orkan, das Segel riss sich los und flog dahin auf Sturmesfittichen. Die Jungen ergriffen sich bei den Händen und flohen, oftmals stolpernd und sich wund fallend, dem Ufer zu, wo eine große, alte Eiche ihnen Schutz bieten konnte. Der Kampf der Elemente hatte jetzt seinen Höhepunkt erreicht. Am Himmel bildeten die unaufhörlich zuckenden Blitze ein einziges großes Lichtmeer, sodass alles ringsum grell beleuchtet, in klaren, scharfen Umrissen hervortrat, die sturmgebeugten Bäume, der aufgewühlte Strom mit den weißen Schaumköpfen, der treibende Sprühregen. Die verschwommenen Zackenlinien der hohen Klippen am jenseitigen Ufer lugten ab und zu aus dem Wolkenvorhang, aus dem zerstiebenden und sich wieder verdichtenden Regenschleier. Von Zeit zu Zeit unterlag einer der alten Riesen des Waldes in dem gewaltigen Kampf und stürzte krachend in das Unterholz zu seinen Füßen. Die furchtbaren Donnerschläge folgten jetzt ununterbrochen mit ohrenzerreißendem Geknatter. Das Gewitter steigerte sich zu solcher Wucht, dass es schien, als wolle es die Insel in Stücke reißen, sie verzehren in Feuersglut, sie versenken in den Wellen des Stromes bis zu den Kronen der Bäume, sie vom Erdboden wegfegen und jede lebende Kreatur auf derselben vernichten in einem Augenblick. Entsetzlich, trostlos war die Nacht für die jungen Herzen, die sich obdachlos der Wut der Elemente preisgegeben sahen.

Endlich aber ließ der Kampf nach, die Schlacht war geschlagen, die feindlichen Mächte zogen sich zurück, schwächer und schwächer wurde das Drohen, das Grollen, Friede zog ein in die erregte Natur. Die Jungen schlichen zum Lager zurück, noch ordentlich scheu und zitternd, und fanden dort, dass sie alle Ursache hatten, dem Himmel dankbar zu sein. Die große Sykomore, die ihr Lager beschattete, lag vom Blitze gefällt – sie wären verloren gewesen, hätten sie zur Zeit der Katastrophe darunter geweilt.

Alles im Lager war durchnässt, der Feuerherd mit einbegriffen. Leichtsinnig hatten die Jungen keinerlei Vorsichtsmaßregeln gegen den Regen getroffen. Der Verlust des Feuers war ein höchst beklagenswerter Umstand, denn unsere armen Seehelden waren kalt und nass durch und durch. Wortreich beklagten sie ihre missliche Lage. Bald aber entdeckten sie, dass das Feuer sich an dem alten Baumstamm, gegen den sie es geschichtet, aufwärts gefressen hatte, dass ein Streifen desselben, ungefähr eine Hand breit, der allgemeinen Überschwemmung entgangen war und, wenn auch schwach, weiter glimmte. Mit Geduld und Ausdauer gelang es ihnen denn auch, vermittelst kleiner Rindenstückchen und dürrer Zweige allmählich ein lustig prasselndes Feuerlein zu entflammen, das Licht und Wärme ausstrahlte und ihre Geister zu neuem Leben erweckte. Sie trockneten sich und ihren gekochten Schinken, stärkten sich mit demselben und saßen dann ums Feuer bis zum lichten Morgen, unter lebhafter Erörterung ihrer nächtlichen Abenteuer, da es ringsum kein trockenes Plätzchen gab, das ein Ausstrecken zum Schlafen erlaubt hätte.

Als die Sonne sich dann zeigte, wurden die Jungen von unwiderstehlicher Müdigkeit befallen. Sie gingen nach der Sandbank, gruben sich dort tief in den Sand und schliefen, bis die höher steigende Sonne sie allmählich gelinde zu rösten begann. Müde und verschlafen rafften sie sich auf, um nach dem Frühstück zu sehen, und saßen dann verdrossen, wortkarg und mit steifen Gliedern bei der Mahlzeit. Vorboten wiederkehrenden Heimwehs begannen sich zu melden. Tom sah diese verhängnisvollen Zeichen und gab sich alle Mühe, die Piraten aufzumuntern. Diese aber kümmerten sich weder um Steinkugeln noch um Zirkus oder Schwimmen, nichts vermochte ihnen Interesse abzugewinnen. Da erinnerte er sie an den verlockenden geheimnisvollen Plan, und es gelang ihm, einen Strahl der Freude auf den vergrämten Gesichtern hervorzurufen. Den günstigen Moment benutzte er schleunigst, um sie für ein neues Spiel zu begeistern, das er ausgedacht. Sie wollten das Piratentum einmal beiseite werfen und zur Abwechslung Indianer sein. Die neue Idee leuchtete ihnen ein, und nach kurzer Zeit hatten sie sich ihrer zivilisierten Kleidung entledigt und in ein Indianerkostüm geworfen, das heißt, sich den ganzen Körper, vom Scheitel bis zur Sohle, zebraartig mit dunklen Schmutzstreifen bemalt. Jeder der Jungen stellte natürlich einen Häuptling vor, und so stürmten sie in das Dickicht des Waldes zum Angriff auf irgendeine eingebildete englische Niederlassung.

Dann trennten sie sich in drei verschiedene feindliche Stämme, gingen aus ihrem Hinterhalt unter gellendem Kriegsgeheul aufeinander los und töteten und skalpierten sich gegenseitig dem Tausend nach. Es war ein blutiger Tag, mithin befriedigend für die Gemüter der Helden.

Als sie sich danach mit tüchtigem Appetit und frohem Mut im Lager sammelten, entstand eine neue und unvorhergesehene Schwierigkeit. Feindliche Indianer konnten unmöglich das Brot der Gastfreundschaft zusammen brechen, ohne zuvor Frieden zu schließen, und dies war hinwiederum unmöglich ohne die unerlässliche Friedenspfeife. Wer hatte je gehört, dass es ohne diese gegangen wäre? Zwei der Wilden wünschten jetzt, sie wären Seeräuber geblieben. Es gab aber keinen andern Ausweg aus der Klemme; so riefen sie denn mit möglichst heiterer Miene nach der Pfeife, und jeder tat einen vollen Zug, als die Reihe an ihn kam.

Und siehe da, sie verdankten ihren Indianerspielen die Offenbarung eines neuen Talentes: Sie fanden, dass sie nun rauchen konnten, wenigstens für kurze Zeit, ohne gezwungen zu sein – nach einem verlorenen Messer oder dergleichen zu suchen. Dies machte sie unsagbar stolz und glücklich, und um die neu erworbene Kunst aus Mangel an Übung nicht zu verlernen, machten sie sich nach dem Abendessen sofort wieder vorsichtig dahinter und beschlossen damit frohlockend den Abend. Sie strahlten vor Glück und Stolz im Bewusstsein der großen Errungenschaft. Diese ihre neueste Heldentat dünkte sie glorreicher, als wenn sie so und so viele Indianerstämme unterworfen und skalpiert hätten. Lassen wir sie also nur ruhig rauchen und schwatzen und prahlen, da wir im Augenblick keine weitere Verwendung für sie haben.

Siebzehntes Kapitel

In der kleinen Stadt herrschte inzwischen an jenem ruhigen Sonnabendnachmittag durchaus keine Fröhlichkeit. Die Familie Harper und Tante Polly samt den Ihren steckten sich in Trauerkleider unter vielen Tränen. Eine ungewöhnliche Stille lag über dem Städtchen, in welchem man sich im Allgemeinen schon nicht über allzu viel Lärm und Getriebe beklagen konnte. Mit zerstreuter Miene gingen die Leute ihren Geschäften nach, redeten wenig dabei und seufzten oftmals. Selbst den Kindern schien dieser Sonnabend der Schulfreiheit nicht die gewohnte Freude zu gewähren. Es lag kein Zug in ihren Spielen, und bald gaben sie dieselben ganz auf.

Am Nachmittag schlich Becky Thatcher um das verlassene Schulhaus herum, ihr war ganz melancholisch zumute. Doch auch dort fand sie keinen Trost. Leise sprach sie vor sich hin:

»Könnt ich doch nur seinen Messingknopf wieder finden! Jetzt hab ich gar kein Erinnerungszeichen mehr an ihn«, und sie unterdrückte ein leises Schluchzen.

Dann blieb sie stehen und meinte sinnend:

»Grad hier war's. Oh, wenn's noch einmal wäre, das würde ich nie mehr sagen – nie mehr, nicht für alle Welt. Jetzt aber ist er fort, und ich werde ihn nie, nie, niemals wieder sehen!«

Dieser Gedanke raubte ihr die letzte Fassung, und unter strömenden Tränen schlich sie davon. Nun erschien eine ganze Gruppe von Jungen und Mädchen, Spielkameraden von Tom und Joe, auf dem Schulhof; sie sprachen in leisem, bedrücktem Ton von den beiden Verlorenen, was Tom getan und gesagt das letzte Mal, als sie ihn gesehen, und wie Joe gelächelt und was er gesagt; jede geringste Kleinigkeit erschien nun von ahnungsschwerer Vorbedeutung. Dabei bezeichnete jeder Sprecher den genauen Platz, an dem die Vermissten damals gestanden, und dann folgte jedes Mal: »Und ich stand da, grad wie eben, und der da, wo du stehst, grad so nah, und er lächelte – so –, und mir lief's ganz kalt über den Rücken – ordentlich schauerlich –, warum, wusst ich damals freilich nicht, aber jetzt ist mir's klar.«

Nun entspann sich ein Streit darüber, wer die beiden zuletzt gesehen im Leben, und viele rissen sich um diese traurige Auszeichnung, für die sie Beweise vorbrachten, welche die Zeugen mehr oder weniger glaubwürdig fanden. Schließlich, nach langer Debatte, war's endgültig entschieden, wer die letzten Worte mit den Verschwundenen gewechselt hatte, und die glücklichen Sieger erhielten dadurch eine Würde und Wichtigkeit, welche die Bewunderung und den Neid der andern erregten. Ein armer, kleiner Bursche, der sonst keine Auszeichnung irgendwelcher Art aufweisen konnte, sagte mit sichtlichem Stolze bei der bloßen Erinnerung:

»Mich, mich hat der Tom Sawyer einmal tüchtig durchgeprügelt.«

Dieser Versuch aber, zu Ruhm zu gelangen, erwies sich als gänzlich erfolglos. Die meisten Jungen konnten sich dessen rühmen, und dadurch sank die Auszeichnung doch allzu sehr im Werte. Die Gruppe trollte von dannen, halblauten Tones immer neue Erinnerungen an die verlorenen Helden austauschend.

Am nächsten Morgen, als die Sonntagsschulstunde vorüber war, begann die Glocke mit hohlem, dumpfem Klang anzuschlagen, anstatt wie sonst feierlich zu läuten. Es war ein ungewöhnlich stiller Sonntag, und der klagende Ton stimmte zu der nachdenklichen, feierlichen Ruhe, die über der ganzen Natur lag. Die Einwohner des Städtchens gingen zur Kirche und verweilten einen Augenblick in der Vorhalle, um sich flüsternd über das traurige Ereignis zu unterhalten. In der Kirche selbst aber war's totenstill, nur das Rauschen der Frauengewänder unterbrach das Schweigen. Keiner konnte sich erinnern, die kleine Kirche jemals so voll gesehen zu haben. Eine tiefe, erwartungsvolle Pause entstand, und dann trat Tante Polly ein, gefolgt von Sid und Mary und der Familie Harper, alle in tiefstem Schwarz. Die ganze Gemeinde mitsamt dem Geistlichen erhob sich achtungsvoll von ihren Plätzen, bis die Trauernden durch ihre Reihen geschritten waren und in der vordersten Bank Platz genommen hatten. Wiederum folgte tiefe Stille, nur hie und da durch ersticktes Schluchzen unterbrochen, dann erhob der Geistliche seine Stimme und betete. Ein ergreifendes Lied wurde gesungen, dann folgte die Predigt.

In seiner Predigt entwarf der Geistliche ein solch glänzendes Bild von den Tugenden, der Liebenswürdigkeit und den viel versprechenden Talenten der Verlorenen, dass jeder der Zuhörer in der ehrlichen Meinung, dies getreue Abbild wieder zu erkennen, einen Stich im Herzen fühlte bei dem Gedanken, wie beharrlich blind er selber gegen alle diese Vorzüge gewesen und wie er ebenso beharrlich nur Fehler und Mängel in den armen Jungen zu entdecken vermocht. Nun folgte manch rührender, hochherziger Zug aus dem Leben der Dahingeschiedenen, der das Vorhergesagte bekräftigen und beweisen sollte, und jedermann gingen nun erst die Augen und das Verständnis auf dafür, wie groß und erhaben eigentlich jene kleinen Vorkommnisse gewesen waren, die ihnen damals als die ärgsten Schelmenstreiche und Teufeleien einer tüchtigen Tracht Prügel wert erschienen. Die Versammlung wurde immer bewegter, je weiter der Geistliche in seiner pathetischen Rede vorrückte, bis schließlich die ganze Gesellschaft jegliche Fassung und Haltung verlor und sich in vollem Chor dem Schluchzen und Seufzen der trauernden Hinterbliebenen anschloss. Ja, den Geistlichen selbst übermannten seine Gefühle, er verstummte und weinte auf offener Kanzel.

Ein Rascheln ertönte von der Emporkirche, auf das niemand achtete. Einen Moment später knarrte eine Tür, der Geistliche erhob seine strömenden Augen über das verhüllende Taschentuch und – stand und starrte wie versteinert! Erst folgte ein Paar Augen der Richtung der seinen, dann ein zweites, und plötzlich erhob sich, wie von einem gemeinsamen Antrieb beseelt, die ganze Gemeinde und starrte auf die drei »toten« Jungen, welche gemächlich den Mittelgang heraufmarschierten, Tom voran, Joe hinter ihm, zuletzt Huck, eine wandelnde Ruine in Lumpen. Die drei waren in jener unbenutzten Emporgalerie verborgen gewesen und hatten ihre eigene Grabrede mit angehört!

Tante Polly, Mary und die Harpers stürzten sich auf die wiedergeschenkten Ihrigen und erstickten dieselben fast mit Küssen und Umarmungen. Der arme Huck aber stand daneben, blöde und verschüchtert, wusste nicht, was er tun oder wo er sich bergen sollte vor so viel starrenden Augen, von denen nicht eines ihm einen Willkommensgruß bot. Er wandte sich halb und versuchte fortzuschleichen, Tom aber fasste ihn und rief:

»Tante Polly, das ist nicht recht und nicht schön. Es muss sich auch jemand freuen, dass Huck wieder da ist.«

»Das müssen wir, Tom, mein Junge, und wollen's auch, armes, elternloses Kind!« Wenn aber etwas das Gefühl des Missbehagens bei Huck noch vermehren konnte, so waren es die Zärtlichkeiten, mit denen Tante Polly ihn überhäufte.

Plötzlich rief der Geistliche mit aller Kraft seiner Lunge in den Lärm hinein:

»Lobet den Herren, den mächtigen König der Ehren! – Nun singt! – Aber herzhaft!«

Und sie sangen. Triumphierend, mit gewaltigem Klang, erscholl das alte, hehre Lob- und Danklied, die Töne stiegen und schwollen und schienen die Grundfesten des Gebäudes zu erschüttern. Tom Sawyer, der Pirat, blickte um sich, sah aller Augen auf sich gerichtet und fühlte, dass dies der stolzeste Moment seines Lebens sei.

Als die Gemeinde die Kirche verließ, meinten alle, von Herzen gerne würden sie sich noch einmal zum Besten haben lassen, nur um »Lobet den Herren« wieder so erhebend singen zu hören.

Das also war Toms großes Geheimnis gewesen: der Plan, mit seinen Spießgesellen heimzukehren und ihrem eigenen Trauergottesdienst beizuwohnen. – Auf einem alten Baumstamm waren sie abends nach dem Missouri-Ufer geschwommen, fünf oder sechs Meilen unterhalb des Städtchens gelandet, hatten in dem Walde, der die Stadt begrenzte, beinahe bis Tagesanbruch geschlafen, dann sich durch einige Seitengässchen zur Kirche geschlichen, wo sie in der Empore ihren Schlaf vollendeten, inmitten eines Chaos von wackligen alten Kirchenbänken.

Beim Frühstück am Montagmorgen waren Tante Polly und Mary besonders zärtlich gegen Tom und voll Aufmerksamkeit gegen seine Wünsche. Man sprach ungewöhnlich viel. Im Laufe der Unterhaltung äußerte Tante Polly:

»Na, Tom, ich will nicht sagen, dass es für euch Jungens nicht ein Kapitalspaß gewesen sein muss, uns hier alle in Sorge und Kummer zu wissen, während ihr's euch da draußen wohl sein ließet. Dass du aber so hartherzig sein konntest, Tom, und mich so zappeln und mich grämen lassen, das, Tom, das hätt ich doch nicht von dir gedacht! Wenn du hast herüber kommen können, um deine eigne Leichenrede zu hören, so hättest du mir vorher wohl auch 'nen kleinen

Wink geben dürfen, dass du nicht tot seiest, sondern nur davongelaufen.«

»Ja, Tom, das ist wahr, das hättest du tun müssen«, stimmte Mary bei, »und du würdest es wohl auch getan haben, wenn du dran gedacht hättest – gelt?«

»Ja, Tom?«, fragte nun Tante Polly, deren Antlitz sich bei Marys Worten bedeutend aufgeklärt, »sag mal, hättest du's wirklich getan, wenn du dran gedacht hättest?«

»Ich – ja, ich weiß nicht, ich – ei, das hätt ja alles verdorben.«

»Tom, ich dachte immer, so lieb würdest du mich doch wenigstens haben«, sagte Tante Polly ganz vorwurfsvollen, betrübten Tones, wobei es dem Jungen gar nicht wohl war. »'s wär schon was gewesen, wenn du nur dran *gedacht* hättest, auch ohne es zu tun.«

»Na, Tantchen«, beruhigte Mary, »das ist nun mal so Toms flüchtige Art – der ist immer so in der Hast und im Eifer, dass er nie an irgendetwas denkt.«

»Um so schlimmer. Sid hätt dran gedacht, und Sid wär auch gekommen und hätt's getan. Tom, du wirst noch mal dran zurückdenken, wenn's zu spät ist, und wünschen, dass du besser gegen deine alte Tante gewesen wärst, wo doch so wenig dazu gehört, mich –«

»Komm, Tantchen, du weißt, dass ich dich lieb hab, du musst's ja wissen, gelt?«, schmeichelte Tom.

»Würd's besser wissen, wenn du's besser zeigtest.«

»Ich wollt, ich hätt dran gedacht«, meinte Tom sinnend und mit reuigem Ton, »jedenfalls aber hab ich von dir geträumt. Das ist doch schon etwas, nicht? Ei, in der Nacht vom Mittwoch träumte mir, ihr säßet alle dort beim Bett, Sid saß auf dem Holzkasten und Mary dicht daneben.«

»Ja, und so war's auch – wie gewöhnlich. Ich bin froh, dass du dir in deinem Traum wenigstens die Mühe gabst, an uns zu denken.«

»Ja, und Joe Harpers Mutter war auch da, träumte ich.«

»Das war sie wirklich, Herr du mein – na, und was weiter, Tom, was weiter?«

»Viel noch, aber jetzt ist alles so verworren.«

»Na, besinn dich doch, probier's mal, kannst du nicht?«

»Wart mal, ich mein, der Wind – der Wind hätt was ausgeblasen –«

»Ausgeblasen, nee Tom, besinn dich besser, der Wind –«

»Richtig, wart, jetzt hab ich's. Der Wind hat das Licht flackern machen und –«

»Herr, erbarm dich! – Weiter, Tom, weiter!«

»Na, und ich glaub, du sagtest: ›Was, seht doch mal die Tür, die –‹«

»Weiter, Tom!«

»Wart 'nen Moment, nur 'nen Moment! O ja, jetzt hab ich's – du sagtest, sie sollten nach der Tür sehen, die sei offen –«

»So wahr ich hier sitze, so sagt ich, gelt, Mary? Weiter!«

»Dann – dann – ja, gewiss weiß ich's nicht mehr, aber ich meine, du hätt'st Sid geheißen, sie zuzumachen und – und –«

»So was lebt nicht mehr! Herr, du mein Gott. Komm mir nur keiner mehr damit, dass Träume Schäume seien. Das soll die Harpern hören, eh ich 'ne Stunde älter bin! Möcht wissen, wie sie sich da rausreden wird mit ihrem Unsinn von Aberglauben, über den sie so wohlweise schwatzt. Weiter, Tom!«

»Na, jetzt ist mir alles klar wie Sonnenschein! Dann hast du gesagt, ich war nicht schlecht, nur toll und voll Teufeleien und Unsinn, wüsst nicht mehr, was ich tat, als wie ein – ein – ein Füllen, mein ich, war's, oder so etwas.«

»Richtig, richtig. Großer, allmächtiger Gott! Weiter, Tom!«

»Dann hast du geweint –«

»Weiß Gott, weiß Gott, und nicht zum ersten Mal. Dann –«

»Dann fing Joes Mutter auch an zu weinen und sagte, mit ihrem Joe sei's grad so und sie wollt nur, sie hätt ihn nicht durchgewichst um den alten Rahm, den sie doch selber weggeschüttet –«

»Tom, Tom! Der Geist war über dir! Das ist ja die reine Eingebung, gar nichts anderes! Gott sei mir gnädig! – Weiter, Tom!«

»Dann kam Sid, der sagte –«

»Ich glaub, dass ich gar nichts gesagt hab«, warf Sid rasch ein.

»Doch, Sid, doch«, berichtigte Mary.

»Schweigt still und lasst Tom reden! Was hat Sid gesagt, Tom?«

»Der sagte – na ja, er hoffe, mir gehe es besser, wo ich sei, wenn ich aber manchmal besser –«

»Na, was sagt ihr nun?«, triumphierte Tante Polly. »Seine eignen Worte!«

»Und du, Tantchen, du bist ihm eklig über den Mund gefahren, du –«

»Das bin ich, weiß Gott, das bin ich! Ein Engel muss uns belauscht haben: Ein heiliger Himmelsengel muss irgendwo verborgen gewesen sein!«

»Und dann erzählte Frau Harper, wie Joe ihr einen Schwärmer unter der Nase losgebrannt, und du erzähltest von Peter und dem ›Schmerzenstöter‹.«

»So wahr ich lebe!«

»Und dann redetet ihr alle durcheinander, wie man den Fluss abgesucht nach uns und dass am Sonntag der Trauergottesdienst sein solle, und dann habt ihr euch umarmt, die Frau Harper und du, und geweint, und dann ging sie weg.«

»Grad so war's, grad so! So wahr ich hier auf meinem Stuhl sitze! Tom, du hättest es nicht besser erzählen können, wenn du dabei gewesen wärest. Und dann was? Weiter, Tom!«

»Und dann hast du für mich gebetet, ich hab dich gesehen und jedes Wort gehört. Dann hast du dich ins Bett gelegt, und ich war so betrübt, dass ich ein Stück Rinde nahm und draufschrieb: ›Wir sind nicht tot, wir sind nur davongegangen, um Seeräuber zu werden.‹ Das hab ich auf den Tisch zum Licht hingelegt, und du hast so gut ausgesehen und so betrübt, wie du da gelegen hast und geschlafen, dass ich mich über dich beugen musste und dich küssen.«

»Hast du das getan, Tom, wirklich und wahrhaftig? – *Darum* will ich dir alles, alles verzeihen!« Und sie riss den Jungen in einer ihn fast erstickenden Umarmung an sich, und Tom hatte dabei das Bewusstsein eines elenden, erbärmlichen Schurken.

»Freundlich und lieb war's ja«, murmelte Sid, den andern hörbar, vor sich hin, »aber – doch nur im Traum!«

»Halt den Mund, Sid, man tut im Traum immer doch nur das, was man auch wachend tun würde. Hier hast du einen schönen Goldreinetten-Apfel, Tom, den hab ich dir aufgehoben, falls du je wieder gefunden werden solltest – jetzt macht euch fort in die Schule! Wie dankbar bin ich unserm Gott und Vater, dass ich dich wiederhab. Er ist barmherzig und gnädig mit denen, die an ihn glauben und seine Gebote halten, obgleich ich, weiß Gott, ein unwürdiges Gefäß seiner Güte bin. Wenn er aber nur denen, die's verdienen, seinen Segen geben wollte und ihnen helfen in der Not und der Trübsal, so würde man hier unten keinen frohen Ton mehr hören, und wenige würden zu seiner Ruhe eingehen, wenn die lange Nacht einst kommt. So, und nun hebt euch fort, Sid, Mary, Tom – ihr habt mich lang genug aufgehalten.«

Die Kinder trollten zur Schule, und die alte Dame machte sich fertig, um Frau Harper aufzusuchen und ihren Unglauben mit Toms wunderbarem Traum zu besiegen. Sid war zu klug, um den Gedanken laut werden zu lassen, der ihn beseelte, als er das Haus verließ. Dieser Gedanke war:

Ziemlich durchsichtig – ein so ellenlanger Traum und ohne den winzigsten, kleinsten Irrtum! Wenn das nicht –

Welch ein Held war Tom geworden! Er hüpfte und galoppierte jetzt nicht mehr, wenn er auf der Straße ging, sondern mit würdevoller Haltung, wie sie einem gewesenen Piraten geziemte, stolzierte er einher in dem Bewusstsein, dass das Auge der Öffentlichkeit auf ihm ruhe. Das war in der Tat der Fall. Wohl versuchte er sich zu stellen, als sähe er die Blicke nicht, als höre er die Bemerkungen nicht, während er so dahinschritt, und doch waren sie Nektar und Ambrosia für ihn. Kleinere Jungen folgten truppweise seinen Spuren, stolz darauf, mit ihm gesehen, von ihm geduldet zu werden, der an ihrer Spitze einhermarschierte wie der Tambourmajor an der Spitze seiner Kompanie. Jungen seines Alters taten, als wüssten sie gar nichts davon, dass er überhaupt weggewesen, verzehrten sich aber trotzdem beinahe vor Neid. Sie würden alles drum gegeben haben, seine gebräunte, sonnenverbrannte Haut, seine glänzende, weltkundige Berühmtheit zu besitzen, Tom aber hätte keinen dieser beiden Faktoren hergegeben, nicht für alles – nicht für einen Zirkus!

In der Schule machte man so viel Aufhebens von ihm und Joe, solches Staunen, solche Bewunderung strahlten den beiden aus aller Augen entgegen, dass die zwei Helden gar bald eine unerträgliche Aufgeblasenheit zeigten. Sie begannen den eifrig lauschenden Hörern ihre Abenteuer zu schildern – ohne aber je über den Anfang hinauszukommen, denn eine solche Erzählung konnte kein Ende haben, wenn eine Einbildungskraft wie die ihre stets unerschöpfliches Material lieferte. Als sie dann schließlich ihre Pfeifen hervorzogen und mit größter Unbefangenheit zu schmauchen begannen, da war der Gipfel des Ruhms erklommen.

Tom beschloss, sich unabhängig zu machen von Becky Thatcher. Ruhm war ihm genügend, nach Liebe fragte er nicht mehr. Er wollte sein Leben dem Ruhme weihen. Jetzt, da er ein berühmter Held geworden, werde sie wohl versuchen, Frieden zu schließen, dachte er. Aber sie sollte sehen, dass er mindestens so gleichgültig sein könne wie andre Leute. Dort kam sie eben. Tom tat, als bemerke er sie nicht. Er wandte sich ab und einer Gruppe von Jungen und Mädchen zu, mit denen er eifrig zu plaudern begann. Bald sah er, dass sie mit glühenden Wangen und glänzenden Augen umhertrippelte, ihre Gefährtinnen neckte, sie herumjagte und vor Lachen aufkreischte, wenn es ihr gelang, eine zu erhaschen. Auch bemerkte er, dass dies meistens in seiner unmittelbaren Nachbarschaft der Fall war und dass ihn dann jedes Mal ihr Blick streifte. Das schmeichelte seiner sündigen Eitelkeit, und anstatt sich dadurch versöhnen zu lassen, stellte er sich nur noch mehr, als ob er von ihrer Existenz überhaupt nichts wisse. Alsbald gab sie das Herumtollen auf, drückte sich unentschlossen von einer Gruppe zur andern, seufzte ein-, zweimal und sah verstohlen und bedeutungsvoll nach Tom hin. Jetzt bemerkte sie, dass dieser sich angelegentlich mit Amy Lorenz zu tun machte. Ein jäher Schmerz durchzuckte sie, ihr schwante nichts Gutes. Sie versuchte, sich fortzustehlen, ihre Füße aber wurden zu Verrätern und trugen sie stattdessen gerade zu der Gruppe hin. Einem Mädchen, das dicht neben Tom stand, rief sie mit übertriebener Lebhaftigkeit zu:

»Ei, Mary Austin, du böses Mädchen, warum warst du gestern nicht in der Sonntagsschule?«

»Ich war ja dort – hast du mich nicht gesehen?«

»Nein! Warst du wirklich dort? Wo hast du denn gesessen?«

»In der Klasse von Fräulein Peters, wo ich immer sitze. Ich hab dich gesehen.«

»Wirklich? Nein, wie komisch, dass ich dich nicht gesehen habe, ich wollte dir von dem Picknick erzählen.«

»Oh, das ist lustig! Wer will eins geben?«

»Meine Mama will mir erlauben, eins zu halten.«

»Das ist ja prächtig – hoffentlich darf ich auch kommen?«

»Natürlich. Es ist ja *mein* Picknick. Es darf jeder kommen, den ich haben will, und dich will ich.«

»Nein, wie reizend! Wann soll's denn sein?«

»Bald. Vielleicht noch vor den Ferien.«

»Wird das lustig werden! Wirst du alle einladen?«

»Gewiss, alle, die meine Freunde sind – oder sein wollen«, ein verstohlener Blick traf Tom; der aber schwatzte mit Amy Lorenz vom Sturm auf der Insel und wie der Blitz die große Sykomore gefällt und in Splitter gerissen hatte, »keine drei Schritte von ihm entfernt«.

»Darf ich auch kommen?«, fragte Grace Miller.

»Ja.«

»Und ich?«, fragte Sally Rogers.

»Gewiss!«

»Ich auch?«, fiel Susanne Harper ein, »und mein Joe auch?«

»Natürlich.«

Und mit Jubel und Händeklatschen hatte jedes in der Gruppe um Erlaubnis gefragt, bis auf Tom und Amy. Immer weiterplaudernd wandte er sich kühl ab und nahm Amy mit sich. Beckys Lippen zitterten, Tränen traten in ihre Augen. Mühsam barg sie diese Zeichen des Herzeleids unter erzwungener Lebhaftigkeit, fuhr fort, zu plappern und zu lachen, aber das Picknick hatte jetzt jeden Reiz für sie verloren und alles Übrige dazu. Sobald sie konnte, schlich sie davon, versteckte sich und weinte sich einmal ordentlich aus. Dann saß sie mürrisch und tief gekränkt da, bis die Schulglocke läutete. Das rüttelte sie auf, und mit rachedurstigem Blick sprang sie empor, schüttelte die langen Zöpfe zurecht und war jetzt mit sich darüber im Reinen, was sie zu tun habe.

In der Pause setzte Tom sein Scharmuzieren mit Amy fort, voll jubelnder Selbstzufriedenheit. Er versuchte, sich dabei stets in Beckys Nähe zu halten, um sie mit dem Anblick zu foltern. Erst fand er sie nicht; endlich erspähte er sie, und siehe da – sein Thermometer sank, sank bis ins Bodenlose hinein. Da saß sie ganz behaglich auf einem Bänkchen hinter dem Schulhaus, saß und schaute mit Alfred Tempel zusammen in ein Bilderbuch. Und so versunken waren die beiden, und so dicht hatten sie die Köpfe über dem Buch zusammengesteckt, dass sie nichts zu bemerken schienen von dem, was um sie her vorging in der weiten Welt. Eifersucht rieselte glühend heiß durch Toms Adern. Er hasste sich selber, dass er die Gelegenheit verpasst, die Becky ihm geboten, um wieder gut Freund zu werden. Er nannte sich einen Narren, einen Dummkopf und was dergleichen liebenswürdige Titel mehr sind. Beinahe hätte er geweint vor Ärger. Amy schnatterte inzwischen lustig weiter, denn ihr Herz frohlockte und jubilierte, während Toms Zunge ihm beinahe den Dienst versagte. Kaum hörte er, was Amy plauderte, und jedes Mal, wenn sie, seine Antwort erwartend, innehielt, brachte er nur ein zerstreutes »Ja« oder »Nein« heraus, und zwar meist am verkehrten Platze. Immer wieder lenkte er seine Schritte nach der Hinterseite des Schulhauses, als würden seine Augen von dem verhassten Schauspiel angezogen. Gegen seinen Willen zog es ihn hin, und es machte ihn beinahe toll, dass Becky Thatcher anscheinend nicht im Entferntesten dran dachte, dass er auch noch unter den Lebenden weile. Sie aber sah ihn recht wohl, wusste, dass sie Siegerin blieb im Kampfe, freute sich, dass er litt, und zwar schlimmer, als sie zuvor hatte leiden müssen. Amys ahnungsloses, fröhliches Geplauder wurde unerträglich. Tom deutete an, dass er etwas zu tun habe und fort müsse, dass die Zeit verrinne – umsonst, das Mädel schwatzte weiter. Tom dachte: »Hol sie der Kuckuck; soll ich sie denn heut gar nicht wieder loswerden?« Zuletzt, als es ihn nicht länger hielt, gab ihm die arglose Seele das Versprechen, nach der Schule auf ihn zu warten. Er eilte ganz wütend davon.

»Jeder andere Junge«, dachte Tom zähneknirschend, »jeder andere Junge in der ganzen Stadt, nur nicht der. So 'n geschniegelter Aff, der sich für Gott weiß was hält und meint, er sei viel besser als unsereiner. Na gut! Hab ich dich am ersten Tag durchgedroschen, als du kaum in die Stadt hereingerochen hattest, du Tugendspiegel, werd ich's auch jetzt noch fertig bringen. Wart, wenn ich dich mal allein erwisch, dann setzt's was!«

Im Eifer hieb er um sich, als ob er den Feind jetzt schon unter den Fäusten hätte – fuchtelte in der Luft umher und schlug mit Händen und Füßen aus.

»Na, bist du nun zufrieden, Kerl, he? Schrei ›genug‹, ›genug‹, sag ich dir! Da, lauf, und das nächste Mal hüt dich!«

Damit endete die eingebildete Züchtigung sehr zur Zufriedenheit Toms.

In der Mittagspause flüchtete sich Tom nach Hause. Er konnte Amys Glückseligkeit nicht mehr mit ansehen und die Qualen der Eifersucht nicht länger ertragen. Becky hatte sich von neuem an das Bilderbesehen mit Alfred gemacht, als aber Minute auf Minute verrann und kein Tom sich zeigte, um sich ärgern zu lassen, da verringerte sich ihr Triumph, und es lag ihr nichts mehr an der Sache. Erst wurde sie ernst und zerstreut, dann tief niedergeschlagen. Zwei- oder dreimal spitzte sie die Ohren, als sich ein Schritt näherte, jedes Mal aber war's vergebliches Hoffen. Zuletzt wurde ihr ganz erbärmlich zumute, und sie wünschte innigst, es nicht so weit getrieben zu haben. Der arme Alfred, welcher sah, dass sie sich ihm unmerklich entzog, munterte sie fort und fort auf: »Sieh mal, hier ist was Schönes, sieh doch nur her«, bis ihr zuletzt die Geduld ausging und sie mit dem unwilligen Rufe: »Was liegt mir dran, lass mich in Ruhe«, in Tränen ausbrach und davonrannte.

Alfred hielt sich ritterlich an ihrer Seite und versuchte sie zu trösten. Sie aber schleuderte ihm entgegen:

»Lass mich in Frieden; ich kann dich nicht ausstehen!«

So blieb denn der Junge zurück und sann hin und her, was er ihr wohl getan haben könne, denn vorher hatte sie ihm doch versprochen, während der ganzen Mittagspause Bilder mit ihm anzusehen. Sie aber rannte weiter, immerzu weinend. Alfred schlich sich nachdenklich in das einsame Schulzimmer zurück; er war sehr gedemütigt und ärgerlich, denn jetzt ging ihm ein Licht auf, dass das Mädel ihn nur benutzt habe, um ihren Ärger an Tom Sawyer auszulassen. Diese Überzeugung trug nicht dazu bei, ihm Tom lieber zu machen. Er sehnte sich nach einer Gelegenheit, diesem etwas einzubrocken, natürlich ohne sich selber bloßzustellen. Da fiel ihm Toms Lesebuch ins Auge, und ein Gedanke schoss ihm plötzlich durch den Kopf. Er schlug das Buch an der Stelle auf, die sie am Nachmittag brauchen würden, und goss Tinte drüber. Becky, die im selben Moment hinter ihm zum Fenster hereinlugte, sah alles mit an, verriet sich aber nicht. Sie wandte sich heimwärts in der Absicht, Tom aufzusuchen und ihm alles zu erzählen, dann würden sie schnell wieder gut Freund sein. Ehe sie aber halbwegs zu Hause war, hatte sie sich anders besonnen. Der Gedanke daran, wie Tom sie behandelt, als sie von ihrem Picknick gesprochen, überfiel sie plötzlich wieder mit glühender Beschämung. Sie beschloss, ihm seine Prügel für das verschmierte Buch zu gönnen und ihn obendrein von Herzen zu hassen und zu verabscheuen für immer und ewig.

Achtzehntes Kapitel

Tom kam sehr verdrießlich zu Hause an, und die ersten Worte, mit denen ihn seine Tante begrüßte, zeigten ihm, dass hier nicht viel Trost für seinen Kummer zu holen sein werde.

»Tom, ich möchte dir wahrhaftig das Fell über die Ohren ziehen.«

»Ei, Tante, was hab ich denn getan?«

»Meiner Treu! Fragt der Bursch auch noch! Geh ich da hin zu der Harpern, der alten Einfaltspinselin, will ihr von deinem Traum erzählen und ihr beweisen, dass Träume gar kein Unsinn sind, und seh mir einer, lacht sie mir grad ins Gesicht und sagt, sie hab's aus dem Joe herausgekriegt, dass du hier gewesen seist und alles selber gehört und gesehen habest an dem Abend. Ich denk, mich rührt der Schlag! Tom, was soll denn aus 'nem Jungen werden, der so was tun kann? Ich könnt mir meine letzten paar grauen Haare ausreißen, wenn ich dran denk, dass du mich hast hingehen lassen zu der Harpern, um mich lächerlich zu machen, ohne auch nur ein Wort zu verlieren.«

Das zeigte Tom die Sache allerdings in einem anderen Lichte. Seine Pfiffigkeit vom Morgen war ihm wie ein guter Scherz erschienen, wie ein Geniestreich sogar. Jetzt kam ihm sein Verhalten erbärmlich und gemein vor. Er ließ den Kopf hängen, kein Wort der Entschuldigung wollte ihm einfallen. Endlich stammelte er:

»Tantchen, ich wollt, ich hätt's nicht getan – ich hab aber wirklich nicht so daran gedacht.«

»Ach, Kind, du denkst ja nie. Denkst nie an die andern, immer nur an dich und dein Vergnügen. Daran hast du wohl gedacht, den ganzen Weg von der Jackson-Insel hierher zu machen, nur um über uns und unsern Jammer zu lachen. Und daran hast du auch gedacht, deine alte Tante mit dem verlogenen Traum zum Narren zu machen, *daran* aber denkst du nicht, wie du uns Spott und Schande und Kummer ersparen kannst.«

»Tantchen, jetzt weiß ich, wie erbärmlich es von mir war, aber so hab ich's nicht gemeint, weiß Gott, wahrhaftig nicht! Und dann bin ich auch nicht herübergeschwommen, um mich über euch lustig zu machen.«

»Warum sonst?«

»Nur um dir zu sagen, dass du dich nicht um uns sorgen solltest, da wir nicht ertrunken seien.«

»Tom, Tom, ich wäre die dankbarste alte Seele in der weiten Welt, wenn ich wirklich glauben könnte, du hättest den guten Gedanken gehabt. Aber so war's gewiss nicht, Tom, so war's nicht, und das weißt du auch selber, Tom.«

»Weiß Gott, Tante, so war's, weiß Gott! Ei, ich will gleich tot umfallen, wenn's anders war.«

»Oh, Tom, lüg nicht, tu's nicht, Kind. Es macht ja nur alles tausendmal schlimmer.«

»Es ist nicht gelogen, Tante, es ist die reine Wahrheit. Ich wollte nur nicht, dass du dich so grämen solltest, einzig und allein deshalb kam ich.«

»Ich gäb die ganze Welt drum, wenn ich das glauben könnte, es würde fast alle deine Dummheiten aufwiegen, Tom. Ei, ich wollte gar nichts davon sagen, dass du so schlecht gewesen und davongelaufen bist, wenn ich *das* nur glauben könnte. Aber, Kind, Kind, es kann ja nicht sein, 's geht gegen alle Vernunft; warum hättest du's mir dann damals doch nicht gesagt und wärst so davongeschlichen?«

»Warum? Ja, siehst du, Tantchen, als ihr vom Trauergottesdienst und alldem spracht, da schoss mir der Gedanke durch den Kopf, zu kommen und uns unterdessen in der

Kirche zu verstecken, und ich war so voll davon, dass ich mir's nicht verderben wollte, 's war doch auch kapital, gelt? So drückte ich mich denn heimlich davon und steckte meine Rinde wieder ein.«

»Welche Rinde?«

»Ei, die Rinde, auf die ich geschrieben hab, dass wir als Piraten davongelaufen seien. Ich wollt jetzt, du wärst wach geworden, wie ich dich geküsst hab, wahrhaftig, ich wollt's!«

Der strenge Ausdruck im Gesicht der Tante ließ etwas nach, plötzliche Zärtlichkeit strahlte warm aus den treuen Augen.

»Hast du mich geküsst, Tom?«

»Natürlich.«

»Hast du's wirklich getan, Tom?«

»Gewiss, Tante, gewiss und wahrhaftig!«

»Warum hast du mich geküsst, Tom?«

»Weil ich dich lieb hab und weil du da gelegen hast und geseufzt und gestöhnt, und das hat mir Leid getan.«

Die Worte klangen wahr. Die alte Dame konnte ein Zittern in ihrer Stimme nicht ganz unterdrücken, als sie sagte:

»Küss mich noch einmal, Tom – und mach, dass du wegkommst, 's ist Zeit zur Schule, du hast mich genug geärgert.«

In dem Moment, da er weg war, stürzte sie zum Schrank und riss die traurigen Überreste der Jacke hervor, in der er Seeräuber gewesen. Dann stand sie still, drückte die Lumpen an ihre Brust und flüsterte:

»Nein, ich wag's nicht. Armer Kerl, ich glaub, er hat gelogen, aber – es war so gut und lieb gelogen, ordentlich tröstlich für mein altes Herz. Ich hoffe, der Herr, nein, ich weiß, der Herr wird ihm verzeihen, denn weiß Gott, diesmal hat mein Tom aus Gutherzigkeit geflunkert. Ich will auch gar nicht wissen, dass es geflunkert war, lieber seh ich gar nicht nach.«

So legte sie die Jacke weg und stand noch eine Minute sinnend davor. Zweimal streckte sie die Hand nach dem Kleidungsstück aus, und zweimal zog sie dieselbe wieder zurück. Noch einmal wagte sie sich vor und sprach sich selber Mut zu mit dem Gedanken: Die Lüge war ja gut gemeint, von Herzen gut gemeint, es soll mich weiter nicht kümmern. Damit hatte sie die Hand in die Jackentasche versenkt. Einen Moment später las sie unter strömenden Tränen, was Tom auf jenes bewusste Rindenstück gekritzelt hatte, und stammelte schluchzend:

»Jetzt könnt ich dem Jungen verzeihen, und wenn er eine Million Sünden auf dem Gewissen hätte.«

Neunzehntes Kapitel

In der Art und Weise, wie ihn Tante Polly küsste, lag etwas, das Tom wunderbar wohl tat. Seine Niedergeschlagenheit war wie weggeblasen, und er fühlte sich urplötzlich wieder leichtherzig und froh. Er stürmte der Schule zu und hatte das Glück, unterwegs auf Becky zu stoßen. Da er sich immer von seiner augenblicklichen Stimmung leiten ließ, so rannte er ohne einen Moment der Überlegung auf sie zu und rief treuherzig:

»Becky, ich war heute Morgen ganz abscheulich gegen dich, ich will nie, nie wieder so sein, so lang ich lebe, nur sei wieder gut, willst du?«

Das Mädchen blieb stehen und sah ihm verächtlich ins Gesicht:

»Ich würde Ihnen sehr dankbar sein, Herr Thomas Sawyer, wenn Sie mich in Zukunft mit Ihrer Gesellschaft verschonen wollten, ich werde nie wieder mit Ihnen reden.«

Sprach's, warf den Kopf zurück und schritt stolz von dannen. »Herr« Thomas Sawyer war starr vor Staunen, dass er nicht einmal Geistesgegenwart genug hatte zu einem »Wie Sie wünschen, Jungfer Patzig« und erst dran dachte, als es zu spät war. So sagte er denn kein Wort, war aber nichtsdestoweniger in heller Wut. Er schlich nach dem Schulhof und wünschte nur, sie wäre ein Junge und er könnte sie durchbläuen für diese unerhörte Beleidigung. Als er gerade in ihre Nähe kam, schleuderte er ihr eine beißende Bemerkung ins Gesicht, sie entgegnete im selben Ton, und der Bruch war vollständig. Becky konnte in ihrem Racheeifer kaum den Beginn des Unterrichts erwarten, so brannte sie darauf, Tom seine Prügel für das verschmierte Buch erhalten zu sehen.

Wenn sie je noch den Schatten eines Zweifels in sich verspürt hatte, ob sie Alfred Tempel nicht doch angeben wolle, so war derselbe durch Toms letzte Liebenswürdigkeit auf Nimmerwiederkehr verscheucht.

Das arme Ding – sie ahnte nicht, welch drohendes Unheil über ihrem eignen Haupte schwebte. Der Lehrer, Herr Dobson, ein Mann in mittleren Jahren, hegte einen übertriebenen, unerfüllbaren Ehrgeiz in der Brust. Der Traum seines Lebens war gewesen, ein Arzt zu werden, seine Armut aber hatte es gefügt, dass nur ein Volksschullehrer aus ihm wurde. Jeden Tag griff er, wenn die verschiedenen Klassen beschäftigt waren, zu einem geheimnisvollen Buche, in das er sich eifrig vertiefte. Dasselbe hielt er strenge unter Schloss und Riegel. Jedes seiner Schulkinder brannte vor Neugierde, einmal einen Blick hineinwerfen zu können, nie aber wollte sich die Gelegenheit hierzu bieten. Jedes der Kinder, Knaben und Mädchen, hatte seine eigene Ansicht über das Buch, aber niemals war es gelungen, Näheres zu erfahren. Als eben Becky an der offenen Tür des Zimmers vorüberhuschte, bemerkte sie, dass der Schlüssel des Pultes steckte. Das war ein köstlicher Moment, der ausgenutzt werden musste. Sie blickte sich rasch um und sah sich ganz unbeobachtet; im nächsten Augenblick hielt sie das Buch in Händen. Das Titelblatt: »Anatomie von Professor Soundso« diente nicht dazu, sie über den Inhalt aufzuklären, so begann sie denn hastig, die Blätter umzuwenden. Gleich zu Anfang kam sie auf ein wundervoll koloriertes Bild, eine menschliche Figur. Im selben Moment fiel ein Schatten auf das Buch, Tom Sawyer trat zur Tür herein und erhaschte noch einen Blick auf das Bild. Hastig wollte Becky das Buch schließen, hatte aber in ihrer Aufregung das Unglück, das Bild von oben bis beinahe zur Mitte durchzureißen. Das Buch flog ins Pult, sie drehte den Schlüssel um und brach in bittres Schluchzen aus vor Scham und Ärger.

»Tom Sawyer«, rief sie, »du bist doch so gemein, wie du nur sein kannst. Einen so zu überfallen und auszuspionieren, was man tut!«

»Wie konnt ich denn wissen, was du dir zu schaffen machst?«

»Du solltest dich vor dir selber schämen, Tom Sawyer; jetzt wirst du hingehen und mich verklatschen beim Lehrer und – Herr, du mein Gott, was fang ich an? Ich bin noch niemals geschlagen worden in der Schule, und heut – heut haut mich der Lehrer sicherlich durch.«

Dann, als Tom nichts antwortete, stampfte Sie mit dem kleinen Fuße auf und rief:

»Na, dann sei so gemein und verrat mich, wenn dir's Spaß macht. Aber wart, dir blüht auch nichts Gutes, denk nur an mich – niederträchtig – niederträchtig!« Und mit einem erneuten Strom von Tränen stürzte sie davon.

Tom stand ordentlich betäubt ob solch vulkanischen Ausbruchs. Dann sagte er zu sich selbst:

»Was so 'n Mädel für eine Närrin ist! Noch niemals Prügel gekriegt! Herrgott, was liegt mir an einer Tracht mehr oder weniger? So sind aber die Mädels, so dünnfellig und hasenfüßig. Es fällt mir gar nicht ein, sie zu verklatschen, aber 's kommt doch heraus. Der alte Dobson wird natürlich fragen, wer's war, und wenn keiner antwortet, fragt er einen nach dem andern, dann merkt er's schon am Gesicht. So 'n Mädel verrät sich immer selber, da ist kein Schneid drin. Die Sache ist kritisch für das arme Ding, die Becky, kriegen tut sie's, da ist kein Zweifel. Na, mir kann's recht sein, die säh mich auch von Herzen gern in derselben Klemme. Mag sie zusehen, wie sie's ausbadet!«

Tom gesellte sich dem Haufen der lärmenden Kameraden draußen wieder zu; bald darauf erschien der Lehrer, und der Unterricht begann. Die Studien zogen Tom nicht sehr an. Jedes Mal, wenn er zu den Mädchen hinübersah, beunruhigte ihn Beckys Gesichtchen. Genau genommen hatte er gar keine Ursache, sie zu bemitleiden, und doch, mochte er tun, was er wollte, er konnte sich des Mitleids nicht erwehren. Jetzt entdeckte der Lehrer das besudelte Lesebuch, wodurch Toms ganze Aufmerksamkeit für seine eigenen Angelegenheiten in Anspruch genommen wurde. Das rüttelte auch Becky aus ihrer Gramversunkenheit auf, und sie folgte den Vorgängen mit großer Aufmerksamkeit. Sie glaubte nicht, dass Tom imstande sein werde, sich herauszulügen, und sie hatte Recht. Sein Leugnen schien die Dinge für ihn nur zu verschlimmern. Als dann die Verhandlung den Höhepunkt erreichte, trieb es sie förmlich, aufzuspringen und Alfred Tempel anzugeben, doch zwang sie sich zur Ruhe, denn sie sagte sich: Tom klatscht doch, dass ich das Bild zerrissen hab. Ich sag kein Wort, und wenn's ihm ans Leben geht.

Tom steckte seine Prügel ein und schritt auf seinen Platz zurück, durchaus nicht niedergeschlagen. Er dachte selber, es sei möglich, dass er die Tinte übers Buch geschüttet, ohne es zu wissen, dergleichen konnte ja passieren. Geleugnet hatte er's überhaupt nur der Form halber und weil's so Sitte war; dann hatte er aus Prinzip dabei beharrt.

Eine ganze Stunde verstrich; nickend saß der Lehrer auf seinem Throne, das Summen der vor sich hin murmelnden, lernenden Kinder wirkte einschläfernd. Allmählich rappelte sich Herr Dobson in die Höhe, gähnte, schloss sein Pult auf, griff nach seinem Buch und fingerte daran herum, unentschieden, ob er es nehmen solle oder nicht. Schläfrig sahen die Schüler zu ihm hin, zwei derselben verfolgten sein Tun mit gespannten Blicken. Noch immer schien Herr Dobson nicht entschieden; endlich nahm er das Buch zur Hand und lehnte sich in seinen Stuhl zurück, um zu lesen.

Tom warf einen raschen Blick auf Becky. Diese starrte um sich wie ein gehetztes Reh, das den todbringenden Lauf auf sich gerichtet sieht, so hilflos, so verzweifelt. Im Moment war aller Groll dahin. Etwas musste geschehen, aber sofort, mit Blitzesschnelle, sonst war's zu spät. Doch die dringende Nähe der Gefahr schien seine Erfindungsgabe völlig zu lähmen. Wenn er nun hinstürzte, dem Lehrer das Buch entriss, damit die Flucht ergriff? Eine einzige Sekunde überlegte er, und – hin war die Gelegenheit, der Lehrer öffnete das Buch. Wäre nur der verlorene Moment noch einmal zu erhaschen, Tom fühlte sich jetzt zu allem fähig. Zu spät! Becky war nicht mehr zu helfen. Im nächsten Moment traf des Lehrers Auge die aufschauenden Schüler, die Augen senkten sich vor seinem Blick, es lag ein Etwas drin, das selbst den Unschuldigsten unter ihnen mit Scheu und Furcht erfüllte. Eine Pause entstand, während welcher man wohl bis zehn zählen konnte. Der Lehrer schien Kraft sammeln zu müssen. Dann kam's:

»Wer hat dieses Buch zerrissen?«

Kein Laut. Man hätte eine Stecknadel zu Boden fallen hören können. Die beängstigende Stille dauerte an. Auf einem Gesicht nach dem andern suchte der Lehrer die Zeichen der Schuld.

»Benjamin Rogers, hast du das Buch zerrissen?«

Verneinung. Eine weitere Pause.

»Joe Harper, du?«

Erneute Verneinung. Toms Unbehagen stieg und stieg unter der langsamen Qual dieses Verfahrens. Der Lehrer ließ den Blick über die Reihen der Knaben schweifen, überlegte eine Weile und wandte sich dann den Mädchen zu:

»Amy Lorenz?«

Ein Schütteln des Kopfes.

»Grace Miller?«

Dasselbe Zeichen.

»Susanne Harper?«

Erneute Verneinung. Das nächste Mädchen war Becky.

Tom zitterte vom Kopf bis zu den Füßen vor Aufregung; er empfand die ganze Hoffnungslosigkeit der Lage.

»Rebecka Thatcher« – (Tom sah, dass ihr Gesicht vor Entsetzen blass war wie der Tod) – »hast du – nein, sieh mich an –« (sie hob die Hände in stummem Flehen), »hast du dieses Buch zerrissen?«

Ein Gedanke schoss wie ein Blitz durch Toms Gehirn. Er sprang auf und rief laut in die herrschende Stille hinein:

»Ich hab's getan.«

Sprachlos ob solcher unerhörten, unglaublichen Tollheit starrten ihn aller Augen an. Tom stand einen Moment regungslos da, um seine etwas aus der Fassung geratenen Lebensgeister zu sammeln, und als er dann nach dem Katheder schritt, seine Strafe in Empfang zu nehmen, strahlten ihm aus Beckys Augen Überraschung, Dankbarkeit, Anbetung in solch reichem Maße entgegen, dass sie ihn für hundert vollwichtiger Trachten Prügel hätten entschädigen können. Begeistert durch den Edelmut seiner eignen Tat, entschlüpfte ihm auch nicht der leiseste Schrei der nun folgenden Züchtigung, der unbarmherzigsten, die Herr Dobson in seinem Leben austeilte. Ja, als der Lehrer die Strafe noch durch zwei Stunden Nachsitzen verschärfte, nahm Tom auch dies mit dem äußersten Gleichmut hin, wusste er doch, wer außerhalb der Schulmauern auf ihn warten und jede Minute bis zu seiner Befreiung aus der Gefangenschaft zählen würde.

Am Abend desselben Tages ging Tom zu Bett, von finsteren Racheplänen gegen Alfred Tempel erfüllt. Becky hatte ihm voller Reue und Scham alles eingestanden, ja selbst ihre eigne Verräterei nicht verschwiegen. Der Durst nach Rache aber wich bald milderen Gefühlen, lieblicheren Bildern, und Tom fiel in Schlaf, während ihm Beckys letzte Worte noch träumerisch süß im Ohr nachklangen:

»Tom, wie *konntest* du so edel sein?«

Zwanzigstes Kapitel

Die großen Ferien rückten immer näher. Der Lehrer, ernst von Natur, wurde strenger und anspruchsvoller von Tag zu Tag, sollte doch seine Schule Ehre einlegen am verhängnisvollen großen Tag der Prüfung. Seine Rute und sein Lineal kamen gar nicht mehr zur Ruhe, zum wenigsten bei den kleineren Schülern. Nur die großen Knaben und die jungen Damen von der Sonntagsschule entgingen einer Züchtigung. Und Herrn Dobsons Prügel waren was wert unter Brüdern, denn obgleich er unter seiner Perücke einen vollständig kahlen und glänzenden Schädel barg, so stand er doch noch im kräftigsten Mannesalter, und die Stärke seiner Muskeln ließ nichts zu wünschen übrig. Als der große Tag näher und näher rückte, kam all die Tyrannei, die in ihm schlummerte, ans Tageslicht. Mit grausamer Lust ahndete er die geringsten Versäumnisse und Fehler. Die Folge davon war, dass die Kinder ihre Tage in Schreck und Qual, ihre Nächte mit dem Schmieden finsterer Rachepläne verbrachten.

Sie ließen sich keine Gelegenheit entgehen, dem Lehrer einen Streich zu spielen, der aber blieb immer Meister. Die Strafe, die jedem solchen kleinen Racheakt auf dem Fuße folgte, war so großartig, so niederschmetternd, dass die Jungen den Kampfplatz jedes Mal vollständig »geschlagen« verließen. Zuletzt entstand eine Verschwörung, und ein Plan wurde ausgeheckt, der den glänzendsten Sieg versprach. Die Verschwörer zogen den Sohn des Anstreichers ins Vertrauen, welcher Lehrling bei seinem Vater war, setzten ihm den Plan auseinander und baten um seine Hilfe. Der hatte nun wieder seine eignen Gründe, sich dem Racheplan anzuschließen, denn der Lehrer wohnte im Hause des Anstreichers und hatte dem Jungen genügend Ursache zum gründlichsten Hasse gegeben. Die Frau des Lehrers wollte in den nächsten Tagen zu einem Besuche aufs Land gehen, und so stand der Ausführung des Planes nichts im Wege. Der Lehrer pflegte sich zur würdigen Vorbereitung bei großen Gelegenheiten aus der Flasche nachhaltig Mut zuzusprechen, und der Anstreicherjunge versprach, am Prüfungsabend, wenn der Lehrer das nötige Stadium des »Mutes« erreicht habe und in seinem Stuhl ein Stärkungsschläfchen halte, »die Sache schon besorgen zu wollen«. Knapp zur rechten Zeit wolle er ihn dann schleunigst wecken und in aller Eile zur Schule spedieren.

Als die Zeit erfüllt war, trat dann das große Ereignis ein. Um acht Uhr abends erstrahlte das Schulhaus im Glanz der Kerzen und im Schmuck der Gewinde aus Laub und Blumen. Majestätisch thronte der Lehrer auf seinem Katheder, die schwarze Tafel hinter sich. Auf Bänken zu beiden Seiten saßen die Eltern der Kinder und die Würdenträger der Stadt, vor dem Katheder dehnten sich die Reihen der Schüler, hier die Knaben, die dermaßen gewaschen und herausgeputzt waren, dass man ihnen das Unbehagen ansah, dort die Mädchen, in schneeweißem Musselin, sichtbar durchdrungen von dem erhebenden Bewusstsein, in bloßen Armen, blauen und roten Bändern und mit Blumen im Haar zu glänzen. Den Hintergrund bildete »das Volk«.

Die Prüfung begann. Ein winzig kleiner Junge erhob sich und rezitierte mit einem Schafsgesicht:

»Kaum glaubt ihr, dass solch kleiner Wicht
Wie ich es wagt und zu euch spricht« etc.,

wobei er seinen Vortrag mit den peinlich genauen, stoßweisen Bewegungen einer Maschine begleitete, noch dazu einer Maschine, die etwas aus der Ordnung geraten zu sein schien. Doch stolperte er sicher, wenn auch zu Tode geängstigt, bis zum Schluss hindurch, klappte den Oberkörper verbeugend nach unten, bekam einen wahren Beifallssturm von dem dankbaren Publikum und zog sich aufatmend zurück.

Ein kleines, verschüchtertes Mädchen lispelte ihr:

»Ein kleines Lämmchen, weiß wie Schnee,
Ging einstens auf die Weide«,

– machte einen Mitleid erregenden Knicks, erhielt ihren Anteil an Applaus und setzte sich glühend rot und glückselig wieder hin.

Tom Sawyer trat nun vor, voll stolzer, aber trügerischer Zuversicht, und begann mit donnerndem Pathos und verzückten Gebärden die berühmte Ode an die »Freiheit« zu deklamieren. Aber wehe! In der Mitte etwa angelangt, verließ ihn just das Gedächtnis, das Lampenfieber ergriff ihn, seine Knie zitterten, er drohte, zusammenzusinken oder zu ersticken. Wohl hatte er des Hauses Mitleid für sich, aber auch des Hauses Schweigen.

Finster blickte der Lehrer, drohend zog er die Stirne in Falten; dies machte das Unheil vollständig. Tom stammelte, stotterte noch eine Weile, gab's dann auf und zog sich zurück, jeder Zoll ein geschlagener Held! Ein schwacher Beifallsversuch, der sich erheben wollte, wurde im Keime erstickt.

Jetzt folgten:

»Auf brennendem Deck der Knabe stand«,

dann: »Hernieder kam einst Assurs Macht«, und andre dergleichen deklamatorische Kleinodien. Nun kamen Leseübungen und ein regelrechtes Kreuzfeuer in der Kunst des

Buchstabierens. Die magere Lateinklasse bestand ihre Sache mit Ehren. Dann nahte der Hauptakt des ganzen Abends, der Vortrag von selbst gefertigten Aufsätzen und Gedichten der »jungen Damen«. Der Reihe nach trat jede an den Rand der Estrade, räusperte sich, erhob ihr von einem zierlichen Band umschlungenes Manuskript und begann zu lesen mit dem nötigen Ausdruck von Gefühl. Die Themata waren dieselben, wie sie ihre Mütter, Großmütter und anderen weiblichen Vorfahren der Familie bis zurück zu den Kreuzzügen schon bearbeitet hatten: »Freundschaft« – »Erinnerungen früherer Tage« – »Die Religion in der Geschichte« – »Das Land der Träume« – »Die Vorteile der Kultur« – »Vergleiche und Verschiedenheiten der politischen Regierungsformen« – »Melancholie« – »Kindliche Liebe« – »Herzenswünsche« – usw.

Die meisten dieser Ergüsse zeichneten sich durch eine starke Vorliebe für das Gefühlvolle aus. Die großartigste Verschwendung erhabener Ausdrücke und Redewendungen war ebenfalls ein gemeinsamer Zug, ebenso das gewaltsame Herbeiziehen allgemein bekannter und beliebter Phrasen und Zitate. Den Schluss bildete hier wie dort unweigerlich eine möglichst stark aufgetragene moralische Nutzanwendung. Einerlei, was der behandelte Gegenstand gewesen, mit kühnem Sprung lief das Ende ohne Unterschied in eine äußerst erbauliche Betrachtung aus, die sich nicht ohne Rührung anhören ließ und einen schmeichelhaften Rückschluss auf die Tugenden der schönen Mahnerin gestattete.

Der erste Aufsatz, der vorgetragen wurde, betitelte sich: *»Dies also ist das Leben?«* Vielleicht hat der Leser Geduld genug, einen Auszug hieraus nachzulesen:

»Trunkenen Auges, mit wonnebebendem Herzen schaut der jugendliche Geist den zu erwartenden Freuden des Lebens entgegen. Geschäftig malt ihm die Einbildungskraft rosenfarbene Bilder der Wonne vor. Im Geiste sieht sich die jugendliche Schöne als ›Dame von Welt‹, inmitten des wogenden, festlichen Getriebes, scherzend, lachend, umkost, umworben, gefeiert, ›schauend und geschaut‹! Ihre anmutige Gestalt gleitet in wehenden, weißen Gewändern auf den Wellen des wirbelnden Tanzes dahin, ihr Auge strahlt am hellsten, ihr Schritt ist der elastischste in der ganzen heiteren Gesellschaft. Unter solch gaukelnden, lockenden Fantasiegebilden schwindet schnell die Zeit, und die ersehnte Stunde erscheint, die Stunde, welche Einlass bringen soll in jene elysische Welt, die solche Wonneträume zu wecken vermag. Wie zauberisch erscheint dem geblendeten Auge alles und jedes! Jede neue Szene ist reizender, lockender als die vorhergegangene. Doch kurze Zeit nur währt der Rausch! Bald zeigt es sich, dass unter der glänzenden Außenseite Hohlheit sich birgt. Die Schmeichelei, die einst die Seele fesselte, verletzt nun das Ohr mit schrillem Klang, der Ballsaal verliert seine Reize. Mit zerrütteter Gesundheit, verbitterten Herzens wendet sich das ›Kind der Welt‹ ab, die Überzeugung tief im Busen bergend, dass irdische Freuden das Verlangen der unsterblichen Seele nicht zu befriedigen imstande sind!«

Und so weiter.

Ein beifälliges Gemurmel unterbrach von Zeit zu Zeit den Vortrag. Ein »Wie schön!«, »Gut gesagt!« oder »Wie wahr!« ließ sich deutlich unterscheiden, und nachdem das Ding mit einer besonders erhebenden Schlussbetrachtung geendet, wurde der Beifall ordentlich enthusiastisch.

Dann erhob sich ein schlankes, melancholisch aussehendes Mädchen, dessen Gesicht jene interessante Blässe zeigte, die von Pillen und schlechter Verdauung herrührt, und las ein »Gedicht« vor. Folgende Verse desselben mögen genügen:

»Lebewohl einer Missouri-Maid an Alabama

Leb wohl, Alabama, dich liebe ich,
Und doch muss lassen, muss meiden ich dich.
Es naget die Trauer am Herzen mein,
In heißer Sehnsucht gedenk ich dein.
Wie hab ich die blum'gen Wälder durchstreift,
Längs den Ufern deiner Gewässer geschweift,
Dem Murmeln der Wellen träumend gelauscht,
In Aurorens Strahl mich wonnig berauscht.
Nicht scheu verberg ich mein übervoll Herz,
Erröt nicht, zu zeigen den brennenden Schmerz.
Er gilt ja nicht Fremden im fernen Land,
Den Freunden, den Lieben nur, die ich gekannt.
Sie waren mein Trost mir, mein ganzes Glück;
Alabamas Täler ersehn ich zurück.
Ach, nun ich's verloren, erkenn ich's zu spät:
Dort wurzelt mein Leben, mein Herz – zu spät!«

Als Nächste erschien eine schwarzäugige und schwarzhaarige junge Dame auf dem Podium, machte eine wirkungsvolle Kunstpause, nahm eine tragische Haltung an und begann gemessenen, ausdrucksvollen Tones vorzulesen:

Eine Vision

»Dunkel und stürmisch war die Nacht. Am Himmelszelte oben flimmerte nicht ein einziger Stern, nur das dumpfe Dröhnen des Donners vibrierte beständig im geängstigt lauschenden Ohr, während grelle Blitze in entfesselter Wildheit die wolkigen Himmelskammern durchrasten und der Macht zu spotten schienen, die der große Franklin sich über sie angemaßt. Selbst die stürmischen Winde kamen einmütig hervor aus ihrer geheimnisvollen Höhle und schnaubten und tosten einher, als wollten sie durch ihre Gegenwart die tolle Szene noch toller machen. Zu ebensolcher Stunde, gleich dunkel, gleich trostlos und entsetzungsvoll, schrie einst mein ganzes Sein nach dem Balsam menschlichen Mitgefühls. Umsonst! Da plötzlich:

›Erschien sie, die mein Trost, mein Führer und mein Rat,

Mein Glück im Gram, mein All an meine Seite trat.›

Sie schwebte daher wie eines jener glänzenden, anmutbeschwingten Wesen, mit denen Jugend und Romantik sich die sonnigen Fluren ihres Eden bevölkern, eine Königin der Schönheit, nur mit ihrer eignen, unvergleichlichen Lieblichkeit angetan und geschmückt. So leise war ihr Schritt, keinen Laut rief er hervor, und nur der magische Wonneschauer, der mein ganzes Sein bei ihrer sanften Berührung durchrieselte, verriet mir ihre Gegenwart, sonst wäre sie entschwebt gleich andern sich dem Auge nicht selbstbewusst aufdrängenden Schönheiten, unbemerkt und ungesucht. Gleich eisigen Tränen auf dem Gewande des Dezembers lag eine eigentümliche Traurigkeit auf den geliebten Zügen, als sie, ernst auf die draußen kämpfenden Elemente hinweisend, mich die beiden durch dieselben dargestellten Wesen betrachten hieß.«

Dieser nächtliche Gespensterspuk füllte zehn Seiten des Manuskripts und endete in einer Predigt von solch niederschmetternder, hoffnungsraubender Wirkung auf alle Nichtgläubigen, dass der Aufsatz den ersten Preis gewann und einstimmig für die beste Leistung des Abends erklärt wurde. Der Bürgermeister des Städtchens überreichte der glückstrahlenden Verfasserin in feierlicher Ansprache den Preis, indem er sagte, es sei bei weitem »das Beredteste, Pathetischste«, was er je gehört, ja dass der große Daniel Webster selber hätte stolz darauf sein dürfen.

Beiläufig mag noch bemerkt werden, dass die Zahl der Aufsätze, in denen das Wort »wunderbar« mit Vorliebe angewendet und die menschliche Erfahrung als »einer Seite im Buche des Lebens« erwähnt wurde, den üblichen Durchschnitt erreichte.

Nun erhob sich der Lehrer, der durch den Erfolg des Abends so sanftmütig und weich geworden war, dass sein Wesen beinahe an Liebenswürdigkeit streifte, schob seinen Stuhl zurück, wandte dem Publikum den Rücken und begann auf der schwarzen Tafel eine Karte von Amerika zu entwerfen, um die Geographieübungen daran vornehmen zu können. Seine unstete Hand aber wollte ihm nicht parieren bei der Sache, ein unterdrücktes Gekicher lief durch das Haus. Er wusste, was es bedeutete, und nahm alle Kraft zusammen, um sich mit Ehren herauszuziehen. Er fuhr mit dem Schwamm über die misslungenen Linien und machte sich geduldig aufs Neue daran, nur um sie mehr und mehr zu verrenken, und das Gekicher wurde immer deutlicher. Mit Macht und ganzer Aufmerksamkeit warf er sich nun auf sein Werk, entschlossen, sich durch die augenscheinliche Heiterkeit nicht aus der Fassung bringen zu lassen. Er fühlte, dass aller Augen auf ihn gerichtet waren; er glaubte nun endlich im richtigen Fahrwasser zu sein, und doch dauerte das Gekicher fort, ja es nahm sogar noch zu. Und Grund genug dazu war vorhanden. Im oberen Stock befand sich eine Dachkammer, in deren Fußboden eine Klappe angebracht war, unter der just eben der Lehrer stand. Durch diese Klappe nun erschien eine Katze, die an einem um die Hinterbeine geschlungenen Seile hing und der man um Kopf und Maul einen dicken Lappen gewickelt hatte, um sie am Schreien zu hindern. Als sie so langsam niedersank, krümmte sie sich nach oben und versuchte, sich mit den Pfoten am Seil festzuklammern, umsonst! Sie griff mit den Pfoten nur in die unfassbare, haltlose Luft. Das Gekicher schwoll und schwoll. Die Katze war jetzt nur noch sechs Zoll von dem Haupte des ahnungslosen Lehrers entfernt. Sie sank tiefer und tiefer; noch eine Spanne, und nun schlug sie die verzweifelten Krallen in die Perücke des schulmeisterlichen Hauptes, klammerte sich fest an dem willkommenen Halte und wurde im selben Moment zurückgezogen zur Klappe, die Siegestrophäe fest in den räuberischen Klauen! Des Schulmeisters kahler Schädel aber erstrahlte in ungeahnter, zauberischer Pracht, der Sohn des Anstreichers hatte denselben *vergoldet!*

Dies bereitete der Festlichkeit ein jähes Ende. Die Jungen waren gerächt, die Ferien da!

Anmerkung. Die oben angeführten so genannten »Aufsätze« sind ohne Veränderung einem Buche entnommen, das den Titel führt: »Prosa und Poesie von einer Dame des Westens«. Als genaue Studien nach dem bekannten »Schulmädchen-Muster« sind sie infolgedessen weit glücklichere Beispiele, als bloße Nachbildungen hätten sein können.

Einundzwanzigstes Kapitel

Tom fand, dass die ersehnten Ferien schon acht Tage nach dem Beginn sich in endloser, öder Weise vor ihm zu dehnen begannen. Er wusste kaum, was er mit sich anfangen sollte in dieser langen, langen Zeit. Becky Thatcher war mit ihren Eltern auf ihr Landgut gereist, um die Wochen der Freiheit dort zu verbringen, und hatte den letzten Lichtstrahl in dieser endlosen Nacht der Langeweile mit sich genommen. Ein paar Kindergesellschaften dienten nur dazu, die klaffende Lücke von Beckys Abwesenheit umso fühlbarer zu machen. Eine mitleidige Masernepidemie erbarmte sich der gelangweilten Jugend, bot aber in ihrem milden Charakter nicht einmal die Aussicht, dass man zur Abwechslung hie und da um das gefährdete Leben irgendeines Kameraden zittern konnte. Auch sie verlief langweilig und eintönig wie alles andere.

Endlich kam Leben in die schläfrige Atmosphäre. Der Mordprozess kam vor Gericht und wurde sofort zum Thema jeglichen Stadtgespräches. Er benahm Tom alle Ruhe. Jede neue Erwähnung der Mordtat sandte ihm einen Schauder zum Herzen. Sein böses Gewissen und seine Angst ließen ihn in jeder darauf bezüglichen Bemerkung einen Fühler wittern, den man ausgestreckt, um ihn zu sondieren. Freilich erschien es ihm bei näherer Überlegung gar nicht möglich, dass man in ihm einen Mitwisser der Tat vermuten könne, gleichwohl war ihm nicht wohl bei der Sache; fortwährend überlief es ihn, bald heiß, bald kalt. An einsamem Ort nahm er Huck beiseite, um sich mit diesem zu besprechen. Welche Erleichterung musste es gewähren, das Siegel auf den Lippen nur für eine kleine Weile zu lösen, die Hälfte der Bürde auf die Schultern eines Mitfühlenden, eines Leidensgefährten zu wälzen. Außerdem lag Tom daran, sich Gewissheit über Hucks unverbrüchliches Schweigen zu verschaffen.

»Huck, hast du jemals irgendeinem Menschen davon erzählt?«

»Von was?«

»Du weißt schon selber.«

»Ach so! Na, natürlich nicht.«

»Kein Wort?«

»Nicht ein einziges Wörtchen, nee, weiß Gott! Was fragst du?«

»Na, ich – ich hatte Angst.«

»Weißt's ja doch selber, Tom Sawyer, wir zwei wären kalt nach drei Tagen, wenn das herauskäme!«

Tom fühlte sich etwas beruhigter. Nach einer Pause:

»Huck, gelt, 's kann dich keiner zwingen, was zu sagen, oder?«

»Mich zwingen! Na, wenn ich Lust hätte, dass mich der Indianer-Hund ersäufte, ja, dann wär's möglich, dass ich's sage – sonst nicht!«

»Na, dann ist's gut! Ich denk, wir sind sicher, so lang wir reinen Mund halten. Lass uns aber noch mal schwören. Ich mein, 's ist sicherer!«

»Meinethalben.«

Und wieder schwuren sie einen grausig feierlichen Eid.

»Worüber schwatzen sie gerade hauptsächlich in der Stadt, Huck? Ich hab alles durcheinander gehört!«

»Schwatzen? Ei, Muff Potter, Muff Potter und nichts als Muff Potter, immer und ewig. Mir treibt's den kalten Schweiß aus, wenn ich nur den Namen höre. Am liebsten steckt ich mir Baumwolle in die Löffel!«

»Gerad so geht's bei mir, grad so! Ich glaub, der ist verloren. Dauert er dich nicht auch manchmal?«

»Ei, immer, beinahe immerzu. Viel wert ist er ja nicht, aber er hat doch keinem was zuleid getan. Stibitzt wohl mal ’nen Fisch, um Geld für Schnaps zu kriegen und sich zu besaufen, und bummelt den ganzen Tag herum, aber – Herrgott – das tut ja jeder – wenigstens beinah jeder. Aber er ist doch ein guter Kerl. Einmal hat er mir ’nen halben Fisch gegeben und sich selber an der andren Hälfte hungrig gegessen, und oft und oft hat er mir geholfen, wenn ich irgendwo in der Patsche saß.«

»Und mir hat er Drachen geflickt, Huck, und Angelhaken an der Leine festgemacht. Weiß Gott, ich wollt, wir könnten ihn freimachen! Ich gäb was drum!«

»Du lieber Himmel, das würde doch nicht viel helfen, Tom, den hätten sie gleich wieder fest!«

»Das ist ja wahr, aber ich kann’s gar nicht mit anhören, wenn sie so über ihn losziehen, als wär er der leibhaftige Gottseibeiuns, und er’s doch gar nicht getan hat.«

»So geht’s mir grad, Tom. Herrgott, da schwatzen sie daher, als sei er der blutdürstigste Hund im Land und nur aus Versehen nicht schon längst irgendwo aufgeknüpft.«

»Ja, weiß Gott, ich hab sogar gehört, wie einer sagte, wenn sie den freiließen, dann sollte er sofort gelyncht werden. Oh, du meine Güte!«

»Und das täten sie auch, so wahr ich hier steh!«

Lange schwatzten die Jungen so zusammen, aber Trost brachte es ihnen nicht. Mittlerweile brach die Dämmerung herein, und sie befanden sich plötzlich vor dem kleinen, einsamen Gefängnis, in der uneingestandenen Hoffnung, ein gütiges Geschick könne irgendeine Wendung zum Besseren herbeiführen, wodurch sie von ihrer Qual befreit würden. Es geschah aber nichts. Die Engel und alle guten Geister schienen ihre Hände von dem unglücklichen Gefangenen abgezogen zu haben.

Wie oftmals zuvor schon traten die Jungen zu dem kleinen Gitter heran und reichten Potter Tabak und Feuerzeug hindurch. Der lag am Boden, und Wächter waren keine da.

Seine rührende Dankbarkeit hatte ihnen zuvor schon tief ins Herz geschnitten und tat's diesmal mehr als je. Als feige elende Verräter der schlimmsten Art aber fühlten sie sich, als Potter sagte:

»Ihr seid ungeheuer gut gewesen gegen mich, Jungens, besser als irgendwer in der Stadt. Und ich gedenk's euch, weiß Gott, ich tu's. Oft sag ich zu mir selber: ›Hast doch all deiner Lebtag den Jungen nur Gutes getan, hast den Schlingeln die Drachen geflickt und die besten Fischplätze gewiesen, aber nee, Dankbarkeit gibt's nicht, alle haben den alten Muff vergessen, der jetzt so tief in der Tinte sitzt, alle – nur der Tom nicht und der Huck nicht, die haben ihn nicht vergessen‹, sag ich, ›und der alte Muff, der vergisst sie auch nicht.‹ Seht, Jungens, ich hab ja was Furchtbares getan, so betrunken und verrückt, wie ich war, nur so kann ich's mir erklären, jetzt soll ich baumeln dafür, und geschieht mir schon recht. Es geschieht mir recht, sag ich, und 's wird wohl auch das Beste für mich sein, glaub ich. Na, wollen's gut sein lassen, nicht weiter davon schwatzen. Möcht nicht, dass euch schwer ums Herz wird, weil ihr so gut gegen mich gewesen seid. Was ich nur sagen wollt, Jungens, betrinkt euch nie, wenn ihr groß seid, dann müsst ihr auch niemals hier sitzen in dem schrecklichen Loch. Wie, stellt euch doch mal 'n bisschen so her, 's ist ein Gottestrost, freundliche Gesichter zu sehen, wenn man so in der Patsche sitzt, und ich seh weiter keine als eure. Gute, freundliche Gesichter – gute, liebe Gesichter! Stellt euch doch mal so, steig mal einer auf den andern, dass ich euch auch berühren kann – so! So ist's recht! Nun gebt mir die Hände, so, eure kleinen Pfoten können ja durch's Gitter durch, meine Tatzen sind zu breit dazu. Kleine Hände, kleine, schwache Hände, haben dem alten Muff Potter 'ne Masse Gutes getan und würden's noch mehr tun, wenn sie könnten, gelt, Jungens? So, und nun trollt euch, sonst wird der alte Muff weich wie ein Waschlappen, und das taugt nichts.«

Tom schlich sich elend und zerschlagen nach Hause, und seine nächtlichen Träume waren aller Schrecken voll. Am folgenden Tag und den Tag danach trieb er sich um den Gerichtssaal herum. Es zog ihn fast unwiderstehlich hinein, und er musste sich mit aller Macht bezwingen, draußen zu bleiben. Huck ging es geradeso. Sie mieden einander nun geflissentlich. Sie liefen von Zeit zu Zeit hinweg, um sich alsbald von derselben unheimlichen Anziehungskraft zurückgetrieben zu sehen. Tom spitzte die Ohren, sobald eine Gruppe Neugieriger den Saal verließ, hörte aber nur Schlimmes und Schlimmeres, die Kette der Beweise schloss sich von Minute zu Minute eherner und unerbittlicher um den armen Potter. Am Schluss der zweiten Tagessitzung hieß es, dass des Indianer-Joes Aussage fest und unerschütterlich gleich einer Mauer stünde, und darüber, wie das Verdikt der Geschworenen ausfiele, könne kaum noch ein Zweifel bestehen.

An diesem Abend trieb sich Tom noch sehr spät draußen herum, kam durchs Fenster heim und befand sich in einem Zustand furchtbarster Aufregung. Stundenlang wälzte er sich auf seinem Lager, ehe er einschlafen konnte.

Des andern Morgens strömte die ganze Stadt dem Gerichtssaal zu, denn heute war ja der große Tag, an dem die Entscheidung fallen sollte. Beide Geschlechter waren zahlreich vertreten unter der dicht gedrängten Zuhörerschaft. Nach langer Pause des Wartens traten die Geschworenen in den Saal und nahmen ihre Plätze ein. Kurz danach brachte man Potter herein, bleich, hohlwangig, in Ketten. Verschüchtert und hoffnungslos saß er da, während all die neugierigen Augen ihn erbarmungslos anstarrten. Ebenso fiel der Indianer-Joe auf, der stumpfsinnig dreinstierte, wie gewöhnlich. Eine neue Pause folgte, dann erschien der Richter, und der Sheriff verkündete den Beginn der Verhandlung. Das übliche Köpfezusammenstecken und Geflüster der Advokaten und das Rascheln und Zurechtkramen der Papiere folgten. Alles dies, in Verbindung mit den daraus entstehenden Verzögerungen, bildete eine ebenso eindrucksvolle wie unheimliche Einleitung zu dem folgenden Drama.

Nunmehr wurde ein Zeuge aufgerufen, welcher aussagte, dass er Muff Potter in frühester Morgenstunde des Tages, der die Entdeckung der Mordtat brachte, gesehen habe, wie sich derselbe am Bach wusch und sich sofort heimlich davonschlich, als er sich beobachtet sah. Nach einigen weiteren Fragen überwies der Staatsanwalt den Zeugen der beklagten Partei: »Der Herr Verteidiger hat das Wort.«

Für einen Moment hob der Angeklagte die Augen, senkte sie aber sofort nieder, als sein Verteidiger sagte:

»Ich verzichte darauf.«

Der nächste Zeuge beschwor, dass man das Messer in der Nähe der Leiche gefunden. Wieder wies der Staatsanwalt den Zeugen dem Verteidiger zu, und abermals verzichtete dieser auf jede Frage.

Ein dritter Zeuge gab an, das Messer in dem Besitz Potters gesehen zu haben. Der Staatsanwalt überwies denselben zum dritten Mal an den Verteidiger:

»Der Herr Verteidiger hat das Wort.«

Und zum dritten Mal erwiderte dieser ruhig und kalt:

»Ich verzichte!«

Eine leise Unruhe begann sich im Publikum bemerkbar zu machen. Wollte dieser Verteidiger denn das Leben seines Klienten ohne jeglichen Versuch zur Rettung preisgeben?

Mehrere Zeugen sagten aus, wie sich Potter unverkennbar schuldbewusst benommen, da man ihn zum Schauplatz der Tat gebracht. Auch sie konnten den Zeugenstand ohne weiteres Kreuzverhör verlassen.

Jede Einzelheit der äußerst gravierenden Vorfälle, die an jenem denkwürdigen Morgen auf dem Friedhof stattgefunden und deren sich jeder Anwesende erinnerte, wurde von glaubwürdigen Zeugen erhärtet, nicht einen dieser Zeugen aber unterwarf Potters Verteidiger auch nur dem kleinsten Verhör. Die Verblüffung und Unzufriedenheit des Publikums hierüber gaben sich in lautem Murren kund, was von Seiten des Vorsitzenden einen Tadel und einen Verweis zur Folge hatte. Jetzt nahm der Staatsanwalt das Wort:

»Durch den Eid ehrenwerter Männer erhärtet, deren einfaches Wort über jeden Verdacht erhaben ist, sehen wir uns gezwungen, das Verbrechen, um das es sich hier handelt, dem unglücklichen Beklagten zur Last zu legen. Wir halten den Fall hiermit für erwiesen.«

Ein Stöhnen entrang sich des armen Potters gequälter Brust, er schlug die Hände vors Gesicht und wiegte den Oberkörper hin und her im Übermaß des Schmerzes. Tiefes, lautloses, peinliches Schweigen herrschte im Hause. Manch hartes Mannesherz war bewegt, und der Frauen Mitleid bezeugte sich in Strömen von Tränen. Endlich ergriff der Verteidiger das Wort:

»Meine Herren Richter und Geschworenen. Bei Beginn dieser Verhandlungen gaben wir unsere Absicht kund, zu Gunsten unseres Klienten geltend zu machen, dass er die furchtbare Tat in dem Zustand eines durch Übermaß geistiger Getränke herbeigeführten sinnlosen Deliriums beging – ein Zustand, der an sich schon jede Verantwortung ausschließen sollte. Wir haben diese Absicht aufgegeben, wir werden uns hierauf nicht weiter berufen.«

Sich zum Gerichtsdiener wendend, rief er dann:

»Man führe Thomas Sawyer vor!«

Verwundertes Staunen zeigte sich auf jedem Antlitz, dasjenige Potters nicht ausgenommen. Jedes Auge haftete in steigendem Interesse an Tom, als dieser sich nun erhob und dem Zeugenstand zuschritt. Verwirrt genug sah der Knabe aus und war dabei augenscheinlich in höchster Angst. Das Verhör begann:

»Thomas Sawyer, wo befanden Sie sich am siebzehnten Juni um die Mitternachtsstunde?«

Tom streifte flüchtig mit seinem Blick die eiserne Stirn des Indianer-Joe, und die Zunge versagte ihm den Dienst. Atemlos lauschte die Menge, die Worte wollten nicht kommen. Nach ein paar Augenblicken jedoch raffte sich der Junge zusammen, es gelang ihm, Gewalt über seine Stimme zu bekommen, so weit wenigstens, dass er einem Teil des Hauses verständlich wurde:

»Auf dem Friedhof.«

»Ein wenig lauter, bitte. Nur keine Angst! Sie waren also –«

»Auf dem Friedhof.«

Ein verächtliches Lächeln zuckte über das Gesicht des Indianer-Joe.

»Befanden Sie sich irgendwo in der Nähe vom Grab des alten Williams?«

»Ja, Herr Anwalt.«

»Könnten Sie nicht ein klein wenig lauter reden? Wie nahe ungefähr waren Sie wohl?«

»So nahe, wie ich hier bei Ihnen stehe.«

»Hielten Sie sich versteckt oder nicht?«

»Ich war versteckt.«

»Wo?«

»Hinter den Ulmen, die dort dicht beim Grab stehen.«

Der Indianer-Joe fuhr fast unmerklich zusammen.

»War noch sonst jemand mit Ihnen?«

»Ja, ich war dorthin gegangen mit –«

»Halt, einen Augenblick. Wir wollen den Namen noch nicht hören, darauf kommen wir später zurück. Hatten Sie etwas mitgebracht?«

Tom zögerte und sah verwirrt vor sich nieder.

»Heraus damit, mein Junge, nur nicht ängstlich. Die Wahrheit zu reden ist immer ehrenhaft. Also, was hattest du bei dir?«

Unbewusst war der Frager von dem förmlichen Ton eines öffentlichen Inquirenten in den aufmunternden, väterlichen verfallen, der unsrem Helden gegenüber weit mehr am Platze war. Dadurch ermutigt, stammelte dieser zögernd:

»Nur – nur – nur 'ne tote Katze!«

Ein leises Gekicher ließ sich vernehmen, dem sofort Einhalt geboten wurde.

»Wir werden uns späterhin erlauben, das betreffende Gerippe den Herrn Geschworenen als Beweis vorzulegen. Und jetzt, mein Sohn, erzähl du mir alles, was du gesehen hast, erzähl's ganz schön auf deine Art, verbirg uns nichts, vergiss nichts, und vor allem fürcht dich nicht.«

Tom begann – stotternd, zögernd im Anfang, da er sich aber mit seinem Thema erwärmte, flossen ihm die Worte leichter und leichter. Nach ein paar Momenten erstarb jedes andere Geräusch im ganzen, weiten Saal, nur der Laut der klaren, hellen Knabenstimme war hörbar. Jedes Auge war auf den Jungen gerichtet, offenen Mundes, mit verhaltenem Atem folgte man seinen Worten, Richter, Geschworene, Publikum schienen der Welt entrückt, so gefesselt waren sie von der drastischen Schilderung der grausigen Tat. Die atemlose Erregung der Versammlung hatte ihren Höhepunkt erreicht, als der Junge sagte: »Und wie der Doktor mit dem Brett auf den Muff Potter einhieb und der umfiel, da sprang der Indianer-Joe mit dem Messer auf und –«

Krach! Rasch wie der Blitz war der Indianer-Joe mit einem Sprung emporgeschnellt, dem Fenster zugestürzt, die ihm im Weg Stehenden zur Seite schleudernd, und ehe man zur Besinnung kam, hatte er sich hindurchgeschwungen und – war verschwunden!

Zweiundzwanzigstes Kapitel

Wiederum war Tom zum strahlenden Helden der Stadt geworden – ein Liebling der Alten, der Neid der Jugend. Sein Name wurde sogar durch den Druck unsterblich gemacht, das Blättchen der Stadt erging sich in vielen Lobpreisungen seiner Heldentat. Einige seiner Mitbürger dachten allen Ernstes daran, dass er Aussicht haben könne, einstmals Präsident zu werden – d. h., wenn er nicht zuvor gehenkt würde.

Wie gewöhnlich schloss die unbeständige, gedankenlose Welt Muff Potter jetzt an ihr Herz, schmeichelte ihm und hätschelte ihn so ausgiebig, wie sie ihn zuvor beschimpft hatte. Da ihr dies Verfahren im Grund aber zur Ehre gereicht, wollen wir's nicht weiter tadeln.

Toms Tage waren Tage des Glanzes und des Entzückens, seine Nächte dagegen Zeiten des Grauens. Der Indianer-Joe spukte in all seinen Träumen, Tod und Vernichtung standen ihm ins Gesicht geschrieben. Keine Versuchung, noch so groß, gab es nun, die den Jungen hätte bewegen können, nach Einbruch der Nacht sich hinauszuwagen. Der arme Huck befand sich ganz im selben Zustand des Schreckens und Entsetzens, denn Tom hatte am Abend vor der letzten Gerichtsverhandlung dem Verteidiger von Muff Potter die ganze Sache haarklein gebeichtet, und Huck zitterte davor, dass sein Anteil an der Geschichte doch noch ruchbar werden könnte, obwohl ihm des Indianer-Joes Flucht die Qual eines öffentlichen Erscheinens vor Gericht erspart hatte. Der arme Bursche hatte freilich den Herrn Verteidiger beschworen, seinen Mund zu halten, und dieser hatte es ihm auch versprochen; aber welche Sicherheit bot ihm das? Seit die Gewissensqual Tom dazu getrieben, dem Verteidiger bei Nacht und Nebel jenes grause Geheimnis zu enthüllen, das ihm mit schauerlichen, unheimlichen Eiden für ewig auf die Lippen gesiegelt schien, war Hucks Vertrauen in das menschliche Geschlecht erschüttert, ja vernichtet. Alltäglich erfüllten Muff Potters rührende Dankesbeweise Tom mit Freude und Stolz, dass er geredet, und allnächtlich wünschte er inständig, das Geheimnis bewahrt zu haben. Einmal fürchtete Tom, man möchte Indianer-Joe niemals erwischen, dann wieder entsetzte ihn der Gedanke, dass man ihn doch später finden könne. Er fühlte mit Bestimmtheit, dass er keinen ruhigen Atemzug mehr tun könne, ehe dieser Mensch nicht tot sei und er seine Leiche gesehen habe.

Belohnungen waren ausgesetzt, die ganze Gegend war durchsucht worden, aber kein Indianer-Joe wurde gefunden. Man hatte eines jener allwissenden, scheue Ehrfurcht einflößenden Wunderwesen, einen Detektiv aus St. Louis, beauftragt. Der schnüffelte umher, schüttelte sein weises Haupt, sah geheimnisvoll aus und hatte denselben erstaunlichen Erfolg, den die meisten Angehörigen seines Berufes erringen, das heißt, er entdeckte, wie er sagte, »den Schlüssel zum Rätsel«. Da man aber besagten Schlüssel nicht des Mordes verklagen und henken konnte, fühlte sich Tom, nachdem der weise Mann gegangen, ebenso unsicher wie zuvor.

Die Tage schleppten sich langsam dahin, zum Glück aber nahm ein jeder neue Tag ein klein wenig von der Seelenangst mit sich hinweg, die auf dem armen Knaben lastete.

Dreiundzwanzigstes Kapitel

Es naht einmal eine Zeit in dem Leben eines jeden Jungen von echtem Schrot und Korn, wo er ein rasendes Verlangen empfindet, nach verborgenen Schätzen zu graben. Dies Verlangen nun überfiel eines Tages unsern Tom mit Allgewalt. Er wollte sich gleich mit Joe Harper in Verbindung setzen; dieser war jedoch nicht zu finden. Danach schaute er sich nach Ben Rogers um, und der war fischen gegangen. Zufällig stieß er auf Huck Finn, den »Rothändigen«, und in Ermangelung der andern war ihm dieser auch recht. Tom zog ihn beiseite an einen geheimen Ort und teilte ihm im Vertrauen den Plan mit. Huck war einverstanden. Huck war immer bereit, die Hand zu irgendeinem Unternehmen zu bieten, welches Vergnügen versprach und kein Kapital erforderte, denn er hatte einen Überfluss von der Zeit, die *kein* Geld ist.

»Wo sollen wir graben?«, fragte Huck.

»Na, so 'n bisschen überall.«

»Was? Gibt's denn überall 'nen Schatz?«

»Wie du nur so fragen magst! Die sind immer nur an ganz besonderen Plätzen. Mal auf 'ner Insel, dann in 'ner alten, verfaulten Kiste, die unter einem alten, vermoderten Baumstamm verscharrt ist, grad da, wo der Schatten um Mitternacht hinfällt; gewöhnlich aber steckt der Schatz unterm Boden eines Hauses, in dem's spukt.«

»Wer steckt 'n denn da hin?«

»Wer? Ei, Räuber natürlich, wer denn sonst? Etwa 'n Vikar, der die Sonntagsschule hält, was?«

»Was weiß ich? Das weiß ich aber gewiss, ich würd den Schatz nicht irgendwo vergraben, wenn er mein wär, sondern nehmen und ausgeben und lustig damit leben.«

»Ich auch. Räuber aber machen's anders, die vergraben ihn immer und lassen ihn liegen.«

»Und gucken gar nie mal danach?«

»Nee. Sie wollen wohl, aber dann haben sie die Zeichen vergessen oder sterben gewöhnlich. Na, auf jeden Fall liegt der Schatz da 'ne Ewigkeit und wird rostig. Und dann nach einiger Zeit entdeckt mal einer ein altes, gelbes Papier, auf dem steht, wie man die Zeichen finden kann, ein Papier, an dem man 'ne Woche lang und länger rumbuchstabieren und entziffern muss; denn 's steht nichts weiter drauf als geheimnisvolle Krakelfüße und Hieroglyphen.«

»Hiero – was?«

»Hieroglyphen – Bilder und Gekritzel und solches Zeug, von dem man meint, es habe keinen Sinn.«

»Hast *du* denn so 'n Papier, Tom?«

»Nee.«

»Na, und wo willst du denn da die Zeichen finden?«

»Zeichen? Ich brauch keine Zeichen. Ich weiß ja genau, dass der Schatz immer unter 'nem Spukhaus oder auf 'ner Insel oder unter 'nem alten, abgestorbenen Baum liegt, der noch einen Ast in die Höhe streckt. Na, wir haben ja die Jackson-Insel schon mal 'n bisschen abgesucht, dort können wir's noch mal probieren. Dann haben wir ja das alte, verfallene Spuknest droben am Stillhausbach und Haufen von alten, abgestorbenen Bäumen überall – Haufen, sag ich dir!«

»Na, und unter allen liegt einer vergraben?«

»Unsinn! Du fragst, wie du's verstehst. Natürlich nicht.«

»Wie willst du dann aber wissen, welches der rechte ist?«

»Ei, wir probieren's eben überall.«

»Herrgott, Tom, da geht ja der ganze Sommer drauf.«

»Das wohl! Gelt, wenn du dann aber 'nen alten Topf mit hundert blitzblanken Dollars drin kriegst oder 'ne Kiste voll Diamanten, dann wärst du nicht böse?«

Hucks Augen glühten.

»Das – das wär 'n Fressen für mich; das Geld genügte mir, die Diamanten ließ ich dir!«

»Schon recht. Ich werf sie nicht weg, sag ich dir, Dummkopf! Ei, einer davon ist oft mehr wert als zwanzig Dollar, 's gibt keinen, der nicht zum wenigsten sechzig, siebzig Cents oder 'nen Dollar gilt.«

»Nee! Wahrhaftig?«

»Na, das kann dir 'n Wickelkind sagen! Hast du denn nie mal einen gesehen, Huck?«

»Nee. Nicht dass ich wüsste!«

»Oh, Könige haben ganze Haufen davon.«

»Na, ich kenn aber keine Könige, Tom.«

»Glaub's wohl! Nee, wenn du mal nach Europa gingst, könnt'st du sie in Scharen rumhopsen sehen.«

»Hopsen die denn?«

»Hopsen? – Bist wohl verrückt? Nein, hopsen tun sie nicht.«

»Na, was sagst du's denn?«

»Däsbartel! Ich wollt ja nur sagen, dann könnt'st du sie *sehen* – nicht hopsen, natürlich – weshalb sollten sie denn hopsen? Ich meinte nur, so im Allgemeinen würdest du 'ne Menge davon sehen, überall rum. Zum Beispiel den alten, buckeligen Richard.«

»Richard – wie heißt er weiter?«

»Ei, Richard bloß, hat keinen anderen Namen. Könige haben nur einen Rufnamen.«

»Wahrhaftig?«

»Weiß Gott, sie haben nur einen.«

»Na, wenn's ihnen recht ist, Tom, mir kann's eins sein. Ich möcht aber kein König sein und nur so einen lumpigen Namen haben, grad wie 'n elender Nigger. Aber sag mal, wo wollen wir denn zuerst graben?«

»Weiß selber nicht. Wie wär's, wenn wir uns mal zuerst an

den alten Baum machten, da drüben auf dem Hügel überm Stillhausbach?«

»Mir recht!«

So verschafften sie sich denn eine alte, ausgediente Hacke und Schaufel und machten sich auf ihren Marsch von drei Meilen. Heiß und außer Atem kamen sie an und warfen sich zum Ausruhen in den Schatten einer benachbarten Ulme, holten ihre Pfeifen hervor und dampften wacker drauflos.

»So mag ich's«, sagte Tom.

»Ich auch.«

»Sag mal, Huck, wenn wir hier 'nen Schatz finden, was willst du dann mit deinem Teil anfangen?«

»Ich? Ei, ich ess jeden Tag Kuchen und Pasteten und trink Wein und Sodawasser dazu. Und dann geh ich in jeden Zirkus, der kommt, und – na, ich will mir schon ein vergnügtes Leben machen!«

»Und sparen willst du dir gar nichts?«

»Sparen? Zu was?«

»Ei, um später was zum Leben zu haben.«

»Würd mir nichts helfen, Tom. Mein Alter kommt gewiss mal wieder zum Vorschein, und wenn ich's nicht vorher tät, hätt der bald genug mit allem aufgeräumt, darauf wett ich. Was willst du denn mit deinem Teil anfangen, Tom?«

»Ich? Ich kauf mir erst mal eine neue Trommel und ein richtiges Schwert und eine rote Krawatte und 'ne junge Bulldogge, und dann – dann verheirat ich mich.«

»Verheirat'st dich?«

»Jawohl.«

»Tom, du – bist wohl übergeschnappt?«

»Wart nur – dann sollst du's erleben.«

»Na, Tom, das ist einfach das Dümmste, was du tun kannst. Nimm nur mal meinen Alten und meine Mutter an. Nichts als Keilerei! Die haben immerzu aufeinander losgedroschen, das weiß ich noch ganz gut.«

»Das will gar nichts sagen. Das Mädchen, das ich heirat, prügelt sich nicht herum.«

»Tom, glaub's nicht, die sind alle gleich. Das Zuhauen versteht 'ne jede. Überleg dir's noch ein Weilchen, sag ich dir – überleg dir's. Wie heißt denn das Mädel?«

»'s ist kein Mädel – es ist ein Mädchen.«

»Na, das kommt auf eins heraus. Mädel oder Mädchen, 's ist ganz dasselbe, gehupft wie gesprungen. Na also, wie heißt sie, Tom?«

»Will dir's vielleicht später mal sagen. Jetzt nicht.«

»Mir auch recht. Nur werd ich, wenn du dich verheirat'st, noch viel alleiner sein als je.«

»Nein, das sollst du nicht. Du kommst und wohnst bei mir. Na, jetzt lass uns aber vorwärts machen und an die Arbeit gehen.«

Eine halbe Stunde lang gruben und schwitzten sie. Kein Erfolg. Noch eine halbe Stunde der Mühe und des Schweißes. Derselbe Erfolg. Jetzt sagte Huck:

»Liegt so 'n Schatz immer so tief drunten?«

»Manchmal – nicht immer. Gewöhnlich nicht. Wir haben eben vermutlich nicht den richtigen Platz getroffen.«

Sie wählten eine andere Stelle und fingen von neuem an. Etwas weniger rasch als am Anfang ging die Arbeit vonstatten, doch machten sie Fortschritte. Stillschweigend mühten sie sich eine Weile ab. Schließlich stützte sich Huck auf seine Schaufel, wischte sich mit seinem Ärmel die Schweißtropfen von der Stirn und fragte:

»Wo gehen wir nachher hin, wenn wir hier fertig sind?«

»Ei, an den alten Baum, denk ich, der dort auf dem Cardiff-Hügel hinter dem Haus der Witwe Douglas steht.«

»Einverstanden! Wird uns aber die Witwe den Schatz nicht wegnehmen? Der Baum steht doch auf ihrem Boden.«

»*Die* uns wegnehmen? Sollt's mal probieren! Wer so 'nen

Schatz findet, dem gehört er auch. 's kommt gar nicht drauf an, wo er gefunden wird.«

Das lautete beruhigend. Die Arbeit schritt voran. Endlich sagte Huck:

»Hol's der Geier! 's muss wieder der falsche Platz sein. Was meinst du?«

»Sonderbar ist's, Huck, ich versteh's nicht recht. Manchmal steckt Hexerei dahinter. Vielleicht ist's jetzt auch hier so.«

»Dummes Zeug! Hexen haben am Tag keine Macht.«

»Wahr ist's, daran hab ich nicht gedacht. Ach, jetzt weiß ich, was schuld ist! Was wir für einfältige Narren sind! Man muss ja doch erst wissen, wo der Schatten des Baumes um Mitternacht hinfällt, und da liegt der Schatz.«

»Na, dann hol's der Teufel! Dann ist ja die ganze Graberei umsonst gewesen. Hol's der Henker, alles mit'nander, müssen also in der Nacht den scheußlich weiten Weg noch einmal machen! Kannst du loskommen?«

»Freilich kann ich. Heut Nacht muss es jedenfalls sein, denn wenn einer kommt und sieht die Wühlerei und die Löcher, dann weiß er gleich, was los ist, macht sich selber dahinter und schnappt uns am Ende die Bescherung vor der Nase weg.«

»Gut also. Ich werd diese Nacht kommen und miauen.«

»Schön. Komm her, wir verstecken unsre Hacke und Schaufel im Gebüsch.«

Zur festgesetzten Zeit waren denn auch die Jungen in der Nacht an Ort und Stelle. Wartend saßen sie im Schatten. Es waren ein einsamer Ort und eine von alters her feierliche Stunde. Geister flüsterten im raschelnden Laube, Gespenster lauerten in dunklen Ecken und Winkeln, das dumpfe, tiefe Gebell eines Hundes erscholl aus der Ferne, dem eine Eule mit hohler Grabesstimme antwortete. Diese ahnungsvolle Feierlichkeit der Stunde lastete auf den beiden Jungen, sie sprachen wenig. Nach einer Weile, als sie dachten, nun müsse Mitternacht da sein, machten sie einen Strich, wo der Mondschein den Schatten des Baumes hinwarf, und begannen zu graben. Ihre Hoffnungen stiegen. Das Interesse wuchs, und der Fleiß hielt ehrlich Schritt. Das Loch wurde tiefer und tiefer, aber jedes Mal, wenn sie die Hacke auf etwas Festes aufklingen hörten und ihnen das Herz voll freudiger Erwartung laut klopfte, war's nichts als erneute Enttäuschung. Ein Stein war's gewesen oder ein alter Holzknüppel! Endlich sagte Tom:

»Es nutzt nichts, Huck, 's ist wieder der falsche Platz.«

»'s kann nicht sein, Tom, wir haben ja den Schatten aufs Haar abgezirkelt.«

»Weiß ich. Aber da ist noch was anderes.«

»Was denn?«

»Ja, sieh. Wir haben doch die Zeit nur so ungefähr erraten. Am Ende war's zu spät oder zu früh.«

Huck ließ die Schaufel sinken.

»Das ist's, weiß Gott!«, sagte er. »Da liegt der Hund begraben! Ich meine, wir lassen die Sache bleiben. Wie sollen wir je die richtige Zeit herausfinden, und außerdem – 's ist so gruselig hier um die Zeit in der Nacht mit all den Geistern und Gespenstern, die nur so in der Luft herumflattern. Ich mein immerzu, 's stünd einer hinter mir, aber ich fürcht mich herumzuschauen, weil ja auch einer vor mir sein könnt, der nur auf die Gelegenheit wartet, bis ich den Kopf dreh. Seit ich hier bin, läuft's mir fortwährend eiskalt über den Rücken!«

»Mir geht's beinah ebenso, Huck. Weißt du, meistens liegt auch bei so 'nem Schatz irgendein toter Mensch vergraben, der Wache halten soll.«

»Herr, du mein Gott!«

»Ja, so ist's, das hab ich oft gehört.«

»Tom, ich befass mich nicht gern mit Toten. Die machen einem immer nur Ungelegenheiten.«

»Ich hab auch keine Lust, sie aufzuwecken. Denk mal, wenn der hier plötzlich seinen Schädel rausstreckte und was sagen wollte.«

»Tom, Tom, hör auf. 's ist schauerlich.«

»Das ist's, Huck. Mir ist auch kein bisschen wohl dabei, sag ich dir.«

»Komm, Tom, wir stecken's auf und graben mal woanders.«

»Gut, 's ist am End besser.«

Tom dachte ein Weilchen nach und sagte dann:

»Im Gespensterhaus. Das ist der richtige Ort!«

»Hol's der Geier. Ich mag keine Häuser, in denen's spukt, Tom. Weiß Gott, Gespenster sind fast noch schlimmer als tote Menschen. Die mögen meinethalben mal plötzlich, ohne dass man dran denkt, den Mund auftun und einen erschrecken, aber die kriechen doch nicht herum in ihren Leichentüchern wie die Gespenster und sehen einem plötzlich über die Schulter, wenn man gar nicht an sie denkt, und klappern mit den Zähnen und Beinen. Das könnt ich nicht aushalten, Tom – kein Mensch könnt so was.«

»Ja, aber, Huck, Gespenster spuken doch nur in der Nacht. Am Tag werden sie uns dort am Graben nicht hindern.«

»Das ist wohl wahr. Aber du weißt selber, dass keiner hier gern dem Gespensterhaus nah geht, bei Tag nicht und nicht bei Nacht!«

»Na, das ist doch auch nur, weil mal einer da ermordet worden ist. Aber gesehen hat man nie was Unheimliches in der Nacht um das Haus herum, höchstens mal 'n blaues Licht am Fenster vorbeihuschen – keine richtigen Gespenster.«

»Na, wo du aber so 'n blaues Flämmchen siehst, Tom, kannst du Gift darauf nehmen, dass 'n Geist dicht dahinter ist. Das ist doch so klar wie was! Denn wer anders als Geister braucht so 'n Licht?«

»Das kann sein. Aber auf keinen Fall kommen sie bei Tag heraus. Also brauchen wir uns gar nicht zu fürchten.«

»Gut, mir soll's recht sein. Wir wollen das Gespensterhaus vornehmen. Aber – aber ich glaub, riskant ist's doch!«

Unter diesem Geplauder waren sie am Fuß des Hügels angelangt. Dort, inmitten des mondbeglänzten Tales, stand das Gespensterhaus, gänzlich vereinsamt, mit längst verfallener Umzäunung. Üppig rankendes Unkraut überzog Treppenstufen und Türschwelle, der Schornstein war in Trümmer zerfallen; leer starrten die Fensterhöhlen, ein Teil des Daches war eingesunken. Eine Weile blickten die Jungen unverwandt auf den gespenstischen Ort, immer halb in Erwartung, die blauen Flämmchen hinter den Fenstern vorbeihuschen zu sehen. Sie sprachen im Flüsterton, wie es zu Zeit und Umständen passte. Dann rissen sie sich los von der unheimlichen Stätte, die sie in weitem Bogen umkreisten, und schlugen sich heimwärts durch die Wälder, welche die Rückseite des Cardiff-Hügels mit ihrem Grün schmückten.

Vierundzwanzigstes Kapitel

Um die Mittagsstunde des nächsten Tages fanden sich die Jungen wiederum am Schauplatz ihrer nächtlichen Taten ein, um ihr Werkzeug zu holen. Tom war sehr ungeduldig und konnte gar nicht schnell genug nach dem Gespensterhaus kommen. Huck, etwas gemäßigter in seinem Eifer, sagte plötzlich:

»Sag mal, Tom, weißt du, was heut für 'n Tag ist?«

Tom ließ im Geiste die Wochentage an sich vorüberziehen und hob dann den Kopf erschreckten Blickes:

»Ei, der Tausend, daran hab ich gar nicht gedacht, Huck.«

»Na, ich zuerst auch nicht. Mit einem Male aber fiel's mir siedend heiß ein, dass heut Freitag sei.«

»Potz Blitz! Man kann doch nie vorsichtig genug sein, Huck. Wir hätten schön in die Patsche geraten können, wenn wir mit so was am Freitag angefangen hätten.«

»Hätten geraten können? Ich sag, *wären* geraten! 's gibt Glückstage, aber der Freitag ist keiner!«

»Das weiß jeder Narr. Du denkst doch nicht, dass du der Erste bist, der das herausgefunden hat, Huck?«

»Hab ich das vielleicht gesagt? Und der Freitag allein ist noch nicht alles – hab 'nen scheußlich schlechten Traum gehabt heut Nacht – hab von Ratten geträumt.«

»Ist's möglich? Na, 'n sichres Zeichen von Pech. Bissen sie sich herum?«

»Nein.«

»Na, dann ist's gut, Huck. Wenn sie sich nicht herumbeißen, soll's nur bedeuten, dass irgendwo Unheil lauert, weißt du. Da brauchen wir einfach nur die Augen gut aufzumachen und dem Pech aus dem Weg zu gehen. Auf jeden Fall aber wollen wir's heut sein lassen und lieber spielen. Kennst du Robin Hood, Huck?«

»Nee, wer ist's?«

»Oh, der war einer der größten Männer, die je in England lebten, und der beste dazu. Er war ein Räuber.«

»Patent! Wollt, ich wär's. Wen hat er denn beraubt?«

»Ei, nur Sheriffs und Bischöfe und reiche Leute und Könige und dergleichen. Die Armen aber ließ er ganz in Ruhe, die hatte er lieb. Mit denen hat er immer alles ganz brüderlich geteilt.«

»Das muss ja 'n Staatskerl gewesen sein.«

»Das war er, weiß Gott, Huck. Das war einfach der beste Mensch, der je gelebt hat. So gibt's jetzt gar keine Menschen mehr, sag ich dir. Der konnte jeden Mann in England zwingen mit *einer* Hand, man durfte ihm die andere festbinden. Und dann nahm er seinen Eibenbogen und traf jedes Zehn-Cent-Stück auf anderthalb Meilen Entfernung.«

»Was ist denn ein Eibenbogen?«

»Was weiß ich? Eben irgendein Bogen natürlich. Und wenn er dann das Geldstück nur am Rande traf statt in der Mitte, dann setzte er sich hin und weinte – und fluchte. Komm, lass uns Robin Hood spielen, 's ist fein, sag ich dir. Ich zeig's dir, wie.«

»Mir recht.«

So spielten sie denn Robin Hood den ganzen Nachmittag, hie und da einen sehnsüchtigen Blick nach dem alten Gespensterhaus da unten werfend und sich über die Aussichten und Möglichkeiten des folgenden Tages unterhaltend. Als die Sonne bedenklich gen Westen sich neigte, schlugen sie den Heimweg ein, quer durch die langen Schatten, welche die Bäume nun warfen, und waren bald in den Wäldern des Cardiff-Hügels dem Auge entschwunden.

Am Sonnabend, kurz nach der Mittagsstunde, stellten

sich die Jungen wieder an jenem bewussten alten Baume ein. Erst rauchten und schwatzten sie ein Weilchen im Schatten desselben, dann wühlten sie noch ein wenig in ihrem letzten Loch herum, nicht sehr hoffnungsvoll allerdings, sondern nur, weil Tom meinte, es sei schon so oft vorgekommen, dass man beim Schatzgraben dem gesuchten Schatz auf sechs Zoll Entfernung nahe gekommen und das Ding danach mutlos aufgegeben habe, nur damit ein anderer dann mit einem einzigen Spatenstich die ganze Herrlichkeit entdecke. Die Sache schlug indes wieder fehl, und so schulterten die Jungen ihr Werkzeug und gingen davon, in dem erhebenden Bewusstsein, mit dem Glück nicht gespielt zu haben, sondern im Gegenteil jedes Erfordernis getreulich erfüllt zu haben, das zu dem Geschäft des Schatzgrabens gehört.

Als sie das Gespensterhaus erreichten, lag etwas so Schauerliches und Unheimliches in der Totenstille, die dort unter der sengenden Sonnenglut herrschte, etwas so Bedrückendes in der Einsamkeit und Verlassenheit des Ortes, dass die Jungen einen Moment lang sich nicht getrauten hineinzugehen. Dann schlichen sie nach der Tür und hielten zitternd Umschau. Sie sahen eine mit Unkraut überwucherte Stube vor sich, den Boden ohne Dielen, die Wände ohne Bewurf, mit einem eingesunkenen Kamin, mit leeren Fensterhöhlen und einer halb verfallenen Treppe. Allenthalben hingen Fetzen von verstaubten, verlassenen Spinngeweben herum. Vorsichtig, zögernd traten die Jungen ein, beschleunigten Pulses, im Flüsterton redend, gespitzten Ohres, bereit, den geringsten Laut aufzufangen, die Muskeln gespannt, um jeden Moment zum Rückzug bereit zu sein.

Bei näherer Bekanntschaft mit dem Ort verringerte sich allmählich ihre Furcht, und unsere beiden Helden unterwarfen die Lokalität einer genauen und eingehenden Prüfung, nicht ohne dabei im Stillen ihre eigene Kühnheit zu bewundern und zugleich darob zu erstaunen. Unten fertig, wollten sie sich nun auch oben umsehen. Das hieß so viel, als sich den Rückzug abschneiden, aber sie waren nun einmal im Zuge, sich gegenseitig im Herausfordern der Gefahr zu überbieten, und so warfen sie denn ihr Werkzeug in einen Winkel und stiegen hinauf. Oben fanden sie dieselben Zeichen des Verfalls. In einem Winkel entdeckten sie einen Wandschrank, der irgendein Geheimnis zu bergen versprach – dies Versprechen war aber eine Täuschung und Betrug: Der Schrank war leer. Der Mut schien ihnen nun voll und ganz wiedergekehrt, und eben waren sie im Begriff, hinunter und an die Arbeit zu gehen, als –

»Sscht!«, sagte Tom.

»Was gibt's?«, flüsterte Huck, vor Schreck erbleichend.

»Sscht! Da! Hörst du?«

»Ja! Oh, du meine Güte! Lass uns rennen!«

»Still, halt dich ruhig und muckse dich nicht. Sie kommen grad auf die Tür zu.«

Die Jungen streckten sich auf dem Boden aus, spähten mit den Augen durch die Astlöcher in den Dielen und warteten, zitternd vor verhaltener Furcht und Erregung.

»Sie bleiben stehen – nein – sie kommen – da – da sind sie. Kein Wort mehr, Huck. Herrgott, wären wir doch mit heiler Haut aus der Patsche!«

Zwei Männer traten ein. Jeder der Jungen sagte zu sich selber:

»Der eine ist der alte, taubstumme Spanier, den man in der letzten Zeit ein- oder zweimal in der Stadt gesehen hat – den andern kenn ich nicht.«

Der andere war ein zerlumpter, ungekämmter Kerl, dessen Gesicht nicht eben einnehmend war. Der Spanier war in einen Mantel gehüllt, er hatte einen buschigen, weißen Schnauzbart; langes, weißes, wehendes Haar stahl sich unter seinem breiträndigen Hut vor, dazu trug er grüne Augengläser. Als sie hereinkamen, redete eben der andere mit leiser Stimme auf ihn ein. Sie ließen sich auf dem Boden nieder, das Gesicht der Tür zugewandt und mit dem Rücken gegen die Mauer gelehnt. Der Sprechende fuhr in seinen Bemerkungen fort. Je länger er sprach, desto mehr verlor sich sein vorsichtiges Wesen und desto lauter wurden seine Worte.

»Nein«, sagte er, »ich hab's mir überlegt, aber ich mag nicht. 's ist mir viel zu gefährlich.«

»Gefährlich«, brummte der »taubstumme« Spanier zum größten Erstaunen der lauschenden Jungen, »Hasenfuß!«

Diese Stimme ließ die Jungen voll Entsetzen erbeben und nach Atem ringen. Es war die Stimme des Indianer-Joe.

Ein Schweigen folgte, dann sagte dieser:

»Was gibt's wohl Gefährlicheres als das letzte Stückchen, das ich dort drüben geliefert«, damit wies er mit dem Finger nach der Richtung der Stadt, »und ist da vielleicht was rausgekommen dabei?«

»Das ist was anderes! So weit flussaufwärts und kein anderes Haus in der Nähe! Wie soll überhaupt etwas rauskommen, wenn wir keinen Erfolg gehabt haben?«

»Na, und was ist gefährlicher, als bei Tag hierher zu kommen? Jedem, der uns sähe, mussten wir doch verdächtig scheinen.«

»Das weiß ich. Aber nach dem dummen Stückchen von neulich war kein Platz so gelegen. Ich muss weg aus der Bude hier! Hab's gestern schon gewollt, nur nutzte es nichts, da die verteufelten Jungens da oben beim alten Baum vor unserer Nase ihr Spiel trieben.«

Die verteufelten Jungens erbebten bei dieser Bemerkung und beglückwünschten sich innerlich, dass sie sich des Freitags erinnert und beschlossen hatten, einen Tag zu warten. Wie wünschten sie jetzt, statt eines Tages ein Jahr gewartet zu haben! Die zwei Männer kramten nun Nahrungsmittel heraus und machten sich eine Mahlzeit zurecht. Nach einer langen, gedankenvollen Pause sagte der Indianer-Joe:

»Will dir mal was sagen, Kamerad. Du machst dich wieder flussaufwärts, wo du hingehörst, und bleibst dort, bis du von mir Nachricht hast. Ich schleich mich noch mal in die Stadt, geh's, wie's will, und halt Umschau. An das ›gefährliche Stückchen‹ gehen wir dann erst, wenn ich die Zeit dazu für gekommen halte. Dann auf und davon nach Texas!«

Dieser Plan ließ sich hören und fand keinen Widerspruch. Die Männer begannen zu gähnen, und Joe sagte:

»Ich bin todmüde! An dir ist die Reihe zu wachen!«

Er kauerte sich zusammen und begann alsbald zu schnarchen. Sein Kamerad stieß ihn ein paarmal an, worauf er stille ward. Alsbald begann der Wächter zu nicken, sein Kopf sank tiefer und tiefer, nun schnarchten beide Männer.

Die Jungen holten tief und dankerfüllt Atem. Tom wisperte:

»Jetzt gilt's, komm!«

Huck erwiderte:

»Ich kann nicht. Ich fiel geradewegs tot hin, wenn sie aufwachen.«

Tom trieb, Huck zögerte. Schließlich erhob sich Tom vorsichtig und leise und schickte sich an, allein sein Heil zu probieren. Beim ersten Schritt aber, den er vorwärts tat, krachte die alte morsche Diele so laut und drohend, dass er plötzlich halb tot vor Schreck wieder umsank. Einen zweiten Versuch wagte er nicht. So lagen denn die Jungen und zählten die träge sich dahinschleppenden Sekunden, bis sie meinten, alle Zeit müsse aufgehört haben, ja die Ewigkeit schon grau geworden sein, und sie waren heißen Dankes voll, als sie bemerkten, dass die Sonne sich zu neigen begann.

Einer der Schlafenden hörte jetzt auf zu schnarchen. Der Indianer-Joe richtete sich empor, starrte um sich, lächelte grimmig über seinen Kameraden, dessen Kopf auf die Knie gesunken war, stieß ihn mit dem Fuße an und sagte:

»Na, du bist ein Wächter, das muss ich sagen! Übrigens einerlei, 's ist ja nichts passiert.«

»Meiner Treu – ich hab doch nicht – hab ich wirklich geschlafen?«

»So 'n bisschen, sollt ich denken. Na, Zeit zum Abzug für uns, Kamerad! Was tun wir mit dem bisschen Baren, das wir noch haben?«

»Weiß ich's? Hier lassen, wie wir's immer gemacht haben, das wird wohl am besten sein. Können's doch nicht herumschleppen, bis wir nach dem Süden gehen. Sechshundertundfünfzig Dollars ist 'ne ordentliche Last!«

»Na gut – schon recht! Liegt ja auch nichts dran, wenn wir noch mal hierher müssen.«

»Nee, aber dann möcht ich doch raten, in der Nacht zu kommen wie früher, 's ist doch besser für alle Fälle!«

»Ganz gut, aber hör mal zu. Es kann 'ne gute Weile dauern, eh sich die rechte Gelegenheit findet zu dem Stückchen, das wir vorhaben, 's könnt uns was zustoßen, 's ist an gar keinem so sehr guten Orte hier. Wir wollen's ordentlich vergraben – tief vergraben.«

»Das ist 'ne gute Idee«, meinte der Kamerad, ging quer durch den Raum zum Kamin, kniete nieder, hob einen von den hinteren Steinen desselben in die Höhe und nahm einen Beutel heraus, worin es bei der Berührung viel versprechend klang. Dem entnahm er zwanzig oder dreißig Dollar für sich selber, ebenso viele für den Indianer-Joe und reichte dann den Beutel dem Letzteren, der in einer Ecke auf den Knien lag und mit seinem langen und breiten Messer den Grund aufwühlte.

Die Jungen vergaßen ihre ganze Angst und all ihr Elend in einem Augenblick. Mit glänzenden, gierigen Blicken folgten sie jeder Bewegung. Solches Glück! Der Strahlenglanz desselben überstieg jede Einbildungskraft! Sechshundert Dollar waren ja Geld genug, um ein halbes Dutzend Jungen reich zu machen. Das nannte man Schatzgraben unter den glücklichsten Umständen, da gab's keine hindernde Ungewissheit, wo man eigentlich nachzugraben habe. Sie stießen einander beständig an mit beredten, leicht verständlichen Rippenstößen, die einfach bedeuten sollten: »Herrgott, bist du nun nicht froh, dass wir hier sind?«

Joes Messer stieß auf etwas Hartes.

»Holla«, sagte er.

»Was gibt's?«, fragte der andre.

»Eine verfaulte Diele – nee, 's ist 'ne Kiste, glaub ich. Schnell, pack an, und wir wollen bald dahinter kommen, was die hier soll. Lass gut sein, ich hab 'n Loch hineingebrochen.«

Er griff in die Kiste und zog die Hand sofort wieder heraus.

»Mensch, 's ist Geld!«

Die beiden Männer untersuchten nun die Hand voll Münzen. Es war Gold. Die Jungen oben waren ebenso entzückt wie die zwei Strolche unten.

Joes Kamerad sagte:

»Damit wollen wir kurzen Prozess machen. Dort liegt 'ne alte, rostige Hacke in der Ecke, drüben auf der andern Seite des Kamins. Ich hab's eben gesehen.«

Er sprang hin und brachte die Hacke und Schaufel der Jungen herbei. Der Indianer-Joe nahm die Hacke, besah sie kritisch, schüttelte den Kopf, murmelte etwas in sich hinein und machte sich dann an die Arbeit.

Die Kiste war halb bloßgelegt. Sie war nicht sehr groß, mit eisernen Bändern beschlagen und schien sehr stark gewesen zu sein, ehe der Zahn der Zeit sie benagt hatte. Die Männer starrten in glückseligem Schweigen nieder auf den gleißenden Schatz.

Endlich flüsterte Joe:

»Kamerad, das sind Tausende von Dollars.«

»Man hat immer gemunkelt, dass Murrells Bande sich mal 'nen Sommer hier herumgetrieben hätte«, bemerkte der Fremde.

»Weiß wohl«, bestätigte Joe, »und dies hier sieht, meiner Treu, ganz danach aus.«

»Jetzt können wir auch das andre Stückchen aufgeben, was!«

Der Halbindianer runzelte finster die Stirn. Dann sagte er:

»Du verstehst mich nicht, wenigstens die Sache nicht, um die sich's handelt, 's ist mir diesmal nicht ums Stehlen – 's ist Rache, die ich haben will.« Dabei flammten seine Augen in grellem Feuer auf. »Dazu brauch ich dich und deine Hilfe. Wenn wir das hinter uns haben – dann auf nach Texas! Und jetzt mach dich heim zu deiner Hanne und deinen Bälgern und wart, bis ich dich rufe.«

»Soll mir recht sein! Was aber fangen wir mit dem da an – vergraben's wieder?«

»Ja. (Überwältigendes Entzücken oben.) Nein! Beim Henker, nein! (Tiefste Niedergeschlagenheit eine Treppe hoch.) Beinah hätt ich's vergessen. An der Hacke war ja frische Erde! (Den Jungen wurde vor Schreck angst und bange.) Was haben 'ne Hacke und Schaufel hier zu tun? Gar mit frischer Erde dran? Wer hat sie hergebracht – und wo sind die Kerls hin? Hast du was gehört – jemand gesehen? Was! Wieder vergraben, damit die Kerls nachher kommen und sehen, dass der Grund frisch aufgewühlt ist? Nee, so dumm sind wir nicht. Wir schleppen's in meine Höhle!«

»Ja, natürlich. Hätt früher daran denken können. Meinst du Nummer eins?«

»Nein, Nummer zwei, unter dem Kreuz. Der andere Platz ist nichts wert – zu gewöhnlich.«

»Mir auch recht! Bald wird's dunkel genug sein, um abziehen zu können.«

Der Indianer-Joe erhob sich und ging von Fenster zu Fenster, immer vorsichtig hindurchspähend. Bald darauf sagte er:

»Wer kann wohl das Werkzeug hergeschleppt haben? Am End sind sie oben!«

Den Jungen versagte der Atem. Der Indianer-Joe legte die Hand an das dolchartige Messer, das in seinem Gürtel steckte, hielt einen Moment überlegend inne und wandte sich dann der Treppe zu. Die Jungen dachten an den Wandschrank, aber ihre Kraft hatte sie vollständig verlassen. Schon krachten die Tritte auf der Treppe – die fast unerträgliche Not ihrer Lage weckte die erlahmte Entschlossenheit der Jungen – eben wollten sie dem rettenden Schrank zufliehen, als sich ein Splittern und Krachen der morschen Balken vernehmen ließen und der Indianer-Joe inmitten der Treppentrümmer schleunigst wieder unten landete. Fluchend raffte er sich auf, und sein Kamerad sagte:

»Zu was all den Umstand. Wenn's wirklich jemand ist und sich einige da droben versteckt halten, gut, lass ihnen ihr Vergnügen, was liegt dran? Wenn sie runterspringen wollen und mit uns anbinden, so mögen sie nur kommen. In fünfzehn Minuten ist's dunkel, lass sie uns folgen, wenn sie wollen, mir sollt's recht sein. Meiner Meinung nach haben die Kerls, welche die Sachen hier ablegten, wer's nun immer gewesen sein mag, uns erblickt, uns für Geister, Teufel oder sonst was gehalten und sind davongerannt. Die rennen noch, ich möcht fast wetten.«

Joe brummte noch eine Weile vor sich hin, dann stimmte er seinem Gefährten bei, dass sie das noch übrig bleibende Tageslicht benutzen müssten, um zur Flucht alles in Bereitschaft zu setzen. Kurz danach schlüpften sie im tiefsten Dämmerlicht aus dem Hause und schlugen mit ihrer kostbaren Last die Richtung nach dem Fluss ein.

Tom und Huck erhoben sich, noch ganz zitternd, aber wie erlöst, und starrten den Männern durch die Spalten nach, die sich in den Wänden des Hauses befanden. Ihnen folgen? Das fiel ihnen nicht ein. Sie waren zufrieden, ohne gebrochenen Hals den sicheren Boden wieder zu erreichen, und wandten sich ohne Zögern dem über den Hügel nach der Stadt führenden Pfade zu. Sie redeten nicht viel zusammen, waren zu beschäftigt damit, sich selber gründlich Vorwürfe zu machen über die bodenlose Dummheit, Hacke und Spaten mit dorthin zu nehmen und liegen zu lassen. Ohne das hätte der Indianer-Joe niemals Verdacht gefasst. Er hätte gewiss das Silber bei dem Gold verscharrt, bis er seine Rachepläne ausgeführt gehabt, und dann wäre ihm die überraschende Entdeckung geworden, dass beides verschwunden: Silber wie Gold! Schweres, bittres Verhängnis, dass sie die Werkzeuge mit dahin schleppen mussten! Sie beschlossen, diesem Spanier gut aufzupassen, wenn er sich, um eine Gelegenheit für seinen Racheakt auszukundschaften, wieder in der Stadt sehen ließe, und ihm dann nach »Nummer zwei« zu folgen, wo es auch sein möge. Plötzlich kam Tom ein entsetzensvoller Gedanke:

»Rache? Wenn er uns damit meint, Huck!«

»Red nicht so!«, bat dieser, der bei der bloßen Idee vor Schreck beinahe umfiel.

Dann besprachen sie den Gedanken hin und her, und als sie daheim anlangten, waren sie übereingekommen, dass er vielleicht sonst irgendjemand im Auge haben oder wenigstens doch nur Tom meinen könne, da ja Tom allein gegen ihn gezeugt hatte.

Ein schwacher, sehr schwacher Trost war es für Tom, allein in Gefahr zu sein. Einen Kameraden auch hierin zu besitzen würde die Sache wesentlich erleichtert haben, so dachte er bei sich in seiner Unschuld; Huck aber schien anderer Meinung zu sein.

Fünfundzwanzigstes Kapitel

Am nächsten Morgen beim Erwachen erschienen Tom die Erlebnisse des verflossenen Tages wie ein böser, schwerer Traum. Er grübelte und sann, und je mehr er nachdachte und überlegte, desto mehr kam es ihm vor, dass er geträumt habe. So viel Geld auf einmal beisammen zu sehen konnte ja gar nicht Wirklichkeit sein. In seinem bisherigen Leben hatte er nie mehr als fünfzig Dollar auf einem Brett vor sich gesehen. Tausende von Dollars aber auf einem Haufen, das überstieg seine ausschweifendsten Vorstellungen, selbst von verborgenen Schätzen.

Noch ganz benommen von seinen Hirngespinsten, kleidete er sich an, schlang wie geistesabwesend sein Frühstück hinunter und machte sich alsbald auf, Huck zu suchen und sich von ihm die Bestätigung zu holen, dass alles nur Traum und Schaum gewesen. Er fand diesen am Ufer des Flusses in einem Nachen, mit den Beinen über den Bootsrand baumelnd und mürrisch vor sich hin starrend.

»Morr'n, Huck.«

»Morr'n Tom. Verdammtes Pech, das mit der Hacke und Schaufel!«

Also war's doch kein Traum, sondern greifbare, wirkliche Wirklichkeit! Tom erzählte Huck von seinen Gedanken diesen Morgen.

»Schöner Traum!«, brummte der als Antwort, »hätt was Niedliches werden können, wenn die Stiege nicht zusammengekracht wär. Mir hat's auch die ganze Nacht geträumt, aber nur von dem Teufel von Spanier und von seiner ›Nummer zwei‹.«

In Bezug auf diese rätselhafte Nummer ergingen sich die

Jungen in allerhand Vermutungen. Schließlich kamen sie überein, es solle wohl die Nummer des Zimmers in irgendeiner Herberge bedeuten, und Tom machte sich auf den Weg, es auszukundschaften.

Nach einer halben Stunde kam er zu Huck zurück und erzählte diesem, dass von den beiden Wirtshäusern der Stadt wohl nur eins in Frage kommen könne, denn in Nummer zwei des einen wohne schon seit langem ein allgemein bekannter und geachteter junger Mann. Nummer zwei des andren Wirtshauses dagegen sei selbst dem Sohn des Hauses ein Geheimnis. Der sage, es werde immer geschlossen gehalten, und nur bei Nacht höre er zuweilen Geräusche und sehe Licht darin. Er habe immer gedacht, es müsse dort spuken.

»Das hab ich entdeckt, Huck«, schloss Tom ganz erregt seinen Bericht. »Das ist so gewiss die Nummer zwei, die wir suchen, so gewiss, wie ich hier vor dir steh!«

»Wird wohl so sein, Tom. Was sollen wir aber tun?«

»Lass mich 'n bissel nachdenken.«

Und Tom dachte eine lange Weile nach, dann sagte er:

»Pass mal auf. Siehst du, die Hintertür von der Nummer zwei führt in den kleinen, engen Gang zwischen dem Wirtshaus und der alten Mausefalle von Ziegelbrennerei. Du kaperst nun alle Türschlüssel, die du irgend erwischen kannst, und ich nehm meiner Tante ihre, und in der ersten dunklen Nacht schleichen wir hin und probieren, ob einer passt. Dass du dich fein nach dem Spanier umsiehst! Der sagt ja, er wolle kommen und herumschnüffeln wegen seiner Rache. Und wenn du ihn entdeckst, dann folgst du ihm und siehst, ob er nach meiner Nummer zwei geht, wenn nicht, ist's natürlich Essig! Also, heut Abend! Bring nur brav die Schlüssel mit.«

Am Abend waren Huck und Tom bereit zu ihrem Abenteuer. Sie trieben sich in der Nachbarschaft der Herberge herum, konnten aber nirgends etwas Verdächtiges erspähen. Um ungesehen das Experiment mit den Schlüsseln vornehmen zu können, war die Nacht viel zu hell, und so zog sich denn Tom bald nach zehn Uhr zurück, heimwärts, dem warmen Nest zu, während Huck, der etwas länger aushielt, gegen zwölf in einem leeren Zuckerfass für die Nacht unterkroch.

Dienstagnacht verfolgte die Jungen derselbe Unstern, ebenso Mittwoch. Donnerstag endlich standen dicke Wolken am Himmel und versprachen eine schöne, dunkle Nacht. Beizeiten stellte sich Tom ein, bewaffnet mit der alten Blechlaterne seiner Tante und einem großen Handtuch, um dieselbe zu verhüllen. Er barg die Laterne in Hucks Zuckerfass, und die Wacht begann. Eine Stunde vor Mitternacht wurde die Herberge geschlossen und ihre Lichter, die einzigen in der Nachbarschaft, ausgelöscht. Kein Spanier war gesehen worden. Niemand hatte den schmalen Gang auf der Rückseite des Hauses betreten oder verlassen. Alles schien dem Unternehmen günstig. Die schwärzeste Finsternis herrschte, und die Totenstille ringsum wurde nur hie und da durch fernes Donnerrollen unterbrochen.

Tom lief nach seiner Laterne, zündete sie an, hüllte sie fest in das Handtuch, und die beiden Abenteurer tasteten sich durch die Finsternis nach dem Wirtshaus hin. Huck stand Schildwache, und Tom schlich sich in den dunklen Gang hinein. Nun kam eine Pause unerträglich heimlichen, angstvollen Wartens, die auf Hucks Gemüt lastete gleich einem erdrückenden Berg. Er begann sich heiß nach einem wieder auftauchenden Strahl der Laterne zu sehnen, der ihm zeigte, dass Tom noch am Leben sei.

Stunden schienen verflossen, seit Tom verschwunden war. Gewiss hatte er irgendwo das Bewusstsein verloren, war am Ende gar tot, vielleicht war ihm das Herz gebrochen vor Schreck und Aufregung. In seiner Angst rückte Huck dem

Gässchen näher und näher, den Kopf voll schrecklicher Befürchtungen und jeden Augenblick auf eine Katastrophe gefasst, die ihm den Atem vollends benehmen würde. Viel Atem zum Wegnehmen blieb nicht übrig; er war kaum noch imstande, denselben fingerhutvollweise einzuziehen, und sein Herz musste bei dem Tempo, in dem es schlug, baldigst ganz den Dienst versagen. Plötzlich blitzte ein Lichtstrahl auf, und Tom schoss keuchend an ihm vorüber.

»Fort«, schrie er, »fort, wenn dir dein Leben lieb ist.«

Ein Wiederholen der Warnung war unnötig, einmal genügte. Huck rannte mit Riesenschritten davon, als ob es hinter ihm brenne, Tom hinterdrein. So stürzten die Jungen unaufhaltsam davon, bis sie den Schuppen eines alten, unbenutzten Schlachthauses erreichten, am unteren Ende des Ortes. Gerade als sie unter dieses Obdach geschlüpft waren, brach das Gewitter los, und der Regen strömte nieder. Nachdem Tom zu Atem gekommen war, stöhnte er:

»Ach, Huck, 's war grässlich. Ich probierte erst zwei von den Schlüsseln, so leise ich konnte, die machten aber 'n solchen Lärm, dass mir übel und weh wurde vor Angst. Ich konnte sie auch gar nicht im Schloss umdrehen. Dann, ohne selber zu wissen, was ich tu, fass ich nach der Klinke, drücke, und – auf springt die Tür. Sie war gar nicht verschlossen gewesen! Ich hinein, werf das Tuch von der Laterne und – heiliger Gott!«

»Was – was war's, Tom?«

»Huck! Ich trat fast auf 'ne Hand, und wie ich näher hinseh, ist's dem Indianer-Joe seine.«

»Puh!«, stöhnte Huck sprachlos.

»Weiß Gott! Da lag er am Boden und schlief ganz fest, mit dem alten Pflaster über dem einen Auge und weit ausgestreckten Armen.«

»Um alles in der Welt, sprich – was hast du denn da gemacht? Ist er aufgewacht?«

»Nee, der rührt sich nicht. Er muss betrunken gewesen sein. Ich greif nur flink nach meinem Tuch und stürz davon.«

»Ich hätt nicht mehr an das Tuch gedacht, das wett ich.«

»Na, aber ich! Tante Polly hätt mir 'nen feinen Tanz aufgespielt, wenn ich's verloren hätt!«

»Hör du, Tom, hast du die Kiste gesehen?«

»Huck, nach der hab ich mich gar nicht umgeschaut. Hab keine Kiste und hab auch kein Kreuz gesehen. Nichts hab ich gesehen als 'ne Flasche und 'nen Zinnbecher am Boden neben dem Indianer-Joe! Ja, zwei Fässchen und viele Flaschen hab ich noch außerdem im Zimmer gesehen. Weißt du jetzt, was in dem Zimmer spukt?«

»Wieso?«

»Dickkopf! Schnaps spukt drin, Schnaps! Und der Wirt dort gehört zum Mäßigkeitsverein! Ob wohl alle die Mäßigkeitsvereinler so 'n Spukzimmer haben? He, Huck?«

»Wird wohl so sein! Wer hätt aber so was gedacht? Sag mal, du, Tom, wär denn das nicht jetzt grad die richtige Zeit, um die Kiste auszuführen? Wenn der Indianer-Joe doch betrunken ist.«

»Ei, so versuch's doch!«

Huck schauderte.

»Nee, lieber nicht!«

»Ich auch lieber nicht, Huck. Nur *eine* Flasche leer neben dem Kerl, das ist nicht genug. Ja, wenn's drei gewesen wären, dann ließe sich weiter darüber reden!«

Eine lange Pause des Nachdenkens folgte. Dann sagte Tom:

»Pass mal auf, Huck. Ich mein, wir sollten das Ding gar nicht mehr probieren, bis wir sicher wissen, dass der Joe nicht drin ist. 's ist zu gruselig! Wir passen jede Nacht auf, und einmal muss er doch raus aus seinem Loch, dann wollen wir die Kiste schon kriegen, schneller als der Blitz.«

»Mir recht. Ich will jede Nacht wachen, die ganze Nacht durch, wenn du nur den Rest besorgen willst.«

»Gut, wollen's so machen. Du brauchst dann nur zu kommen und vor unsrem Haus zu miauen, und wenn ich schlaf, wirfst du mir 'ne Hand voll Kies ans Fenster, das wird mich schon wach kriegen!«

»Topp, 's gilt!«

»Jetzt ist's da draußen auch besser geworden, Huck, der Sturm hat aufgehört, und ich muss heim. 's muss schon bald Morgen sein. Du gehst noch mal hin und wachst, willst du?«

»Ich hab's gesagt, Tom, dass ich's tu, und ich tu's auch! Und wenn's 'n Jahr lang dauert, ich spuk jede Nacht in dem Gässchen dort herum. Bei Tag schlaf ich und bei Nacht wach ich.«

»Schön. Aber wo wirst du schlafen?«

»Auf Ben Rogers Heuboden. Der hat nichts dagegen und Onkel Jakob – weißt du, der alte Neger, der im Hause ist – auch nicht. Dem hab ich schon oft 's Wasser geschleppt, und er gibt mir manchmal was zu essen, wenn er selber was hat. 's ist 'n guter Neger, Tom. Der hat mich gern, weil ich nie tu, als ob ich was Besseres war. Manchmal hab ich mich, weiß Gott, schon hingesetzt und mit ihm gegessen. Das brauchst du aber niemand zu sagen, Tom. Wenn einer so grässlich hungrig ist, tut er manches, was er sonst für gewöhnlich nicht tät!«*

»Na, also, Huck, wenn ich dich bei Tag nicht brauch, lass ich dich schlafen und stör dich nicht weiter. Und wenn in der Nacht was los ist, springst du zu mir rüber und miaust.«

---

* Unsere Geschichte spielt in der Zeit vor der Aufhebung der Sklaverei.

Sechsundzwanzigstes Kapitel

Das Erste, was Tom am Freitagmorgen hörte, war eine sehr angenehme Neuigkeit – Becky Thatcher war mit den Ihren am Abend vorher zurückgekehrt. Vor diesem Ereignis musste der Indianer-Joe samt seinem Schatz in den Hintergrund treten, und Becky, die einzige Becky, nahm das ganze Interesse des Knaben ein. Er sah sie wieder, und die beiden verbrachten einen köstlichen Tag in Gesellschaft der Schulkameraden bei »Blindekuh« und »Verstecken«. Um das Glück des Tages voll zu machen, hatte Becky von ihrer Mutter die Erlaubnis erwirkt, am folgenden Tage das längst geplante und immer wieder verschobene Picknick halten zu dürfen, was ungeheuren Enthusiasmus und Jubel erregte. Becky insbesondere war außer sich vor Entzücken und Tom nicht minder. Vor Sonnenuntergang noch wurden die Einladungen herumgeschickt, und die sämtliche jugendliche Bevölkerung des Städtchens war in einem Fieber der Erwartung und der emsigen Vorbereitung. Toms Erregung hielt ihn bis zu später Stunde wach, wobei er immer auf Hucks Miau-Signal wartete. Wie herrlich wäre es gewesen, die Gesellschaft folgenden Tages mit dem aufgefundenen Schatz zu verblüffen! Diese Hoffnung aber trog – kein Signal störte die Ruhe der Nacht.

Endlich tagte der Morgen, und um zehn oder elf Uhr sammelte sich eine lärmende, wonnetrunkene Gesellschaft vor dem Hause der Familie Thatcher. Alles war zum Aufbruch bereit. Ältere Leute pflegten die Picknicks niemals durch ihre Gegenwart zu stören, die Kinder hielt man unter den Fittichen einiger junger Damen von achtzehn und einiger junger Herren von ungefähr vierundzwanzig Jahren für genügend beschützt. Man hatte für diese Gelegenheit die alte Dampffähre gemietet, und alsbald setzte sich die heitre, bunte Menge, beladen mit viel versprechenden Vorratskörben, die Hauptstraße hinunter in Bewegung. Sid war unwohl und musste dem Vergnügen entsagen; Mary war ihm zum Trost und zur Gesellschaft zurückgeblieben. Das Letzte, was Frau Thatcher zu Becky sagte, war:

»Ihr werdet wohl spät zurückkommen, Kind, am Ende tust du besser, für diese Nacht bei einer deiner Freundinnen zu bleiben, die nahe beim Landungsplatz der Fähre wohnen.«

»Dann bleib ich bei Suschen Harper, Mama.«

»Meinetwegen; und hörst du, dass du dich hübsch ordentlich beträgst und niemand zur Last fällst.«

Als sie dann zusammen die Straße hinuntertrabten, sagte Tom zu Becky:

»Du – pass mal auf, was wir tun wollen. Anstatt dass wir mit Joe Harper heimgehen, steigen wir den Berg hinauf und bleiben die Nacht bei der Witwe Douglas. Die hat gewiss Gefrorenes – sie hat immer welches, ganze Haufen davon, und wird sich schrecklich freuen, wenn wir zu ihr kommen.«

»Oh, das wird aber köstlich.«

Danach überlegte sich's Becky aber doch einen Moment und meinte:

»Was wird aber meine Mama dazu sagen?«

»Ei, wie soll denn die's erfahren?«

Wieder sann Becky ein Weilchen nach und sagte dann zögernd:

»Recht ist's ja nicht – aber –«

»Aber – Unsinn! Deine Mutter erfährt's nicht, und was ist denn weiter Schlimmes dabei! Alles, was sie will, ist, dass du für die Nacht gut aufgehoben bist, und ich wette, sie hätt dich ebenso gut dorthin geschickt, wenn sie nur daran gedacht hätte. Das weiß ich ganz gewiss!«

Frau Douglas, die das größte und schönste Haus des Städtchens besaß und deren glänzende Gastfreundschaft die Wonne aller bildete, die sie je genießen durften, bewies sich als allzu verlockender Köder. Dieser und Toms Beredsamkeit trugen denn auch den Sieg davon, und es wurde beschlossen, gegen niemanden etwas über das Programm für die Nacht verlauten zu lassen.

Auf einmal fiel es Tom ein, dass Huck am Ende gerade in derselben Nacht kommen könne, um ihm das verabredete Zeichen zu geben. Dieser Gedanke trübte seine freudigen Erwartungen um ein Beträchtliches, aber er konnte sich doch nicht entschließen, den Plan mit Frau Douglas aufzugeben. Warum sollte er auch? Er dachte bei sich, in der Nacht zuvor sei ja auch alles ruhig geblieben, warum sollte das Signal gerade diese Nacht ertönen? Das sichere Vergnügen, das er sich vom Abend versprach, überwog bei weitem die unsichere Aussicht auf den Schatz, und recht wie ein Junge beschloss er, der stärkeren Neigung nachzugeben und sich für den Rest des Tages jeden Gedanken an die Geldkiste aus dem Kopf zu schlagen.

Drei Meilen unterhalb der Stadt landete die Fähre in einer rings mit Wald umstandenen Bucht. Die fröhliche Gesellschaft schwärmte aus dem Boot, und bald tönten die Wälder und felsigen Höhen von Geschrei und Gelächter wider. Alle die verschiedenen Methoden, sich heiß und müde zu machen, wurden der Reihe nach durchgegangen, bis allmählich einer nach dem andern von den Herumschwärmenden sich im Lager einstellte, ausgerüstet mit dem nötigen Appetit, und nun die Vertilgung der mitgebrachten leckeren Sachen beginnen konnte. Nach der Mahlzeit folgte ein erquickendes Ruhe- und Plauderstündchen im Schatten der breitästigen Eichen, bis dann jemand rief:

»Wer kommt mit zur Höhle?«

Alle waren sofort bereit, ganze Bündel von Kerzen wurden ausgekramt, und es folgte ein allgemeines Erklettern des Hügels. Hoch oben lag die Mündung der Höhle, eine schwarze, gähnende Öffnung, geformt wie der lateinische Buchstabe A. Die massive, eichene Tür stand weit offen. Im Innern sah man zunächst eine schmale, kleine Kammer, kalt wie ein Eiskeller, von der Natur mit festen Kalkmauern umgeben, die viel Feuchtigkeit ausschwitzten. Etwas romantisch Geheimnisvolles lag darin, von diesem finstren, kalten Ort aus hineinzuschauen in das sonnenbeglänzte, grüne Land. Der Zauber aber, der die Geister zuerst gefangen hielt, verlor bald seinen Reiz, und das Herumtollen begann von neuem. Sobald irgendjemand versuchte, eine Kerze anzuzünden, stürzte sich alles drauflos, und es entspann sich ein Kampf gegen den tapferen Verteidiger. Das Licht wurde ihm schließlich entrissen, zu Boden geworfen und ausgelöscht, worauf eine neue Hetzjagd mit demselben Ausgang folgte. Da aber jedes Ding sein Ende hat, so ordnete sich allmählich der Zug und bewegte sich vorsichtig den steilen Abstieg des Hauptgangs der Höhle hinunter. Mit düsterem, unruhigem Schein bestrahlte die flackernde Reihe der Lichter die mächtigen Felswände zu beiden Seiten, fast bis hinauf zu dem Punkt, wo sie in einer Höhe von etwa sechzig Fuß zusammenstießen. Dieser Hauptgang war nicht mehr als acht oder zehn Fuß breit. Alle paar Schritte zweigten andere hochgewölbte und noch engere Felsspalten nach beiden Seiten ab, denn die Mc-Douglas-Höhle war eigentlich nur ein ungeheures Labyrinth gewundener Gänge, die ineinander und wieder auseinander liefen und nirgends ein Ziel oder Ende hatten. Es hieß, dass man tage- und nächtelang durch dies krause, verschlungene Gewirr von Spalten und Klüften wandern könne, ohne jemals ein Ende der Höhle zu finden; dass man hinunter und hinunter, tiefer und immer tiefer bis ins Innerste der Erde steigen könne und doch immer dasselbe finden würde Labyrinth unter Labyrinth in endloser Folge. Keiner kannte die Höhle ganz, das war ein Ding der Unmöglichkeit. Die meisten der jungen Leute kannten einen Teil derselben, und für gewöhnlich wagte sich niemand über diesen allgemein begangenen Teil hinaus. Tom Sawyer kannte von der Höhle nicht mehr als die andern.

Der ganze Zug bewegte sich noch immer geschlossen den Haupteingang entlang, allmählich aber begannen sich Gruppen und Paare zu lösen und in den Seitengängen zu verschwinden. Hier flogen sie lautlos dahin durch die unheimlichen Gänge, uneingestandenen Grausens voll, und überraschten und erschreckten andere an Punkten, wo die einzelnen Gänge sich kreuzten oder auch zusammenliefen. Halbe Stunden lang konnte man sich so meiden oder finden, ohne sich jemals aus dem bekannten Teil der Höhe zu entfernen.

Allmählich fand sich ein Teil der Gesellschaft nach dem andern wieder an der Mündung der Höhle ein, atemlos, fröhlich, glückselig, vom Kopf bis zu den Füßen mit Talg betröpfelt, mit Lehm beschmiert, aber entzückt, berauscht von dem genossenen Vergnügen des Tages. Man war erstaunt, dass es da draußen mittlerweise schon beinahe Nacht geworden war. Die Glocke der Fähre mahnte seit beinahe einer halben Stunde schrill zur Heimkehr. Dieser Schluss des Abenteuers des Tages war aber ganz nach dem Sinn der jugendlichen Gesellschaft, die gewohnt war, jeden Freudenkelch bis zur Neige zu schlürfen. Als die Fähre mit ihrer tollen Fracht in den Strom hinausstieß, bedauerte nur einer an Bord die verschwendete Zeit der letzten Stunde, und das war der Kapitän.

Huck war bereits auf seinem allnächtlichen Lauscherposten, als die Lichter der Fähre am Ufer vorüberglitten. Er hörte kein Geräusch an Bord, denn die jungen Leute waren zahm und still geworden, so zahm und still, wie man zu werden pflegt, wenn man sich in Lust und Übermut todmüde getobt hat. Huck sann nach, was für ein Boot dies sein könnte und warum es nicht am gewöhnlichen Halteplatz anlege; dann wanderten seine Gedanken weiter, um sich voll und ganz auf sein Vorhaben zu richten. Die Nacht war wolkig und dunkel. Zehn Uhr kam, das Geräusch der Wagen erstarb, einzelne Lichter begannen zu erlöschen, der Fußgänger wurden weniger und weniger, das Städtchen bereitete sich zum nächtlichen Schlummer vor und überließ den kleinen Lauscher sich selber, dem rings herrschenden Schweigen und den Geistern der Finsternis. Elf Uhr nahte, auch die Lichter der Herberge erloschen. Dunkel überall. Huck harrte und lauschte, eine lange, bange Zeit, wie ihm schien. Nichts erfolgte. Sein Vertrauen begann zu wanken. Hatte dies geduldige Ausharren wohl irgendeinen Wert? Würde es irgendeinen Nutzen haben? Ob er's nicht viel besser ganz sein ließe und sich gar nicht weiter um die Sache kümmerte?

Da schlug ein Geräusch an sein Ohr. Im Moment war er ganz atemlose Aufmerksamkeit. Eine Tür schloss sich leise und sacht. Er sprang an die Ecke der kleinen Gasse, und fast gleichzeitig huschten zwei dunkle Gestalten an ihm vorüber, deren eine irgendetwas Gewichtiges unter dem Arm zu tragen schien. Das musste die Geldkiste sein! Der Schatz wurde also fortgeschleppt! Sollte er nach Tom rufen? Das wäre hirnverbrannt gewesen, denn einstweilen konnten die Kerle mit der Beute Gott weiß wohin verschwinden – auf Nimmerwiedersehen. Behüte, er wollte sich an ihre Sohlen heften und im sicheren Schutz der Dunkelheit ihrer Spur folgen. Während er so mit sich selber ins Reine kam, war er behände hinter den Männern hergeglitten, katzenartig, barfuß, denselben gerade genügend Vorsprung lassend, um sie noch im Auge behalten zu können.

Eine Strecke weit gingen sie die Flussstraße entlang und

bogen dann zur Linken in ein Seitengässchen ein. Dieses verfolgten sie bis dahin, wo ein Fußpfad nach dem Cardiff-Berg abzweigte, welchen sie nun einschlugen, dann ging's an des Wallisers Haus vorbei, höher und immer höher den Berg hinan. Schön, dachte Huck, die gehen zum Steinbruch und verscharren dort ihren Schatz. Nein, weiter, immer weiter ging's, vorbei am Steinbruch, ohne Aufenthalt. Nun war die Höhe des Berges erreicht. Jetzt drangen sie auf schmalem Pfad in das dichte Sumachgehölz ein und waren auf einmal in der Dunkelheit verschwunden. Huck folgte rasch nach und verkürzte seinen Abstand, denn hier war eine Entdeckung ganz unmöglich. So trabte er eine Weile dahin, um dann doch wieder langsamere Schritte zu machen, aus Furcht, zu rasch vorwärts zu kommen. Noch ein paar Schritte, dann hielt er an, lauschte – kein Ton, keiner, außer dem Klopfen seines eigenen Herzens! Der Schrei einer Eule klang aus dem Tal empor – unheilvoller Laut! Aber kein Fußtritt, kein noch so leises Knistern der Zweige! Großer Gott, war denn alles verloren? Eben wollte er sich in beschleunigtem Tempo vorwärts stürzen, als sich jemand, keine vier Fuß von ihm entfernt, räusperte. Sein Herz schien ihm in die Kehle zu fahren, doch entschlossen schluckte er's wieder hinab. Da stand er, zitternd wie Espenlaub, als ob ihn ein Dutzend kalter Fieber auf einmal gepackt hätte und schüttelte, bis ihm Hören und Sehen verging und er dachte, zu Boden sinken zu müssen vor Angst und Schwäche. Er wusste nun, wo er war. In der Entfernung von wenigen Schritten musste sich der Zaun befinden, der das Eigentum der Witwe Douglas umzog. »Umso besser«, überlegte er, »wenn sie's hier verscharren, wird's 'ne kleine Mühe sein, es wieder aufzufinden.«

Jetzt hörte er eine leise Stimme, eine sehr leise Stimme, die er trotzdem erkannte, es war die des Indianer-Joe.

»Hol sie der Henker, hat sicher wieder Leute bei sich – seh noch Lichter, so spät's auch ist!«

»Ich seh gar nichts.«

Es war jenes Fremden Stimme – des Fremden aus dem Geisterhaus. Eiseskälte durchzuckte Hucks Herz. Das also war jener geplante Racheakt. Sein erster Gedanke war Flucht. Dann dachte er daran, wie gütig die Witwe Douglas, die freundliche, schöne Dame, mehr als einmal gegen ihn, den armen Strolch, gewesen war, und dass diese Schurken vielleicht im Sinn hätten, sie zu morden. Ach, wenn er nur den Mut hätte, sie zu warnen; aber das getraute er sich doch nicht – konnten die Kerle doch kommen und ihn abfangen. All dies und mehr noch schoss ihm durchs Hirn in dem einen Moment, welcher zwischen der Bemerkung des Fremden und der darauf folgenden Antwort des Indianer-Joe verfloss.

»Na, der Busch steht dir im Weg, da schau mal hier hinaus – so – gelt, jetzt siehst du's?«

»Jawohl, werden wohl Leute dort sein – geben's besser auf, denk ich.«

»Aufgeben, eben, wo ich dem verdammten Land für immer den Rücken kehren will, aufgeben, um vielleicht nie wieder Gelegenheit zur Rache zu haben? Ich sag dir's noch mal, wie ich's schon gesagt hab, keinen Pfifferling frag ich nach ihrem Geld – das kannst du haben. Aber ihr Mann war hart gegen mich, nicht einmal, nein, oft und oft, und vor allem war er der Hund von einem Richter, der mich wegen Landstreicherei immer wieder ins Loch steckte. Und das ist noch lang nicht alles! Millionen Mal nicht alles! *Durchpeitschen* hat er mich lassen, durchpeitschen vor dem Gefängnis, wie einen Hund oder einen Nigger! Die ganze Stadt konnt's sehen! Durchpeitschen – begreifst du das? Er kam meiner Rache zuvor und starb – sie aber soll's büßen!«

»Du wirst sie doch nicht umbringen wollen? Das wirst du doch nicht tun, so 'n hübsches, stattliches Frauenzimmer, und 'n gutes Herz hat sie auch für die Armen!«

»Umbringen? Wer denkt daran? Ihn würd ich abschlachten, wenn er da wär – sie nicht! Ein Frauenzimmer bringt man nicht um, wenn man sich rächen will – Unsinn! Der geht's an die geliebte Fratze, man schlitzt ihr die Nasenflügel und stutzt ihr die Ohren!«

»Herrgott, das ist –«

»Behalt deine Meinung für dich, bis du gefragt wirst, rat dir's im Guten, 's wird wohl das Beste für dich sein. Ich bind sie auf ihr Bett fest; wenn sie sich hinterher verblutet, ist's meine Schuld nicht. Ich wein ihr nicht nach! Du, Kamerad, wirst mir dabei helfen – mir zulieb – deshalb hab ich dich mitgenommen, denn allein brächt ich's am Ende nicht fertig. Probierst du auszukneifen, so hau ich dich nieder, das merk dir! Und wenn ich dir den Rest geben muss, so kriegt sie auch eins, dass sie das Aufstehen vergisst, und dann soll mir einer dahinter kommen, wer das Geschäft besorgt hat.«

»Na, wenn's denn sein muss, so muss es eben sein, dann los und dran! Je schneller, desto besser – mir läuft's jetzt schon kalt über den Leib!«

»Jetzt dran? – Wo die Leute auf sind? Du, pass mal auf, sonst trau ich dir nicht mehr. Nichts da! – Gewartet wird, bis die Lichter aus sind, 's hat ohnehin keine Eile!«

Huck wusste, dass nun ein Schweigen folgen müsse – ein Schweigen, schauerlicher und gefährlicher als die mörderischsten Reden. So hielt er denn seinen Atem an und trat behutsam und verstohlen einen Schritt zurück, den Fuß vorsichtig und fest niedersetzend, nachdem er zuvor auf einem Bein balancierte, sodass er beinahe das Gleichgewicht verloren hätte. Noch einen Schritt rückwärts mit derselben Umständlichkeit, denselben Gefahren, einen und noch einen! Jetzt krachte ein Ästchen unter seinem Fuß. Der Atem blieb ihm beinahe aus, er lauschte. Kein Laut – tiefstes Schweigen! Grenzenlos war seine Dankbarkeit. Jetzt drehte er sich lautlos und mit der äußersten Vorsicht um und verfolgte seinen früheren Pfad zwischen den hohen Sumachbüschen zurück. Schnell und behutsam glitt er dahin. Als er dann am Steinbruch aus dem Gehölz hervortrat, fühlte er sich geborgen. Nun lieh er seinen Sohlen Schwingen und flog den Berg hinunter, weiter, immer weiter bergab, bis er das Haus des alten Wallisers erreichte. Er trommelte an die Tür, und alsbald erschienen der Alte und seine beiden handfesten Söhne am Fenster.

»Was, zum Teufel, ist denn los? Wer drischt dort an der Tür? He, was wollt ihr?«

»Schnell, macht auf – ich sag euch dann ja alles!«

»Wer ist der Ich?«

»Ei, ich, der Huckleberry Finn. Schnell – um Gottes willen macht auf!«

»Sieh mal einer, der Huckleberry Finn! Ist 'n Name, dem sich eigentlich nicht viele Türen öffnen. Lasst ihn aber nur immer rein, Jungens, wollen mal hören, was er zu sagen hat.«

»Sagt's um Gottes willen keinem Menschen, dass ich's euch gesagt hab«, waren Hucks erste Worte, als er ins Haus trat, »bitte, bitte, verratet mich nicht, sie würden mich ja umbringen, so gewiss ich hier steh – aber die Witwe da oben ist schon oft und oft gut gegen mich gewesen, und ich will's sagen, wenn ihr versprecht, nicht zu verraten, dass ich's gewesen bin!«

»Bei Gott, da muss was passiert sein, oder der Junge stellte sich nicht so an«, rief der alte Mann, »heraus damit, mein Sohn, und niemand soll je ein Sterbenswörtchen davon zu hören kriegen.«

Drei Minuten später stiegen der Alte und seine Söhne wohlbewaffnet den Berg hinan und drangen auf den Zehenspitzen vorsichtig in das Gehölz ein, die Flinten in der Hand. Huck begleitete sie nicht weiter. Er verbarg sich hinter einem großen Felsblock und lauschte. Zuerst ein drückendes, angstvolles Schweigen, das dann urplötzlich durch mehrere Schüsse und einen gellenden Aufschrei unterbrochen wurde. Näheres zu erfahren, drängte es Huck nicht. Er sprang auf und fort und flog den Berg hinunter, so schnell ihn seine Füße zu tragen vermochten.

Siebenundzwanzigstes Kapitel

Als am Morgen des folgenden Tages, eines Sonntags, die ersten leisen Spuren der Dämmerung erschienen, tastete sich Huck durch das Halbdunkel den Berg hinauf und klopfte mit schüchterner Hand leise an die Tür des alten Wallisers. Die Hausbewohner schliefen noch, aber ihr Schlaf war infolge der aufregenden nächtlichen Abenteuer ein äußerst leiser, und so ertönte alsbald eine Stimme vom Fenster:

»Wer ist da?«

Hucks ängstliche Stimme antwortete leise:

»Lasst mich, bitte, ein – ich bin's nur, Huck Finn!«

»Ist 'n Name, dem sich diese Tür bei Nacht und bei Tag öffnet. Mein Junge, sei willkommen!«

Das waren seltsam klingende Worte in den Ohren des kleinen Vagabunden, die angenehmsten, die er je gehört. Er konnte sich nicht erinnern, dass das Schlusswort des alten Mannes je zuvor in Bezug auf ihn angewandt worden wäre.

Schnell wurde nun die Tür geöffnet, und er trat ein. Man bot Huck einen Stuhl, und der Alte mit seinen Riesensöhnen kleidete sich in Eile an.

»Und jetzt, mein Junge, hoff ich, dass du einen ordentlichen Hunger mitgebracht hast, denn das Frühstück soll noch vor der Sonne auf dem Tisch stehen, und zwar ein gehöriges, das lass meine Sorge sein. Haben immer gedacht, ich und meine Jungens, du zeigtest dich gestern Abend nochmals, hättest die Nacht bei uns bleiben müssen.«

»Ich kriegte solche Angst«, sagte Huck, »dass ich den Berg hinunterstürzte. Ich fing an zu rennen, als die Schüsse krachten, und rannte drei Meilen so weiter. Jetzt bin ich nur gekommen, weil ich gern was drüber gehört hätte, und vor Tag komm ich, weil ich nicht gern den Teufeln in den Weg laufen möchte – selbst wenn sie tot wären.«

»Armer Kerl, man sieht dir's weiß Gott an, was das für 'ne Nacht für dich war, aber wart nur, du sollst 'n Bett haben, wenn du gefrühstückt hast. Nee, tot sind die Halunken leider nicht, mein Junge, und Leid genug tut's uns. Deiner Beschreibung nach wussten wir den Ort ziemlich genau, an dem sie zu finden waren, wir schleichen also auf den Zehenspitzen ran, bis vielleicht auf fünfzehn Fuß Entfernung, und dunkel wie 'n Loch war's in den Büschen drin, da, auf einmal merk ich, dass mich das Niesen ankommt. Ob das nicht Pech war! Will's natürlich zurückhalten, aber nee, keine Möglichkeit, 's wollt kommen und 's kam auch mit Macht. So pust ich denn los mit aller Gewalt. Ich war der Vorderste von uns, mit meiner Pistole in der Hand, und als nun das Niesen losging, entstand ein Rascheln vor uns im Gebüsch. Ich schrei: ›Feuer, Jungens‹, und wir drei feuern denn auch nach der Richtung hin. Ja, prost Mahlzeit! Die Kerle waren flinker als der Wind, wir aber hinterher wie die wilde Jagd, in die Wälder hinein. Gekriegt aber haben wir sie nicht. Ehe sie auskniffen, hat jeder von ihnen noch mal seine blaue Bohne abgeknallt, aber die sausten an uns vorbei und taten keinen Schaden. Als sich das Geräusch ihrer Schritte verlor, gaben wir die Jagd auf und gingen hinunter ins Städtchen, um die Konstabler zu wecken. Die machten sich denn auch gleich auf und wollten am Ufer rekognoszieren, und sobald es Tag ist, sollen die Wälder abgesucht werden. Meine Jungens werden auch dabei sein. Wollt, einer könnt uns die Kerle beschreiben, 's wär dann viel leichter für uns. Du wirst wohl nicht viel von den Schurken gesehen haben, dort oben in der Dunkelheit, was?«

»Nee, aber unten in der Stadt hab ich sie schon gesehen und bin ihnen von dort nachgegangen.«

»Kapital! Na, dann los, mein Junge, wie sehen sie aus? Beschreib sie mal so 'n bisschen genau!«

»Ei, einer davon ist der taubstumme Spanier, der seit 'n paar Tagen hier herumstreicht, und der andre ist 'n gemein aussehender, zerlumpter –«

»Schon genug, Junge, kenn die Kerle! Hab sie neulich mal da oben im Wald hinter der Witwe Douglas ihrem Haus gesehen, schoben ab, als ich in Sicht kam. Nun aber schnell fort mit euch, Jungens, sagt's fein dem Sheriff, was ihr da vom Huck gehört habt, könnt morgen früh frühstücken!«

Beide Söhne machten sich ohne Widerrede alsbald marschfertig. Als sie eben das Zimmer verlassen wollten, sprang Huck auf und rief flehend:

»Oh, bitte, bitte, sagt's aber niemand, dass ich die Kerle angegeben, bitte, bitte!«

»Gut, wenn du's nicht willst, Huck, aber eigentlich solltest du die Ehre haben von dem, was du getan hast.«

»O nein, nein. Bitte, verratet mich nicht!«

Als die jungen Leute weg waren, sagte der Alte:

»Sie verraten's nicht, und ich tu's auch nicht. Aber sag mal, warum willst du denn nicht, dass man's weiß?«

Huck ließ sich auf keine weitere Erklärung ein, sondern sagte nur, er wisse schon mehr als zu viel von dem einen der Kerle und wolle um keinen Preis, dass der dahinter komme, sonst sei er, Huck, keinen Moment seines Lebens sicher.

Noch einmal gelobte der alte Mann Verschwiegenheit und fragte dann:

»Wie kamst du darauf, den Kerlen nachzuschleichen, Junge? Sahen sie dir verdächtig aus?«

Einen Moment war Huck still und überlegte sich die Antwort, dann sagte er:

»Ja, seht ihr, ich bin so 'ne Art Landstreicher, wenigstens sagen die Leute so, und da muss es wohl wahr sein. Na, da simulier ich denn manchmal darüber nach in der Nacht, und das lässt mich nicht schlafen, und ich denk und denk, wie ich wohl anders werden könnt. So war's wieder mal gestern Nacht. Schlafen konnt ich nicht, und so bummel ich denn in den Straßen herum, und als ich da in der Nähe von der Herberge an den alten Schuppen komm, lehn ich mich mit dem Rücken dran, um noch mal besser nachzudenken. Na, da streichen dann plötzlich die zwei Kerls an mir vorbei, tragen etwas unterm Arm. Halt, denk ich, die haben gestohlen. Einer rauchte, und der andre wollte Feuer haben, so blieben sie nicht weit von mir stehen, und die Zigarren warfen einen Strahl auf die Gesichter, und ich sah, dass der eine der taubstumme Spanier ist und der andre ein ruppiger, zerlumpter –«

»Was, die Lumpen hast du auch gesehen beim Schein der Zigarre?«

Das machte Huck für einen Moment unsicher, dann aber sagte er:

»Nun, ich weiß nicht – aber es kommt mir vor, als ob ich sie gesehen hätte.«

»Dann liefen sie also weiter und du –«

»Ich hinterher, ja, so macht ich's. Wollt mal sehen, was los sei, sie schlichen so verdächtig an den Häusern hin. Oben bei der Witwe Garten standen sie dann still, ich auch, und da hört ich denn, wie der eine für die Frau bat und der andre, der Spanier, schwor, er wollte ihr schon die Fratze verderben, grad wie ich's euch und euren Söhnen gestern Abend –«

»Was, der Taubstumme hat das gesagt?«

Da! Nun saß Huck von neuem in der Patsche! Er hatte sein Bestes tun wollen, um den alten Mann abzulenken von der Spur, wer eigentlich der Taubstumme sei, und trotz aller Mühe und Vorsicht schien seine Zunge entschlossen, ihn wieder und wieder in Verlegenheit zu bringen. Umsonst versuchte er, sich aus der Klemme zu ziehen. Des Alten Auge ruhte so durchdringend auf ihm, dass er Versehen über Versehen machte. Da nahm der Alte das Wort:

»Mein Junge«, sagte er, »vor mir brauchst du dich nicht zu fürchten, mit meinem Willen soll dir keiner was zuleide tun; ich will dir schon helfen, kannst dich darauf verlassen! Der Spanier ist nicht taubstumm, so viel hast du nun schon verraten, ohne es zu wollen, das kannst du nicht mehr zurücknehmen. Du weißt aber noch mehr über den Kerl, was du nicht sagen willst. Komm mal her, Junge, vertrau mir, sag's, hab keine Angst, du kannst mir trauen, ich verrat dich keinem.«

Huck starrte einen Moment in die ehrlichen Augen des alten Mannes, dann beugte er sich über den Tisch und flüsterte ihm ins Ohr:

»'s ist ja gar kein Spanier – 's ist der Indianer-Joe!«

Der Walliser sprang fast von seinem Stuhl auf vor Erstaunen, dann sagte er:

»Jetzt ist mir alles klar. Als du gestern Abend von Nasenschlitzen und Ohrenabschneiden sprachst, dacht ich, 's sei 'ne Erfindung von dir, ein Weißer rächt sich nicht auf solche Art. Ein Indianer aber! Das ändert die ganze Sache!«

Während des Frühstücks wurde die Unterhaltung fortgesetzt, und im Verlauf derselben erzählte der alte Mann, er und seine Söhne hätten, ehe sie zu Bett gingen, eine Laterne angezündet und die Stelle dort oben am Zaun gründlich nach Blutspuren untersucht. Die hätten sie zwar nicht gefunden, aber dafür ein dickes Bündel –

»Ein *Bündel?«*

Wenn diese Worte Blitze gewesen wären, sie hätten nicht mit größerer Plötzlichkeit Hucks erblassten Lippen entfahren können. Seine Augen starrten weit geöffnet, sein Atem kam stoßweise, während er mit Zittern der weiteren Rede des alten Mannes harrte. Dieser stockte, starrte hinwiederum Huck an drei, fünf, zehn Sekunden lang und sagte dann:

»Ja, ein Bündel Einbrecherwerkzeuge! Na, nu sag aber mal, was mit dir los ist, Junge!«

Huck war in seinen Stuhl zurückgesunken, erleichtert und dankbar aufatmend. Der Walliser sah ihn lange aufmerksam an, dann bestätigte er nochmals:

»Ja, Diebswerkzeuge. Dir scheint ein Stein dabei vom Herzen zu fallen. Was hat dich aber denn so in Aufregung gebracht? Was hätten wir denn sonst finden sollen?«

Wieder saß Huck in der Klemme! Das forschende Auge ruhte auf ihm – er hätte irgendetwas um eine annehmbare Ausrede gegeben. Nichts wollte ihm einfallen; der forschende Blick drang tiefer und tiefer – eine sinnlose Antwort stieg in ihm auf, und da keine Zeit zum Überlegen war, so stieß er denn schwach hervor:

»Sonntagsschulbücher – vielleicht.«

Der arme Huck war zu befangen, um auch nur lächeln zu können, der alte Mann aber lachte, lachte aus vollem Halse, laut und herzlich, sodass alles an ihm vom Kopf bis zu den Füßen wackelte, und als er wieder zu Atem kam, meinte er, solch ein Lachen sei wie bares Geld in der Tasche, denn es erspare einem lange Doktorsrechnungen. Dann fügte er bei:

»Armer, kleiner Kerl, siehst ganz blass und angegriffen aus, 's scheint dir gar nicht wohl zu sein. Kein Wunder, dass du ein wenig faselig geworden und aus dem Gleichgewicht geraten bist. Wird schon wieder besser werden. Ruhe und Schlaf sollen dich schon auskurieren, denk ich.«

Huck ärgerte sich schwer bei dem Gedanken, solch verräterische Erregung gezeigt zu haben, denn es waren ihm schon damals, als er die Schurken bei dem Zaun der Witwe belauschte, Zweifel gekommen, ob das mitgebrachte Paket der Schatz sei. Doch war dies immerhin nur Vermutung gewesen, die jetzt erst zur Gewissheit wurde. Die Kiste war also noch an ihrem alten Platz, und nun war's eine Kleinigkeit für Tom, wenn die beiden Halunken untertags eingefangen wurden, am Abend nach jener bewussten Nummer zwei zu gehen und sich des Schatzes zu versichern. Alles schien herrlich im Zuge!

Gerade als das Frühstück beendet war, klopfte es an die Tür. Huck versteckte sich geschwind, denn es lag ihm gar nichts daran, mit dem letzten Ereignis in Zusammenhang gebracht zu werden. Der Walliser öffnete und ließ mehrere Herren und Damen herein, unter denen sich auch die Witwe Douglas befand. Dabei bemerkte er, dass noch andere Einwohner des Ortes truppweise den Hügel erstiegen, um sich den Schauplatz der nächtlichen Ereignisse zu besehen. Die Kunde von dem Vorgefallenen hatte sich also schon verbreitet.

Nun musste der Alte den Besuchern die Geschichte der Nacht bis ins Kleinste berichten. Die Dankbarkeit der Witwe Douglas für ihre Rettung machte sich in warmen Worten Luft.

»Verlieren Sie kein Wort weiter, Madam«, wehrte der Alte ab, »'s gibt einen, dem Sie zu viel größerem Dank verpflichtet sind als mir und meinen Jungens, der will aber seinen Namen nicht genannt haben. Ohne den, sag ich Ihnen, wären wir niemals dazu gekommen, die Halunken zu verjagen.«

Dies erregte natürlich die allgemeine Neugier in so hohem Grade, dass man darüber beinahe die Hauptsache vergaß. Der Walliser aber ließ sich durch die brennende Neugier seiner Zuhörer, die sich durch deren Vermittlung nach und nach dem ganzen Städtchen mitteilte, nicht irre machen, sondern behielt sein Geheimnis wohl verwahrt bei sich. Als die Leute alles Übrige in Erfahrung gebracht hatten, sagte die Witwe:

»Gestern Abend las ich noch im Bett und schlief ein, so fest, dass ich von dem ganzen Spektakel gar nichts hörte. Warum haben Sie mich denn nicht aufgeweckt?«

»Na, das hielten wir für unnötig. Die Kerls kamen

schwerlich wieder, das war so gut wie gewiss. Weshalb also Lärm schlagen und Sie unnötigerweise zu Tode erschrecken? Außerdem hab ich meine drei Nigger für den Rest der Nacht als Wächter um Ihr Haus gestellt, Madam, die sind eben zurückgekommen.«

Immer mehr Leute kamen, und die Geschichte musste nochmals erzählt und wieder erzählt werden und immer so weiter, einige Stunden lang.

Wie gewöhnlich an ereignisvollen Tagen war die Kirche – es war gerade Sonntag – frühzeitig und stark besucht. Das aufregende Ereignis wurde gehörig besprochen. Man erzählte sich, dass bis jetzt noch nicht die geringste Spur der Schurken aufgefunden worden sei.

Nach dem Gottesdienst ging Frau Kreisrichter Thatcher auf Frau Harper zu, als diese mit der Menge den Hauptgang der Kirche hinabschritt, und fragte:

»Meine Becky will heute wohl den ganzen Tag durchschlafen? Habe mir's doch gedacht, dass sie todmüde sein würde!«

»Ihre Becky?«

»Nun ja«, bestätigte die Frau Kreisrichter mit erschrockenem Blick. »Die ist doch diese Nacht bei Ihnen geblieben?«

»Bewahre – nein.«

Frau Thatcher wurde blass und sank in den nächststehenden Stuhl, gerade als eben Tante Polly, mit einer Freundin sich lebhaft unterhaltend, daherschritt.

»Guten Morgen, Frau Kreisrichter, Morgen, Sally Harper, hab da wieder mal 'nen Schlingel, der nicht heimgekommen ist. Denk mir, er wird über Nacht bei Ihnen geblieben sein, bei der einen oder der andern. Fürchtet sich drum wohl, in die Kirche zu kommen, hat ohnedies noch was bei mir im Salz liegen – ha, ha!«

Frau Thatcher, blasser als je, konnte nur leise verneinend den Kopf bewegen.

»Bei uns ist er nicht«, sagte Frau Harper zögernd, sie fing auch an, ängstlich zu werden. Eine plötzliche Furcht malte sich in Tante Pollys Antlitz.

»Joe Harper, hast du meinen Tom heute Morgen schon gesehen?«

»Nein.«

»Wann hast du ihn zuletzt gesehen?«

Joe versuchte sich zu besinnen, konnte aber nicht ganz klar darüber werden.

Man war allmählich auf die bestürzte Gruppe aufmerksam geworden. Die Leute blieben stehen, ein Flüstern ging durch die Menge, Unruhe und Sorge zeigten sich in jedem Gesicht. Kinder und junge Leute wurden ängstlich ausgefragt. Alle stimmten darin überein, dass niemand Acht gegeben hätte, ob Tom und Becky bei der Heimfahrt dabei gewesen. Es sei dunkel geworden, und man habe nicht nachgesehen, ob irgendjemand fehle. Ein junger Mann platzte endlich mit der Vermutung heraus, sie seien am Ende noch in der Höhle.

Die Frau Kreisrichter wurde daraufhin ohnmächtig, Tante Polly weinte und rang die Hände.

Die Schreckenskunde flog von Lippe zu Lippe, von Gruppe zu Gruppe, von Straße zu Straße, und innerhalb von fünf Minuten tönte wildes Glockenläuten vom Turm, und die ganze Stadt war in Bewegung. Die nächtlichen Ereignisse verloren jegliches Interesse, Räuber und Mörder waren vergessen, Pferde wurden gesattelt, Boote bemannt, die Fähre flottgemacht, und ehe die Schreckensmär eine halbe Stunde alt war, befanden sich zweihundert Mann zu Wasser und zu Lande auf dem Wege nach der Höhle.

Den ganzen langen Nachmittag hindurch schien das Städtchen wie ausgestorben. Viele Frauen besuchten Frau Thatcher und Tante Polly, um sie zu trösten oder mit ihnen zu weinen, was besser war als alle Worte.

Die ganze lange Nacht hindurch wartete man im Städtchen auf Nachrichten, und als endlich der Morgen tagte, war nur zu hören: Schickt mehr Kerzen und schickt Lebensmittel!

Frau Thatcher war fast von Sinnen, Tante Polly desgleichen. Der Kreisrichter sandte von Zeit zu Zeit ein Wort der Hoffnung und Ermutigung aus der Höhle, Trost aber brachte das nicht.

Der alte Walliser kam gegen Morgen heim, mit Kerzentalg bespritzt, mit Lehm beschmiert, zu Tode erschöpft. Er fand Huck noch immer auf dem Lager, das er ihm angewiesen; dessen Geist erging sich in wilden Fieberfantasien. Da die Ärzte mit in der Höhle waren, so wusste er keinen besseren Rat, als die Witwe Douglas zu holen, die denn auch sofort kam und sich des Patienten liebreich annahm.

Im Laufe des Vormittags begannen sich allmählich truppweise die erschöpften Männer im Städtchen wieder einzufinden, während die stärkeren draußen blieben, um weiter zu suchen. Alles, was man erfahren konnte, war, dass die entlegensten Strecken der Höhle, die bis jetzt noch kein menschlicher Fuß betreten, abgesucht worden waren, dass jeder Winkel, jeder Spalt durchforscht würden, dass man überall, wohin der Fuß sich auch wende, im Gewirr der Gänge Lichter hin und her huschen sehe und dass fortwährend Rufe und Pistolenschüsse in dumpfem Widerhall gegen die düsteren Felsenwände anschlügen. An einer Stelle, weit von dem gewöhnlich begangenen Teil der Höhle entfernt, hatte man die Namen »Becky« und »Tom« mit Kerzenrauch auf der Felswand eingeschwärzt gefunden und dicht dabei ein mit Talg beschmutztes Stückchen Band. Frau Thatcher erkannte das Letztere als ihrem Kinde gehörig und weinte heiße Tränen darauf. Sie sagte, es sei dies das letzte Zeichen, das sie jemals von ihrem Kind erhalten werde, dass kein Andenken ihr so kostbar und teuer sein könne als dies kleine Stückchen Band, denn dies sei das Letzte, was sich von dem geliebten, lebendigen Körper gelöst, ehe der grausame Tod gekommen. Man erzählte, wie Einzelne hie und da in der Höhle ein fernes Lichtfünkchen entdeckten, um mit Jubel und Hallo und voller Hoffnungsfreudigkeit draufloszustürzen, aber stets folgte bittere Enttäuschung: Es waren nicht die vermissten Kinder, sondern nur das Licht irgendeines anderen Mitsuchenden.

Drei schreckliche Tage und Nächte schleppten ihre endlosen Stunden über das Städtchen hin, und dieses versank in hoffnungslose, starre Betäubung. Niemand hatte Lust zu irgendetwas. Die eben erfolgte zufällig Entdeckung, dass der Besitzer der Mäßigkeitsvereins-Herberge Spirituosen hielt, machte kaum Eindruck, so furchtbar diese Tatsache auch sein mochte. In einem lichten Moment suchte Huck, die

Rede auf Gasthöfe im Allgemeinen und diese Mäßigkeitsvereins-Herberge im Besonderen zu lenken, und fragte zuletzt zaghaft, das Schlimmste befürchtend, ob irgendetwas dort entdeckt worden sei, während er krank gewesen.

»Ja«, bestätigte die Witwe.

Mit wild starrenden Augen fuhr Huck im Bett in die Höhe:

»Was – was denn?«

»Branntwein! – Man hat die Herberge geschlossen. Leg dich doch, Kind – wie hast du mich erschreckt!«

»Sagen Sie mir nur noch eins – nur noch eins, bitte, hat's Tom Sawyer gefunden?«

Die Witwe brach in Tränen aus.

»Still, still, Kind, still. Ich habe dir's doch schon gesagt, du darfst nicht reden. Du bist sehr, sehr krank.«

Also nur Branntwein war gefunden worden; hätte man das Gold entdeckt, wäre ein anderes Hallo entstanden. Der Schatz war also verloren – verloren für immer. Warum aber weinte die Frau? Sonderbar, was hatte sie zu weinen?

Dunkel bahnten sich solche Gedanken ihren Weg durch Hucks mattes Gehirn und machten ihn so müde, dass er darüber in Schlaf sank. Die treue Pflegerin beobachtete ihn und flüsterte leise:

»Da – nun schläft er wieder, armer, kleiner Kerl. Ob Tom Sawyer den Branntwein gefunden hat! Großer Gott, wenn doch nur einer den Tom Sawyer selber finden wollte! Viele gibt's nicht mehr, die noch Kraft genug oder auch Hoffnung genug haben, um weiter zu suchen.«

Achtundzwanzigstes Kapitel

Kehren wir jetzt zu Toms und Beckys Anteil am Picknick zurück. Sie wanderten mit der übrigen Gesellschaft durch die düsteren Gänge, um die bekannten Wunder der Höhle zu besuchen – Wunder mit viel versprechenden, prunkenden Namen, wie der »große Saal«, »die Kathedrale«, »Aladins Palast« und so weiter. Dann kam das Versteckspiel an die Reihe, und Tom und Becky beteiligten sich mit Eifer daran, bis das Vergnügen anfing, etwas ermüdend zu wirken. Dann schlenderten sie durch die verzweigten Gänge, hielten die Kerzen hoch und lasen das Gewirr von Namen, Daten, Adressen und Reimen, welche, mit Kerzenrauch gemalt, die Felswände gleich Fresken bedeckten. Immer weiterschreitend und plaudernd, merkten sie kaum, dass sie sich nun in einem Teil der Höhle befanden, wo die Wände noch unbefleckt waren. Sie schwärzten ihre eigenen Namen an einer geeigneten Stelle ein und schritten dann weiter. Nun kamen sie an einen Ort, wo ein kleines Wässerchen, das von einer Wand niederträufelte und einen Bodensatz von Kalk mit sich führte, im Laufe endloser Zeiträume einen ganzen Wasserfall aus Spitzen und Geschnörkelwerk in schimmerndem, unvergänglichem Gestein gebildet hatte. Tom zwängte seinen schmächtigen Körper dahinter, um den spitzenartigen Überhang zu Beckys Vergnügen zu beleuchten, und entdeckte, dass derselbe eine steile, von der Natur geschaffene Treppe verbarg, die zwischen engen Wänden abwärts führte. Jetzt kam der Ehrgeiz des Entdeckers über ihn. Becky folgte seinem Ruf, sie machten sich mit Rauch ein Zeichen an die Wand, um sich später wieder zurechtzufinden, und traten dann wohlgemut die Entdeckungsreise an. Sie schlugen bald diesen, bald jenen Weg ein und gelangten nach und nach in die geheimsten Tiefen der Höhle; sie machten sich dann ein zweites Zeichen und zweigten ab, um nach neuen Wundern zu suchen, von denen sie der staunenden Oberwelt mit Stolz berichten könnten. Sie kamen zu einem hallenartigen Raum, von dessen Decke Massen von riesigen, schimmernden Tropfsteingebilden niederhingen. Staunend durchwanderten sie die Halle nach allen Seiten und verließen dieselbe dann, immer kühner werdend, durch einen der zahlreichen, hier einmündenden Seitengänge. Dieser brachte sie nach kurzer Frist zu einer entzückenden kleinen Quelle, deren Becken mit einer wunderbar glitzernden Kruste fantastisch geformter Kristalle überzogen war. Dieser Zauberborn befand sich inmitten eines neuen Gewölbes, dessen Decke durch eine Menge schlank aufstrebender Pfeiler gestützt wurde, welche durch das allmähliche Zusammenwachsen großer Tropfsteingebilde im Laufe vieler Jahrhunderte entstanden waren. Unter der Wölbung hatten sich riesige Klumpen von Fledermäusen zusammengeballt. Tausende auf einem Knäuel. Das Licht störte die nächtlichen Wesen auf, sodass sie zu Hunderten herniederflatterten und mit tollem Gequieke gegen die Lichter schossen. Mit dem Wesen dieser Tiere vertraut, erkannte Tom sofort das Gebaren und die Gefahr, die für sie beide darin lag. Er ergriff Beckys Hand und stürzte mit ihr in den ersten besten Seitengang, der sich ihnen zeigte; keinen Augenblick zu früh, denn eben huschte eine Fledermaus mit ihrem Flügel so dicht an Beckys Kerze vorüber, dass die kleine Flamme erlosch. Tom gelang es, die seine mit Erfolg zu hüten, obgleich die aufgescheuchten Tiere die Kinder noch weit durch die verschiedensten Gänge verfolgten, welche diese in blinder Hast durcheilten, nur darauf bedacht, der Gefahr möglichst rasch zu entgehen. Kurz darauf fand Tom einen unterirdischen See, dessen nächtliche Fluten sich weit in die schwarzen Schatten hinein verloren. Ihn gelüstete, das Ufer ringsum zu erforschen, doch zuvor beschlossen die Kinder, sich ein Weilchen zu setzen, auszuruhen und frische Kräfte zu sammeln. Jetzt, zum ersten Mal, legte sich die schauerlich tiefe Stille der Umgebung wie eine feuchtkalte Hand auf die mutig und fröhlich pochenden Herzen der Kinder. Becky meinte:

»Ich hab gar nicht Acht gegeben, aber mir kommt's wie eine Ewigkeit vor, seit wir die andern nicht mehr gehört haben.«

»Denk doch mal 'n bisschen nach, Becky, wir sind ja tief unter ihnen und weiß Gott wie viel weiter nördlich oder südlich oder östlich oder was es ist. 's ist ja einfach unmöglich, was zu hören.«

Becky wurde ängstlich.

»Möcht wissen, wie lang wir schon hier unten sind, Tom. Lass uns lieber umkehren.«

»Ja, 's wird wohl besser sein, denk ich, 's wird besser sein.«

»Weißt du den Weg, Tom? Mir ist's das reine Wirrsal.«

»Finden könnt ich ihn am End, aber denk doch mal, die Fledermäuse! Wenn die uns beide Lichter ausmachen, kann's 'ne böse Geschichte für uns werden. Müssen eben probieren, 'nen andern Weg zu finden, der nicht dort durchführt.«

»Gut, aber hoffentlich verirren wir uns nicht. Das wäre zu grässlich!« Und das Kind schauderte bei dem Gedanken an die bloße Möglichkeit.

Sie wandten sich nun durch einen langen Gang zurück und durchschritten denselben schweigend eine lange, lange Zeit, starrten dabei in jeden Seitengang, um irgendein bekanntes Zeichen zu entdecken, aber alles, alles war neu und fremd. Jedes Mal, wenn Tom prüfte und untersuchte, beobachtete Becky ängstlich sein Gesicht, um eine Spur der Entmutigung zu finden, und er sagte regelmäßig ganz heiter:

»Oho, ganz recht. Hier ist's noch nicht, wird wohl gleich kommen!« Aber mit jedem Fehlschlagen fühlte er weniger und weniger Hoffnung im Herzen und begann allmählich, aufs Geratewohl die abzweigenden Gänge zu durchwandern, sich in der Verzweiflung damit tröstend, er werde am Ende durch Zufall den richtigen Weg finden. Wohl sagte er immer noch: »Schon recht!« Aber allmählich hatte sich die Angst wie ein Bleigewicht auf seine Seele gelegt, die Worte hatten den Klang der Überzeugung verloren und lauteten, als ob sie bedeuten sollten: »Alles ist verloren.« Becky drängte sich in lautlosem Entsetzen dicht an seine Seite und presste mit Gewalt die Tränen zurück. Endlich sagte sie:

»Oh, Tom, was liegt an den Fledermäusen, lass uns doch den alten Weg gehen. Hier scheint's, als ob wir weiter und weiter abkämen.«

Tom blieb stehen. »Horch!«, sagte er.

Tiefes Schweigen, ein Schweigen so tief, dass die Kinder in der Stille ihre eigenen Atemzüge hören konnten. Tom rief laut hinaus in das Dunkel. Der Ruf tönte widerhallend die einsamen Gänge entlang und erstarb in der Ferne in einem schwachen Laut, der fast wie Hohngelächter klang.

»Oh, tu's nicht wieder, Tom, tu's nicht wieder. Es ist grässlich«, flehte Becky.

»Grässlich ist's, aber 's ist doch besser, wenn ich's tue, Becky, sie *könnten* uns doch am Ende hören«, und er schrie noch einmal.

Dieses »Könnten« war beinahe noch grässlicher als jenes geisterhafte Lachen, es lag eine solch verzweifelte Hoffnungslosigkeit darin! Wieder lauschten die Kinder mit aller Anstrengung, aber kein Ton ließ sich hören. Tom wandte sich sofort zurück und beeilte seine Schritte. Es dauerte nur eine kleine Weile, bis eine gewisse Unruhe und Unschlüssigkeit in seinem Benehmen Becky die furchtbare Tatsache ahnen ließen, dass er den Rückweg nicht zu finden vermochte!

»Tom, o Tom, du hast dir ja gar keine Zeichen mehr gemacht!«

»Ja, Becky, ich war ein Narr, ein elender, blinder, dummer Narr! Ich hab gar nicht dran gedacht, dass wir wieder zurück müssen! Nein, ich kann den Weg nicht finden, 's läuft ja hier alles kreuz und quer.«

»Tom, Tom, wir sind verloren! Wir können nie, nie wieder aus dieser grässlichen Höhle hinaus. Oh, warum sind wir von den andern fortgegangen!«

Sie sank zu Boden und brach in so krampfhaftes Weinen aus, dass Tom angst und bange wurde, sie möchte sterben oder den Verstand verlieren. Er beugte sich zu ihr und schlang seine Arme um sie, sie barg ihr Gesichtchen an seiner Brust, schmiegte sich fest an ihn und strömte ihr Entsetzen und ihre Reue in Wehklagen aus, das in dem fernen Echo wie spöttisches Gelächter verklang. Vergebens flehte Tom sie an, Mut zu fassen. Nun begann er, sich selber Vorwürfe zu machen und sich anzuklagen, dass er sie in eine so grässliche Lage gebracht. Das hatte bessere Wirkung. Sie wollte mit bestem Willen versuchen, wieder zu hoffen, und erklärte sich bereit, ihm zu folgen, wohin er sie führe, nur dürfe er nicht wieder so reden, denn er sei nicht mehr zu tadeln als sie selber.

So schritten sie also wieder dahin, ziellos, planlos, auf gutes Glück. Das Einzige, was sie tun konnten, war, vorwärts zu gehen, sich in Bewegung zu erhalten. Ein kleines Weilchen schien die Hoffnung wieder aufleben zu wollen; nicht, dass ein besonderer Grund dazu vorhanden gewesen wäre; allein es ist eben einmal die Natur der Hoffnung, sich leicht wieder zu beleben, wo ihr die Schwungkraft noch nicht durch Alter und stetes Misslingen geraubt worden ist.

Bald darauf nahm Tom Beckys Licht und blies es aus. Dieser Akt der Sparsamkeit war viel sagend. Da bedurfte es keiner Worte. Becky verstand seine Bedeutung, und die

Hoffnung erstarb ihr wieder. Sie wusste, dass Tom eine ganze Kerze und noch drei oder vier Stümpfchen dazu in seiner Tasche trug – und doch sparte er!

Allmählich machte die Müdigkeit ihre Rechte geltend, allein die Kinder wollten nicht darauf achten; sie konnten unmöglich an Niedersitzen oder Rast denken, wo die Zeit so kostbar war. Sich vorwärts bewegen in irgendeiner Richtung bedeutete doch einen Fortschritt und konnte möglicherweise ein Gelingen zur Folge haben; sich niedersetzen hieß den Tod herbeirufen und sein Kommen beschleunigen.

Zuletzt versagten Beckys zarte Glieder jeden weiteren Dienst, sie musste sich setzen. Tom ließ sich neben ihr nieder, und sie sprachen von zu Hause, von ihren Angehörigen, von ihren behaglichen Betten und vor allem vom lieben, goldnen Tageslicht! Becky weinte leise vor sich hin, und Tom zerbrach sich den Kopf, wie er sie trösten könne; aber jedes Trostwort war schon längst verbraucht und klang beinahe wie Hohn und Spott. Bleierne Müdigkeit lastete auf Becky und drückte ihr zuletzt die Augen zu. Wie froh war Tom. Er saß und starrte in ihr gramverzogenes Gesichtchen, das nach und nach unter dem Einfluss heiterer Träume hell und heller wurde, bis sich allmählich ein verklärendes Lächeln darüber ergoss. Die friedvollen Züge warfen einen Strahl von Frieden und Ruhe in seine eigene Seele, und seine Gedanken wanderten zurück zu vergangenen Tagen, träumerischer Erinnerung voll. Während er noch tief in Nachsinnen versunken war, erwachte Becky mit einem kurzen, fröhlichen Lachen, das ihr jedoch alsbald auf den Lippen erstarb und einem Stöhnen Platz machte.

»Oh, wie konnte ich nur schlafen! Wär ich doch nie, nie mehr aufgewacht! Aber Tom, was hast du? – Ich will's ja nie wieder sagen, nur sieh mich nicht so an!«

»Ich bin froh, dass du geschlafen hast, Becky, nun bist du wieder munter, und wir finden sicher den Weg hinaus.«

»Wir wollen's versuchen! Ach, ich hab im Traum so 'n schönes, herrliches Land gesehen – ich glaub, wir kommen dorthin!«

»Noch nicht, Becky, vielleicht noch nicht. Mutig vorwärts, lass uns weitersuchen!«

Sie erhoben sich und wanderten weiter, Hand in Hand, hoffnungslos. Sie versuchten zu schätzen, wie lange sie schon in der Höhle herumirrten, es kam ihnen vor, als seien es Tage und Wochen, aber es konnte unmöglich sein, denn noch waren ihre Kerzen nicht ausgegangen.

Lange Zeit hernach, wie lange, wussten sie nicht, sagte Tom, sie müssten nun leise gehen und lauschen, ob sie nicht das Rieseln von Wasser hörten – sie müssten eine Quelle finden. Bald darauf fanden sie wirklich eine, und Tom hielt es an der Zeit, wieder auszuruhen. Beide waren furchtbar müde, aber Becky meinte trotzdem, sie könne noch ein wenig weitergehen. Zu ihrer Überraschung war Tom anderer Meinung; sie konnte nicht verstehen, warum. So setzten sie sich denn nieder, und Tom befestigte die Kerze mit etwas Lehm an der gegenüberliegenden Wand. Gedanken kamen und gingen, gesprochen wurde lange Zeit nichts. Endlich brach Becky das Schweigen:

»Tom, ich bin so hungrig.«

Tom zog etwas aus seiner Tasche.

»Kennst du das?«

Becky lächelte beinahe. Es war ein Stückchen Kuchen, das er ihr aus Scherz während des Picknicks abgejagt hatte, worüber sie damals sehr ungehalten schien. Nun war es zum letzten Hoffnungsanker in der Not geworden.

»Wollt, es wär hundertmal so groß«, brummte Tom, »könnten's jetzt brauchen!«

»Oh, Tom, wo hätt ich gedacht, dass dies unser letztes –«

Sie vollendete den Satz jedoch nicht. Tom brach das Stück entzwei, und Becky aß ihr Teil mit gutem Appetit, während er an dem seinen nur so herumknabberte. Frisches, klares Wasser hatten sie im Überfluss, um ihr Mahl zu vollenden. Nach einiger Zeit schlug Becky vor, weiterzugehen. Tom schwieg einen Moment, dann sagte er:

»Becky, kannst du's ertragen, wenn ich dir etwas sage?«

Becky erbleichte, bat ihn aber, tapfer zu reden.

»Nun denn, Becky, wir müssen hier bleiben, wo wir Wasser zum Trinken haben. Dies kleine Stümpfchen ist unser letzter Rest von Kerze.«

Becky brach in Weinen und Jammern aus. Tom tat, was er konnte, um sie zu trösten, aber mit wenig Erfolg. Zuletzt sagte sie:

»Tom!«

»Ja, Becky?«

»Man wird uns doch zu Hause vermissen, und sie werden nach uns suchen!«

»Natürlich, natürlich tun sie das!«

»Vielleicht sucht man uns jetzt schon, Tom!«

»Na, vielleicht – hoffentlich.«

»Wann können sie uns wohl vermisst haben, Tom?«

»Vermutlich, als sie im Boot waren.«

»Da war's vielleicht schon dunkel – 's wird wohl keiner bemerkt haben, dass wir fehlen.«

»Na, aber dann wird dich doch deine Mutter jedenfalls vermissen, wenn die anderen heimkommen.«

Ein erschrockener Blick in Beckys Augen belehrte Tom über seinen Irrtum. Becky hatte ja am Abend gar nicht nach Hause kommen sollen. Die Kinder wurden still und nachdenklich. Einen Moment später sah Tom aus einem erneuten Schmerzensausbruch Beckys, dass sie derselbe Gedanke bewege wie ihn – nämlich, dass noch der halbe Sonntagmorgen vergehen könne, bevor Beckys Mutter erfuhr, dass diese nicht bei Harpers über Nacht gewesen. Die Kinder hefteten ihre Augen wortlos auf das kleine Stückchen Kerze und beobachteten angsterfüllt, wie es langsam und unerbittlich dahinschmolz, sahen den halben Zoll Docht zuletzt noch allein dastehen, sahen das schwache Flämmchen steigen und fallen, fallen und steigen, jetzt die dünne Rauchsäule erklettern, einen Moment auf deren Spitze verweilen, und dann – herrschten die Schrecken schwärzester Finsternis.

Wie lange danach Becky zu dem dämmernden Bewusstsein kam, dass sie weinend in Toms Armen lag, hätte keines von beiden zu sagen vermocht. Sie wussten nur so viel, dass sie nach einer endlosen Zeit aus einer schlummerartigen Betäubung zu dem erneuten, niederdrückenden Gefühl ihres Elends erwachten. Tom meinte, es könne Sonntag, vielleicht schon Montag sein. Er versuchte, Becky zum Reden zu bewegen, aber der Jammer lastete zu gewaltig auf ihr, alle Hoffnung war dahin. Tom behauptete, nun müsse man sie daheim längst vermisst haben und das Nachsuchen sei jedenfalls schon in vollem Gange. Er wolle schreien, sagte er, vielleicht höre man ihn doch und folge der Spur. Er versuchte es denn auch, aber in der tiefen Finsternis klangen die fernen Echos so schauerlich, dass er es bald entsetzt sein ließ.

Die Stunden schwanden dahin, und der Hunger kam, um die armen kleinen Verlorenen aufs Neue zu quälen. Ein Teil von Toms Hälfte des Kuchens war noch übrig, sie teilten den Rest und aßen. Danach schienen sie hungriger als zuvor. Dies arme bisschen Nahrung erweckte nur den Wunsch nach mehr.

Plötzlich rief Tom:

»Seht! Hörst du nicht was?«

Beide hielten den Atem an und lauschten. Ein Laut drang an ihr Ohr, der wie ein schwacher Ruf aus weitester Ferne klang. Augenblicklich antwortete Tom, und Becky an der Hand führend, tastete er sich den Gang entlang, der Richtung des Tones nach. Dann lauschte er wieder atemlos.

Wieder erklang der Ruf und diesmal zweifellos ein wenig näher.

»Sie sind's!«, jubelte Tom, »sie kommen! Vorwärts, Becky – nun ist alles gut!«

Die Freude, das Entzücken der Kinder waren beinahe überwältigend. Sie kamen indes nur langsam voran, denn die Höhle war reich an Spalten im Boden, und diese mussten sie nun in der Dunkelheit doppelt meiden. Alsbald standen sie vor einer solchen und konnten nicht weiter. Die Spalte mochte nur drei Fuß, konnte aber auch hundert tief sein, wer konnte das wissen? Jedenfalls war an kein Hinüberkommen zu denken. Tom legte sich nieder und versuchte so weit als möglich hinunterzureichen – kein Grund zu fühlen. Sie mussten also bleiben und warten, bis die Retter erschienen. Sie lauschten – die fernen Rufe klangen augenscheinlich ferner und ferner. Einen Moment oder zwei noch, und sie erstarben gänzlich. Oh, diese herzbrechende Verzweiflung! Tom schrie, tobte, brüllte, bis er vollständig heiser war, ohne jeden Erfolg. Hoffnungsvoll redete er Becky zu, aber eine Ewigkeit ängstlichen Harrens schwand dahin, kein Ton war zu vernehmen.

Die Kinder tasteten sich nach der Quelle zurück; lange, schwere Stunden schleppten sich dahin; die Verirrten schliefen ein und erwachten halb verhungert und voll Herzeleid. Tom meinte, nun müsse es wohl Dienstag sein.

Jetzt kam ihm ein Gedanke. Ganz in der Nähe befanden sich ein paar Seitengänge. Es war immerhin noch besser, diese zu untersuchen, als das lastende Gewicht der Zeit müßig zu tragen. Er nahm eine Leine aus der Tasche, an der er einstmals seinen Drachen hatte steigen lassen, befestigte dieselbe an einem Felsvorsprung und schritt dann, indem er die Leine abwickelte, vorwärts. Becky folgte ihm. Nach ungefähr zwanzig Schritten fiel der Gang plötzlich steil ab. Tom ließ sich auf die Knie nieder, fühlte nach unten und dann so weit um die Ecke, als er bequem mit den Händen reichen konnte. Eben war er im Begriff, mit größter Anstrengung noch einmal weiter nach rechts zu tasten, als im selben Augenblick, keine zwanzig Meter entfernt, hinter einem Felsen hervor eine menschliche Hand erschien, die ein Licht hielt. Tom stieß einen laut hallenden Jubelschrei aus, und alsbald folgte der Hand auch der Körper, zu dem sie gehörte – der Körper des Indianer-Joe. Tom war wie gelähmt, er konnte kein Glied rühren. Wie erlöst von einem Banne atmete er auf, als er sah, dass der »Spanier« augenblicklich sich umwandte und schleunigst Fersengeld gab. Er konnte es kaum begreifen, dass Joe seine Stimme nicht erkannte und ihm für seine Aussage vor Gericht nicht den Garaus machte. Das Echo musste sicherlich die Stimme unkenntlich gemacht haben, anders konnte er sich's nicht erklären. Die Furcht lähmte jeden Muskel in Toms Körper. Er nahm sich bestimmt vor, zur Quelle zurückzukehren, wenn er noch Kraft genug dazu besitze, und dort zu bleiben; nichts in der Welt könne ihn bewegen, sich noch einmal der Gefahr auszusetzen, dem Indianer-Joe in die Hände zu laufen. So kroch er denn zurück und hütete sich wohl, Becky etwas von dem merken zu lassen, was er gesehen hatte. Den Schrei vorhin – sagte er ihr – habe er nur noch einmal aufs Geratewohl ausgestoßen.

Hunger und Elend aber trugen auf die Länge der Zeit den Sieg davon. Eine erneute, schreckliche Zeit des Harrens und Bangens, ein nochmaliger langer Schlaf änderten Toms Entschluss. Die Kinder erwachten, von rasendem Hunger gepeinigt. Tom meinte, es müsse nun schon Mittwoch oder Donnerstag, vielleicht gar Freitag oder Samstag sein, und die Suche nach ihnen sei wohl schon längst aufgegeben. Er schlug vor, einen anderen Gang zu durchforschen. Er war nun entschlossen, es mit dem Indianer-Joe und allen sonstigen Schrecken aufzunehmen. Becky aber fühlte sich sehr schwach. Sie war in eine traurige Teilnahmslosigkeit versunken, aus der nichts sie aufrütteln konnte. Sie für ihr Teil wolle bleiben, wo sie sei, hauchte sie matt, wolle hier sterben, es dauere nun doch nicht mehr lange. Tom solle nur gehen und mit der Drachenleine weitersuchen: Nur bat sie ihn flehentlich, doch ja von Zeit zu Zeit zurückzukommen und mit ihr zu reden. Sie ließ ihn feierlich versprechen, dass, wenn die letzte bange Stunde käme, er bei ihr bleiben und ihre Hand halten wolle, bis alles vorüber sei. Tom küsste sie mit einem erstickenden Gefühl in der Kehle und tat, als sei er fest davon überzeugt, entweder die Suchenden oder einen Ausweg aus der Höhle zu finden. Dann nahm er seine Drachenleine zur Hand und kroch auf Händen und Knien einen der Gänge hinunter, von Hunger gequält, von den trübsten Ahnungen des nahenden Schicksals gepeinigt.

Neunundzwanzigstes Kapitel

Der Dienstagnachmittag kam und schwand, die Dämmerung setzte ein. Das Städtchen St. Petersburg trauerte noch tief. Die verlorenen Kinder waren immer noch nicht aufgefunden. In der Kirche war öffentlich für sie gebetet worden, und wie viele Gebete mochten im stillen Kämmerlein zum Himmel aufgestiegen sein! Aber noch immer kam keine bessere Kunde aus der Höhle. Die Mehrzahl der Suchenden hatte die weitere Nachforschung aufgegeben und war zu ihren täglichen Beschäftigungen zurückgekehrt; sie meinten, die Kinder würden doch niemals wieder gefunden werden. Frau Thatcher war ernstlich erkrankt und lag meist in Fieberfantasien. Die Leute sagten, es sei herzbrechend anzuhören, wie sie nach ihrem Kinde riefe, den Kopf hebe, um wohl eine Minute lang zu lauschen und ihn dann ermattet und seufzend wieder niedersinken zu lassen. Tante Polly war in tiefste Schwermut gefallen, ihr graues Haar war beinahe schneeweiß geworden. Am Dienstagabend ging alles im Städtchen traurig und hoffnungslos zur Ruhe.

Etwa gegen Mitternacht brachen die Glocken in ein wildes Geläute aus, und im nächsten Augenblick waren die Straßen voll von Gruppen halb angekleideter Gestalten, welche wie wahnsinnig: »Heraus, heraus, sie kommen, sie kommen!«, in die Nacht hineinschrien. Blechpfannen und Hörner halfen das Getöse noch vermehren. Die Bevölkerung drängte sich in Massen dem Fluss zu, den wieder gefundenen Kindern entgegen, welche in einem offenen Wagen daherkamen, der von jubelnden, jauchzenden Männern gezogen wurde. Im Nu war der Wagen dicht umringt, und mit Jubel und Hurrarufen bewegte sich der Triumphzug die Hauptstraße hinauf.

Alle Häuser waren festlich beleuchtet, niemandem fiel es ein, nochmals zu Bett zu gehen, es war der größte Moment, den das Städtchen je erlebt hatte. Während der ersten halben Stunde bewegte sich die Einwohnerschaft in langem Zug durch Richter Thatchers Haus. Die geretteten Kinder wurden mit Fragen und Küssen überschüttet, der armen Mutter Hand vor Mitgefühl fast ausgerenkt und dabei das ganze Haus mit Tränen förmlich überschwemmt.

Tante Pollys Seligkeit war vollkommen, und bei Frau Thatcher fehlte nicht viel dazu. Ihr Glück konnte jedoch erst vollständig sein, wenn der Bote, den man alsbald mit der großen Neuigkeit nach der Höhle gesandt, dem armen, trostlos weitersuchenden Vater die Freudenkunde überbracht haben würde.

Tom lag auf dem Sofa. Einer atemlos lauschenden Zuhörerschaft, die um ihn herumstand, erzählte er die Geschichte seiner wunderbaren Abenteuer, wobei er nicht verfehlte, aus freier Erfindung manch wirkungsvollen Zug zur weiteren Ausschmückung anzubringen. Zum Schluss gab er eine besonders anschauliche Beschreibung davon, wie er Becky verlassen, um eine erneute Entdeckungsreise anzutreten, wie er mit der Drachenleine in der Hand durch zwei Gänge gekrochen, wie er eben im Begriff gewesen, dem dritten, den er der ganzen Länge der Schnur nach durchmessen, hoffnungslos und verzweifelnd den Rücken zu kehren, als er plötzlich in weitester Entfernung einen hellen Fleck gewahrte, der wie Tageslicht aussah. Da habe er die Leine fahren lassen, sei auf den Knien dem verheißenden Fleck zugekrochen, habe Kopf und Schultern durch ein enges Loch gezwängt, habe frische, freie Gottesluft geatmet und des Mississippi breite Wogen an sich vorüberwälzen sehen. Wäre es zufällig Nacht gewesen, sodass kein heller Fleck zu sehen war, dann würde er den

Gang nicht weiter untersucht haben! Er erzählte, wie er dann zu Becky zurückkroch, um ihr die Freudenkunde zu bringen, wie sie ihn bat, sie mit solchem Unsinn zu verschonen, sie sei müde, wisse, dass sie sterben müsse, und wolle sterben. Er beschrieb, welche Mühe es ihn gekostet, sie zu überzeugen, und wie sie dann beinahe wirklich gestorben sei vor Glück, als sie sich nun mühsam dahingeschleppt, wo sie das Fleckchen wirkliches und wahrhaftiges Tageslicht sehen konnte. Wie er zuerst durch das Loch gekrochen und ihr sodann herausgeholfen, worauf sie beide sich niedergesetzt und vor Freude und Glück geweint hätten. Dann, sagte er, seien ein paar Männer in einem Boot den Fluss dahergekommen, er habe sie angerufen und von seiner und Beckys Lage und von ihrem halb verhungerten Zustand erzählt. Wie ihm die Leute zuerst nicht hatten glauben wollen, weil es ihnen wie ein tolles Märchen geklungen, »denn«, sagten sie, »ihr seid ja fünf Meilen unterhalb der Bucht, in der die Höhle ist«, sich aber dann doch eines anderen besonnen und sie an Bord genommen hätten. Dann seien sie nach einem Hause gerudert, hätten ihnen ein Abendessen gegeben, sie ein paar Stunden lang ausruhen lassen und sie dann endlich nach Hause gebracht.

Vor Tagesgrauen wurden denn auch der Kreisrichter und die Hand voll Leute, die ihm noch immer treulich suchen halfen, vermittels des Leitfadens, den sie hinter sich herlaufen ließen, aufgesucht und ihnen die freudige Botschaft überbracht. Alles war eitel Glück und Freude!

Drei Tage und drei Nächte der Trübsal und des Hungers lassen sich jedoch nicht mit einem Male abschütteln, das sollten auch Tom und Becky erfahren. Mittwoch und Donnerstag mussten sie das Bett hüten und schienen nur immer elender und müder zu werden. Tom freilich fing schon am Donnerstag an, ein wenig herumzukriechen, zeigte sich Freitag auf der Straße und war Sonnabend fast wieder er selber. Becky aber konnte vor Sonntag das Zimmer nicht verlassen, und dann sah sie aus, als ob sie eine lange, zehrende Krankheit durchgemacht hätte.

Tom hörte von Hucks Kranksein und ging am Freitag, ihn zu besuchen, wurde aber nicht zu ihm gelassen, ebenso wenig an den beiden folgenden Tagen. Nachher durfte er ihn täglich sehen, musste aber versprechen, über sein Abenteuer in der Höhle zu schweigen und auch sonst nichts Aufregendes zu berühren. Frau Douglas, die treue Pflegerin, war immer zugegen und passte auf. Zu Hause hörte Tom von dem nächtlichen Abenteuer hinter dem Douglas'schen Besitztum, auch, dass man den Körper des einen Halunken im Fluss, nahe an dem Landungsplatze der Dampffähre, gefunden habe; er war sicherlich bei dem Fluchtversuch ertrunken.

Etwa vierzehn Tage nach Toms Befreiung aus der Höhle machte dieser wieder einmal einen Besuch bei Huck, welcher mittlerweile genügend zu Kräften gekommen war, um ein aufregendes Gespräch ertragen zu können. An Stoff dazu fehlte es Tom nicht. Sein Weg führte ihn an des Kreisrichters Haus vorüber, und er trat ein, um nach Becky zu sehen. Deren Vater und ein paar Freunde fingen ein Gespräch mit ihm an, und man fragte ihn scherzweise, ob es ihn gelüste, noch einmal in die Höhle zu gehen. Tom meinte, warum nicht – das würde ihm nichts ausmachen.

Da sagte der Kreisrichter:

»Tollköpfe, wie du einer bist, gibt's noch mehr, Tom, daran zweifle ich keinen Augenblick. Aber wir haben der Sache ein Ende gemacht. In der Höhle soll von nun an keiner mehr verloren gehen.«

»Wieso?«

»Weil ich die große Eichentür mit Eisen habe beschlagen und dreifach verschließen lassen und weil ich die Schlüssel dazu selber verwahre.«

Tom wurde weiß wie ein Leinentuch.

»Herrgott, was gibt's, Junge? Schnell, bring mal einer ein Glas Wasser!«

Das Wasser wurde gebracht und Tom damit bespritzt. »So, mein Junge, ist dir nun besser? Sag doch nur mal, um Himmels willen, was mit dir los ist, Tom?«

»Ach, Herr Kreisrichter, *in* – der Höhle war ja der – der Indianer-Joe!«

Dreißigstes Kapitel

Innerhalb weniger Minuten hatte sich die Neuigkeit im Städtchen verbreitet, und bald war ein Dutzend Boote voll Menschen unterwegs nach der Höhle, denen kurz nachher die voll gedrängte Dampffähre folgte. Tom Sawyer befand sich mit dem Kreisrichter in einem Boot. Als man die schwere Tür der Höhle öffnete, bot sich in der düstern Dämmerung des Ortes ein trauriger Anblick dar. Da lag der Indianer-Joe zur Erde hingestreckt, tot, mit dem Antlitz dicht am Spalt der Tür, als ob seine Augen bis zum letzten Moment sehnsüchtig auf das Licht und die Luft der schönen Gotteswelt da draußen geheftet gewesen wären. Tom war tief ergriffen, wusste er doch aus eigener Erfahrung, was der Schurke hatte leiden müssen. Aber obgleich sein Mitleid rege war, empfand er doch zugleich ein überquellendes Gefühl der Begeisterung und Erleichterung, welches ihm nun erst offenbarte, bis zu welchem Grade Furcht und Angst auf ihm lasteten und ihn bedrückten, seit jenem Tage, an welchem er vor Gericht seine Stimme gegen den blutgierigen Mörder erhoben hatte.

Das Dolchmesser des Indianer-Joe lag dicht bei ihm; die Klinge war entzweigebrochen. Der große Grundbalken der Tür war mit unsäglicher Mühe von dem Messer bearbeitet und schließlich durchschnitten worden; aber es war vergebliche Arbeit, denn der Felsen bildete von außen eine natürliche Schwelle, an der das schwache Messer zerschellen musste. Selbst ohne dies steinerne Hindernis würde die Arbeit umsonst gewesen sein, denn er hätte seinen Körper doch nimmermehr unter der Tür durchzwängen können, und das wusste der Indianer-Joe wohl. Trotzdem hatte er weiter geschnitzt und gebohrt, nur um etwas zu tun, nur um die grässlich langsam hinschleichende Zeit hinzubringen, um seine gemarterten Lebensgeister zu irgendeiner Tätigkeit zu zwingen. Gewöhnlich konnte man eine Anzahl Lichtstümpfchen, welche von den jeweiligen Besuchern zurückgelassen worden waren, in den Rissen und Spalten dieser Vorhalle stecken sehen. Heute war nichts davon zu erblicken. Der Eingesperrte hatte sie wohl alle zusammengesucht und gegessen. Einiger Fledermäuse musste er sich zu demselben Zweck bemächtigt haben, wie aus den herumliegenden Flügeln ersichtlich war. Der Unglückliche war buchstäblich Hungers gestorben. Nicht weit von ihm war im Lauf der Jahrhunderte ein Tropfsteingebilde vom Boden aufgewachsen, genährt von dem fallenden Tropfen eines oben niederhängenden Stalaktiten. Der Indianer-Joe hatte den Tropfstein abgebrochen und auf den Stumpf einen Stein gelegt, in den er eine kleine Vertiefung gehöhlt, um den kostbaren Tropfen aufzufangen, der einmal in zwanzig Minuten mit der Regelmäßigkeit eines Uhrpendels herabfiel – im ganzen ein Teelöffel voll in vierundzwanzig Stunden. Jener Tropfen fiel schon, da die Pyramiden neu waren, er fiel, als Troja sank, als Rom gegründet wurde, als man Christus kreuzigte, als Wilhelm der Eroberer das Britische Reich schuf, als Columbus segelte, als der Unabhängigkeitskrieg ausbrach. Jener Tropfen fällt noch jetzt, und er wird weiter fallen, wenn alle diese Dinge durch das Tageslicht der Geschichte in die Dämmerung der Sage, in die tiefe Nacht der Vergessenheit gesunken sein werden. Ob alles hienieden seinen Zweck, seine Bestimmung hat? Musste jener Tropfen so geduldig fallen, fünftausend Jahre hindurch, um zur betreffenden Stunde für das Bedürfnis jener vergänglichen, menschlichen Eintagsfliege bereit zu sein? Wird er in zehntausend Jahren irgendeine andere Mission zu erfüllen haben? Wer das wissen könnte! Doch, was liegt daran? – Viele,

viele Jahre sind verflossen, seit jener Unglückliche den Stein höhlte, um den kostbaren Tropfen aufzufangen, doch bis zum heutigen Tage betrachtet jeder Besucher der Höhle am längsten diesen Stein und den niederfallenden Tropfen. Der »Becher des Indianer-Joe« nimmt unter den Wundern der Höhle die erste Stelle ein; selbst »Aladins Palast« kann nicht damit konkurrieren.

Dicht beim Ausgang der Höhle wurde der Indianer-Joe beerdigt. Zu dem Begräbnis strömten die Leute aus allen Himmelsgegenden, auf sieben Meilen in die Runde, zu Boot und zu Wagen herbei. Sie hatten ihre Kinder und allerlei Lebensmittel mitgenommen und gingen schließlich so befriedigt von dannen, als ob Joe gehängt worden wäre.

Am darauf folgenden Morgen nahm Tom seinen Freund Huck an einen geheimen Ort, um etwas Wichtiges mit ihm zu besprechen. Huck hatte inzwischen Toms Abenteuer erfahren, dieser meinte aber, es sei noch etwas dabei, was er sicher nicht gehört hätte, und darüber eben wolle er reden. Hucks Gesicht nahm eine betrübte Miene an; er sagte: »Weiß schon, was du willst, Tom! Bist in Nummer zwei gewesen und hast nur Schnaps gefunden, gelt? Es hat mir niemand gesagt, aber wie ich von der Schnapsgeschichte hörte, wusste ich gleich, dass du es gewesen bist. Geld hast du keins gefunden, das weiß ich, hättst's mich sonst wissen lassen. Na, Tom, ich hatte immer so eine Ahnung, dass wir am Ende mit leeren Händen ausgehen.«

»Aber, Huck, ich hab kein Wort über den Gastwirt gesagt! In seiner Schänke war ja noch alles in Ordnung, als ich am Samstag zum Picknick ging. Weißt du's nicht mehr? Du hast ja die Nacht dort wachen sollen!«

»Weiß Gott, ja. Mir kommt's wie 'ne Ewigkeit vor. 's war in derselben Nacht, als ich dem Indianer-Joe da hinauf hinter den Gartenzaun der Frau Douglas nachgeschlichen bin.«

»Du bist ihm nachgeschlichen?«

»Ja, aber du hältst reinen Mund drüber, hörst du? Der Kerl könnte gute Freunde hinterlassen haben, und die möcht ich nicht auf mich hetzen. Wenn ich nicht gewesen wär, wär der Schuft jetzt in Texas oder Gott weiß wo.«

Huck teilte nun Tom im Vertrauen sein ganzes Abenteuer mit, von dem dieser nur ein Bruchstück durch den alten Walliser gehört hatte.

»Na«, schloss dann Huck, zur Hauptfrage zurückkommend, »und wer den Schnaps in Nummer zwei ausgehoben hat, der hat auch das Geld, so viel ist sicher! Wir können uns den Mund wischen!«

»Huck, das Geld war gar nie in Nummer zwei.«

»Was?« Huck starrte Tom ins Gesicht. »Tom, bist du am End gar dem Schatz nochmals auf der Spur?«

»Huck – er ist in der Höhle!«

Hucks Augen glänzten.

»Sag's noch einmal, Tom.«

»Das Geld ist in der Höhle!«

»Tom – Herrgott im Himmel noch einmal – ist's Scherz oder Ernst?«

»Ernst, Huck, so ernst, wie nur was sein kann im Leben. Willst du mitkommen und 's herausholen?«

»Na und ob! Das heißt – wenn's wo liegt, wo wir's holen können und den Weg wieder herausfinden.«

»Dafür steh ich dir!«

»Woher glaubst du aber, dass das Geld –«

»Wart nur, bis du dort bist. Finden wir es nicht, dann schenk ich dir meine Trommel und alles, was ich sonst noch hab, so gewiss wie –«

»Ist 'n Wort. Wann also?«

»Gleich jetzt, wenn du willst. Bist du stark genug?«

»Ist's weit drin in der Höhle? Bin jetzt erst drei Tage wieder ein wenig auf meinen Spazierhölzern; ich glaub, weiter als 'ne Meile tun sie's noch nicht, Tom.«

»Auf dem gewöhnlichen Weg sind's freilich ungefähr fünf Meilen, aber man kann gewaltig abschneiden auf einem Weg, den ich allein weiß. Ich bringe dich im Boot an die Stelle, und du sollst keinen Finger dabei rühren.«

»Na, dann gleich los, Tom.«

»Schon recht, wir brauchen aber erst Brot und Fleisch und unsre Pfeifen, ein paar kleine Säcke und einen Knäuel Schnur, dann 'n paar von den neumodischen Dingern, die sie Zündhölzer nennen. Ich sag dir, ich wäre gottfroh gewesen, wenn ich neulich einige gehabt hätte, als ich so in der Klemme saß.«

Kurz nach Mittag »liehen« sich die Jungen ein kleines Boot von einem Mann, der gerade nicht daheim war, und machten sich alsbald auf den Weg. Als sie ein paar Meilen unterhalb der Höhlenbucht waren, sagte Tom:

»Siehst du, Huck, die ganze steile Uferstrecke von der Höhlenbucht bis hierher ist überall gleich – kein Haus, kein Wald, nur Gestrüpp; aber sieh, dort oben der helle Fleck, wo ein Erdrutsch gewesen sein muss, das ist mein Merkzeichen. Jetzt landen wir.«

Und sie landeten.

»Wo wir jetzt stehen, Huck, könntest du mit 'ner Angelrute das Loch berühren, durch das wir herausgekrochen sind. Such mal, ob du's finden kannst.«

Huck suchte überall herum, fand aber nichts. Stolz schritt Tom auf ein dichtes Gesträuch von Sumachbüschchen zu und sagte:

»Hier ist's! Sieh dir's an, Huck, 's ist das netteste Loch im ganzen Lande. Dass du aber den Mund hältst drüber. Lang schon hab ich mal 'n Räuber sein wollen, hab aber dazu so was gebraucht wie das Loch hier, nur wollt sich's eben nicht finden lassen. Jetzt hab ich's, und wir sind fein still davon, sagen's nur dem Joe Harper und dem Ben Rogers, denn wir müssen doch 'ne ganze Bande haben, sonst hat das Ding keinen Schick. Tom Sawyers Bande, 's lautet famos, gelt, Huck?«

»Das tut's, Tom, das tut's weiß Gott! Und wer wird beraubt?«

»Na, jeder. Wir lauern eben den Leuten auf, so macht man's.«

»Und töten sie?«

»Nee – immer nicht! Sperren sie in die Höhle, bis sie sich ranzionieren.«

»Ranzion – was? Was heißt denn das?«

»Na, Geld geben! Ihre Freunde müssen alles zusammenkratzen, was sie können, und wenn die Summe, die man verlangt, nach Jahresfrist nicht beisammen ist, dann bringt man die Gefangenen um. So wird's gewöhnlich gemacht. Nur die Weiber lässt man leben. Die sperrt man ein, aber man tötet sie nicht. Die sind immer schön und reich und entsetzlich furchtsam. Man nimmt ihnen die Uhren und ihre anderen Sachen, zieht aber immer den Hut vor ihnen und ist höflich. Niemand ist so höflich wie die Räuber, das kannst du in jedem Buch lesen. Na, die Weiber, die lieben einen dann, und wenn sie erst mal zwei, drei Wochen in der Höhle gewesen sind, hören sie auf zu weinen, und man kann sie schließlich nicht wieder loswerden. Wenn man sie hinaustreiben wollte, würden sie flugs kehrtmachen und zurückkommen. So steht's in allen Büchern.«

»Na, das lass ich mir gefallen, 's ist noch besser als Seeräuber sein.«

»In einer Art ist's freilich besser, 's ist nicht so weit von zu Hause und näher beim Zirkus und all den Sachen.«

Jetzt war alles bereit, und die Jungen schlüpften in das Loch, Tom voran. Sie krochen mühsam bis zum andern Ende des kleinen Stollens, befestigten dann ihre Leine und drangen weiter vor. Wenige Schritte brachten sie zu der Quelle, und Tom fühlte sich von einem kalten Schauder überrieselt. Er zeigte Huck das übrig gebliebene Dochtrestchen, das mit einem Klümpchen Lehm an der Felswand befestigt war, und beschrieb, wie er und Becky verzweifelnd dem letzten Aufflackern und Erlöschen der Flamme zugesehen.

Die Jungen sprachen jetzt nur noch im Flüsterton, denn die Stille und Trostlosigkeit des Orts bedrückten ihre Stimmung. Sie schritten weiter und kamen an jenen andern Gang, der an dem vermeintlichen »Abgrund« endete. Beim Kerzenschein stellte sich indessen heraus, dass hier kein unergründlicher Abgrund, sondern nur eine steile Lehmwand von zwanzig bis dreißig Fuß Tiefe war. Tom flüsterte:

»Jetzt will ich dir was zeigen, Huck.«

Er hob die Kerze hoch und sagte:

»Sieh mal so weit um jene Ecke, wie du kannst. Siehst du was? Dort, an dem großen Felsblock drüben – mit Kerzenrauch geschwärzt?«

»Tom, 's ist ein *Kreuz!*«

»Nun, und wo ist die Nummer zwei? *Unter dem Kreuz,* he? Grad dort hab ich den Indianer-Joe gesehen, wie er seine Kerze in die Höhe hob, Huck!«

Huck starrte eine Weile auf das geheimnisvolle Zeichen und hauchte dann mit zitternder Stimme:

»Tom, lass uns machen, dass wir fortkommen!«

»Was, und den Schatz im Stich lassen?«

»Ja, lieber. Dem Indianer-Joe sein Geist treibt sich gewiss hier herum.«

»Bewahre, Huck, hier nicht! Der spukt an der Stelle, wo der Kerl gestorben ist, am Ausgang drüben – fünf Meilen von hier!«

»Nee, Tom, das glaub ich nicht. Der spukt bei seinem Geld herum. Ich weiß, wie's Geister machen, und du weißt's auch!«

Tom begann zu überlegen, dass Huck am Ende Recht haben könne. Böse Ahnungen stiegen in ihm auf. Plötzlich kam ihm ein erlösender Gedanke.

»Denk doch nach, Huck, wir sind alle beide Narren! Wie kann denn ein Geist da herumspuken, wo ein Kreuz ist!«

Das war ins Schwarze getroffen.

»Tom, daran hab ich gar nicht gedacht. Aber so ist's. Das Kreuz ist 'n Glück für uns. Wir wollen mal da hinabklettern und nach der Kiste schauen.«

Tom ging voraus, indem er während des Hinabsteigens rohe Stufen in die Lehmwand schnitt. Huck folgte. Vier Gänge führten aus der kleinen Höhle, in welcher der Felsblock stand. Drei davon untersuchten die Jungen ohne jeden Erfolg. Sie fanden einen kleinen Schlupfwinkel, in dem ein Bündel wollener Decken lag, dazu einen alten Hosenträger, ein Stück Schinkenschwarte und die rein abgenagten Knochen von zwei oder drei Hühnern. Die Goldkiste aber war nirgends zu erblicken. Die Jungen durchsuchten alles und durchsuchten's noch einmal, umsonst! Tom sagte:

»Es hieß *unter* dem Kreuz. Hier stehen wir am nächsten darunter, 's kann doch nicht unter dem Felsen selber sein, der sitzt fest auf dem Grunde auf, was nun?«

Wieder suchten sie überall herum und setzten sich dann entmutigt nieder. Huck wusste nichts weiter vorzuschlagen. Nach einer Weile sagte Tom:

»Sieh mal her, Huck, da sind Fußspuren und Talgtropfen im Lehm auf dieser Seite des Felsens, und zwar nur hier. Das hat was zu bedeuten, am Ende liegt das Geld doch *unter* dem Felsen. Ich grab mal hier im Lehm nach.«

»'s ist kein dummer Gedanke, Tom«, erwiderte Huck lebhaft.

Toms Messer war im Augenblick zur Hand, und er hatte kaum vier Zoll tief gegraben, als er auf Holz stieß.

»Na, Huck! Hörst du das?«

Huck begann jetzt ebenfalls zu wühlen und zu kratzen.

Bald waren ein paar Bretter bloßgelegt und weggenommen. Diese hatten eine natürliche Spalte verborgen, die unter den Felsen führte. Tom kroch hinein und hielt seine Kerze so weit hinunter, wie er konnte, vermochte aber das Ende des Spaltes nicht zu sehen. Er schlug daher vor, weiter zu forschen, bückte sich und kroch vorwärts; der schmale Spalt führte allmählich nach unten. Tom folgte dem sich windenden Lauf erst nach rechts und dann nach links, Huck auf seinen Fersen. Als Tom wieder um eine scharfe Wendung bog, rief er plötzlich:

»Herr, du meine Güte, Huck, sieh hier!«

Es war die Goldkiste, die da stand, gewiss und wahrhaftig, in einer schmucken, kleinen Höhle, samt einem leeren Pulverbeutel, ein paar Gewehren in Lederhülsen und einem alten Gürtel, alles durchnässt von niedersickernden Wassertropfen.

»Gefunden, endlich gefunden!«, jubelte Huck, indem er mit den Händen in den funkelnden Münzen wühlte. »Jetzt sind wir aber reich, Tom!«

»Ich hab sicher drauf gezählt, Huck, und doch ist's fast zu schön, um wahr zu sein. Aber haben tun wir den Schatz, so viel ist sicher. Lass uns weiter keine Zeit verlieren jetzt, sondern die Geschichte flink in Sicherheit bringen. Zeig mal her, ob ich die Kiste heben kann.«

Diese wog vielleicht fünfzig Pfund. Tom konnte sie nur mit Mühe heben, an ein Fortschaffen war nicht zu denken.

»Dacht mir's wohl«, sagte er, »damals im Gespensterhaus trugen die Kerle ziemlich schwer dran – hab's gleich bemerkt. Gut, dass ich die kleinen Säcke mitgenommen habe.«

Das Geld war bald in die Säckchen verteilt, und die Jungen trugen es hinauf nach dem Felsblock mit dem Kreuz.

»Jetzt wollen wir die Gewehre und das andre Zeug noch holen«, schlug Huck vor.

»Bewahre, die lassen wir schön dort. Das können wir alles wundervoll brauchen, wenn wir erst Räuber sind. In der Höhle feiern wir dann unsre Orgien, 's ist dort grad wie gemacht für Orgien!«

»Was ist denn das – Orgien?«

»Was weiß ich? Aber Räuber halten immer Orgien, und das müssen wir natürlich auch tun. Vorwärts, Huck, wir müssen schnell machen, sind schon zu lange hier gewesen, 's wird wohl schon spät sein, hungrig bin ich auch; aber wir wollen doch erst essen und rauchen, wenn wir im Boot sind.«

Kurz danach traten sie aus den Sumachbüschchen hervor, schauten vorsichtig nach allen Seiten aus, sahen, dass die Luft rein war, und saßen bald kauend und rauchend im Boot. Als eben die Sonne im Begriff stand unterzugehen, stießen sie ab. Tom ruderte in der stetig zunehmenden Dämmerung längs des Ufers hin, und lustig plaudernd landeten sie kurz nach Einbruch der Nacht.

»Jetzt, Huck«, rief Tom, »verstecken wir das Geld im Holzschuppen der Witwe Douglas, und morgen früh komm ich dann, und wir zählen und teilen den Kram und suchen dann im Wald nach einem Platz, wo wir ihn sicher vergraben können. Du bleibst jetzt hier ruhig liegen und bewachst die Herrlichkeit, ich hol indessen geschwind Meister Taylors Handkarren. Bin gleich wieder da!«

Er verschwand und kehrte nach kurzer Zeit mit einem Karren zurück, in welchen er die beiden Geldsäcke legte, ein paar alte Lumpen draufwarf und sich dann mit seiner Last auf den Weg machte. Am Haus des alten Wallisers blieben die Jungen stehen, um einmal auszuruhen. Als sie eben weiter wollten, trat der Alte heraus und rief:

»Holla, wer ist da?«

»Huck und Tom Sawyer.«

»Schön, und nun schnell vorwärts, Jungens, alles wartet

auf euch. Na, los, flink, lauft zu, ich will den Karren schon ziehen, her damit. Meiner Treu, der ist nicht so leicht, als er sein könnte. Backsteine drauf oder altes Eisen?«

»Altes Metall«, sagte Tom lakonisch.

»Dacht mir's doch, dacht mir's doch. Die hiesigen Jungens machen sich viel Arbeit und vertrödeln viel Zeit, um so altes Eisenzeug aufzutreiben, für das sie doch nur ein paar Pfennige bekommen in der Gießerei, viel mehr Zeit und Mühe, als sie brauchen würden, um ebenso viel mit ehrlicher Arbeit zu verdienen. Na, liegt mal so in der menschlichen Natur, lässt sich nicht ändern. Na, nur flink, vorwärts, vorwärts!«

Die Jungen wollten wissen, weshalb solche Eile nötig sei.

»Fragt jetzt nicht lang – nur zu, werdet's schon sehen, wenn wir zur Witwe kommen.«

Huck fühlte böse Ahnungen in sich aufsteigen. Er war gewohnt, dass man ihn fälschlicherweise dummer Streiche bezichtigte.

»Herr Jones, ganz gewiss, wir haben nichts getan«, beteuerte er zaghaft.

Der Alte lachte herzlich.

»Wer weiß, Huck, mein Junge, wer weiß? Bist du denn nicht gut Freund mit der Witwe?«

»O ja, jedenfalls ist sie freundlich mit mir gewesen!«

»Na – also! Weshalb hast du dann Angst?«

Huck war sich über die Frage noch nicht ganz klar geworden, als er sich schon mit Tom in den Salon der Frau Douglas hineingeschoben fühlte. Jones ließ den Karren an der Tür stehen und folgte ihnen.

Das Haus war strahlend hell erleuchtet, und jeder, der im Städtchen irgendetwas zu bedeuten hatte, war zugegen. Thatchers waren da und Harpers, Rogers, Tante Polly, Sid, Mary, der Pfarrer, der Redakteur und noch viele andere, und alle in festlichem Gewande. Frau Douglas empfing die Jungen so herzlich, wie man zwei *so* aussehende Menschenkinder empfangen konnte. Sie waren mit Lehm und Talgtropfen förmlich überzogen. Tante Polly wurde feuerrot vor Verlegenheit, legte die Stirn in drohende Falten und schüttelte vorwurfsvoll und missbilligend ihr graues Haupt gegen Tom. Niemand aber konnte verlegener, beschämter sein als die Jungen selber. Herr Jones sagte:

»Tom war noch nicht zu Hause; ich hatte schon alle Hoffnungen aufgegeben, ihn herbeizubringen, aber just vor meiner Haustür stolpere ich dann über die beiden, und da hab ich sie eben mitgebracht, wie sie gingen und standen.«

»Und das war sehr recht«, bekräftigte die Witwe. »Kommt mit mir, Jungens!«

Sie nahm sie mit sich in ein Schlafzimmer und sagte:

»Jetzt wascht euch und zieht euch an. Hier sind zwei neue Anzüge, Hemden, Socken, alles vollständig. Die gehören dir, Huck – nein, keinen Dank weiter – Herr Jones hat den einen gekauft und ich den andern. Leihst Tom den einen heut Abend, werden ja wohl beide passen. Flink also hinein. Wir warten solange. Kommt schnell herunter, wenn ihr euch genug gestriegelt habt.«

Und sie ging.

Einunddreißigstes Kapitel

Kaum war sie weg, so stürzte Huck zum Fenster, riss es auf und flüsterte drängend:

»Tom, wir können zum Fenster hinaus, wenn wir einen Strick finden, es geht nicht hoch hinunter.«

»Dummes Zeug! Weshalb sollten wir zum Fenster hinaus?«

»Ich – ich kann so 'nen Haufen Menschen nicht vertragen, bin nicht dran gewöhnt. Ich geh nicht wieder hinunter, Tom.«

»Dummheit! Ist auch was Rechtes. Mir ist's ganz einerlei. Wart, ich geb Acht auf dich und helf dir!«

Sid erschien.

»Tom«, sagte er, »die Tante hat den ganzen Nachmittag auf dich gewartet. Mary hat deine Sonntagskleider zurechtgelegt, und jeder hat sich deinethalben geängstigt. Sag mal, sind das nicht Lehm und Talg auf deinen Kleidern?«

»Na, junger Mann, ich rat dir, kümmre dich nur um deine Sachen. Weshalb ist denn der ganze Lärm?«

»Ei, 's ist 'ne Gesellschaft, wie sie die Witwe oft hat, und diesmal zu Ehren vom alten Jones und seinen Söhnen, weil sie ihr neulich nachts so aus der Patsche geholfen haben. Na, und hör mal, ich weiß noch was, wenn du's wissen willst.«

»Na, und was?«

»Ei, der alte Jones will die Gesellschaft noch mit etwas überraschen, hab's gehört, wie er's heut Mittag der Tante erzählte, als 'n Geheimnis natürlich, ist aber kein großes Geheimnis mehr. Jeder weiß es – die Witwe auch, obgleich die sich stellt, als wisse sie nichts. Herrgott, hat sich der alte Jones gesorgt, ob auch der Huck gewiss da sei, heut Abend –

ohne den wär ja sein großes Geheimnis keine Bohne wert gewesen, weißt du!«

»Geheimnis – wieso, Sid?«

»Ei, einfach, dass Huck damals hinter den Kerlen hergeschlichen ist bis zum Zaun hier, weiter gar nichts. Der Alte wollt 'nen großen Hopphei draus machen heut Abend, 's wird aber wohl 'n bisschen schwach ausfallen.«

Und Sid lachte hämisch und selbstzufrieden in sich hinein.

»Sid, hast du's verraten?«

»Was liegt dran, wer's verraten hat? – Einer hat's getan, so viel ist sicher.«

»Sid, ich weiß nur einen solchen Kerl im Städtchen, der elend genug ist, so was zu tun, und der bist du! Wenn du Huck gewesen wärst, du hättst dich heim ins warme Nest geschlichen und die Räuber Räuber sein lassen. Du kannst immer nur was Gemeines tun und kannst's nicht hören, wenn andre gelobt werden, weil sie was Schönes und was Gutes getan haben. So, da hast du was – ›keinen Dank‹, wie Frau Douglas unten sagt.«

Dabei schlug Tom Sid eins hinter die Ohren und beförderte ihn mit einigen Fußtritten zur Tür hinaus. »Lauf doch hin und sag's der Tante, wenn du's Herz dazu hast, will dir's dann morgen gedenken.«

Einige Minuten später waren die Gäste um den Esstisch der Witwe versammelt. Zur gegebenen Zeit hielt dann Herr Jones seine Rede, in welcher er der gütigen Wirtin dankte für die Ehre, die sie ihm und seinen Söhnen erwiesen, dass aber ein andrer, der auch anwesend sei, weit mehr Dank –

Und so weiter und so fort. Nun brachte er das große Geheimnis über Hucks Anteil an der Sache ans Licht und tat's in der dramatischsten Weise, die ihm zu Gebote stand. Die Überraschung aber, die das Mitgeteilte hervorrief, war etwas künstlicher Natur und lange nicht so lebhaft und herzlich, wie sie unter glücklicheren Umständen hätte sein können. Die Witwe selber freilich verstand es sehr gut, das größte Erstaunen zur Schau zu tragen, und überhäufte Huck mit einem solchen Übermaß von Dank und Lobsprüchen, dass dieser das *nahezu* unerträgliche Missbehagen, welches ihm die neuen Kleider bereiteten, über dem *völlig* unerträglichen Missbehagen, die Zielscheibe von jedermanns Blicken und jedermanns Beifallsbezeugungen zu sein, ganz vergaß.

Witwe Douglas erbot sich, Huck ein Heim in ihrem Hause zu bieten, ihn erziehen zu lassen und ihn später, soviel in ihren Kräften stehe, zu unterstützen. Jetzt blühte Toms Weizen, und er löste seine Zunge:

»Huck braucht das gar nicht, Huck ist reich genug!«

Nur der Zwang, den die gute Lebensart der Gesellschaft auferlegte, war imstande, einen Ausdruck des Gelächters über diesen vermeintlich guten Witz zurückzuhalten; das herrschende Schweigen war aber etwas unbehaglich. Tom brach es alsbald.

»Huck ist reich, sag ich, er hat Geld. Ihr glaubt's vielleicht nicht, aber er hat Haufen von Geld. Braucht gar nicht zu lachen, werd's euch gleich beweisen. Wartet nur 'ne Minute!«

Er rannte zur Tür hinaus. Die Anwesenden blickten zuerst einander voll ungläubigen Staunens an und dann fragend auf Huck, der wortlos dasaß.

»Sid, was hat wohl der Tom?«, fragte Tante Polly ängstlich, »er – na, da werd mal einer klug aus dem Bengel. Ich –«

Da trat Tom wieder ein, gebeugt unter der Last seiner Geldsäcke, und Tante Polly musste den Satz unbeendet lassen. Tom leerte den Haufen blinkenden Goldes auf den Tisch und rief triumphierend:

»Da – was hab ich euch gesagt? Die Hälfte davon gehört Huck und die andere Hälfte mir!«

Der Anblick des Geldes benahm allen den Atem. Alles starrte auf die glänzenden Goldstücke, und niemand fand

Worte im ersten Augenblick. Dann erhob sich ein allgemeiner Ruf nach Aufklärung. Tom sagte, die könne er geben, und er tat's. Die Geschichte war lang, aber unsagbar interessant, nur ab und zu kärglich eingestreute Bemerkungen der atemlos lauschenden Zuhörer unterbrachen den fesselnden Reiz derselben. Als Tom zu Ende war, meinte der alte Jones:

»Hab ich da vorhin der Gesellschaft 'ne kleine Überraschung bereiten wollen – 's ist aber rein nichts gegen das da. Tom, der Teufelskerl, hat mich schön übertrumpft, das muss ich sagen! Geb's aber gern zu, weiß Gott, geb's gern zu!«

Das Geld wurde nun gezählt. Die Summe belief sich auf etwas über zwölftausend Dollar. Es war mehr, als irgendeiner der Anwesenden jemals beisammen gesehen, obgleich sich einige darunter befanden, die weit mehr als das an Grundbesitz ihr Eigen nannten.

Zweiunddreißigstes Kapitel

Wie man sich denken kann, machte dieser Fund der beiden Knaben in dem armen, kleinen Städtchen St. Petersburg das ungeheuerste Aufsehen. Solch eine Riesensumme in barer Münze erschien den guten Leuten beinahe unglaublich. Man redete von nichts anderem, schielte gierig nach dem Schatz, pries die Finder glücklich, und die Vernunft manchen Bürgers drohte bei der ungesunden Erregung ins Wanken zu geraten. Jedes Haus, in dem es nur irgend spuken sollte, im Städtchen wie in der Umgegend, wurde sozusagen anatomisch zerlegt:

Stein für Stein, Balken für Balken, die Grundmauern unterwühlt und nach verborgenen Schätzen durchforscht, und zwar nicht von Knaben, sondern von Männern, ernsten, verständigen, im gewöhnlichen Leben blutwenig romantisch angelegten Männern. Wo sich Tom und Huck nur blicken ließen, wurden sie gefeiert, bewundert und begafft. Die Jungen konnten sich nicht erinnern, dass ihre Worte je zuvor solches Gewicht besaßen, jetzt wurde der kleinste Ausspruch ihrerseits wie ein Ausfluss höchster Weisheit bewahrt und ehrfurchtsvoll wiederholt. Alles, was sie taten, was sie redeten, erschien bemerkens- und bewundernswert, sie hatten augenscheinlich die Fähigkeit verloren, irgendetwas Alltägliches, Unbedeutendes zu sagen oder zu tun. Außerdem wurde ihre Vergangenheit durchforscht, und man fand darin die unleugbaren Spuren hervorragendster Begabung. Die Zeitung des Städtchens brachte biographische Notizen über die beiden.

Die Witwe Douglas legte das Geld zu sechs Prozent an, und der Herr Kreisrichter tat auf Tante Pollys Bitten dasselbe mit Toms Anteil. Jeder der Jungen hatte nun ein geradezu ungeheures Einkommen – einen Dollar für jeden Tag des Jahres! Das war ja gerade so viel, wie der Pastor bekam, das heißt, wie er bekommen sollte, denn meistens kam nicht so viel zusammen. Eineinviertel Dollar die Woche waren genügend für Kost, Wohnung und Schulgeld eines Jungen in jener alten, einfachen, anspruchslosen Zeit, und man konnte ihn dafür noch kleiden und waschen obendrein.

Der Herr Kreisrichter hatte eine sehr hohe Meinung von Tom gefasst. Er sagte, ein gewöhnlicher Junge würde nie imstande gewesen sein, seine Tochter aus der Höhle zu befreien. Als Becky ihrem Vater einmal im strengsten Vertrauen mitteilte, wie Tom ihre Prügel in der Schule damals auf sich genommen, war dieser sichtlich gerührt. Und als sie die Lüge zu entschuldigen suchte, vermittelst welcher es dem edlen Freunde gelungen war, die Züchtigung auf seine Schultern zu wälzen, meinte der Vater enthusiastisch, das sei eine edle, eine großmütige, eine hochherzige Lüge gewesen, eine Lüge, die wert sei, in der Geschichte dicht neben Washingtons viel gerühmter Wahrheitsliebe zu glänzen. Becky kam es vor, als habe sie ihren Vater noch nie so hoch aufgerichtet und so stolz gesehen wie bei diesen Worten. Sie lief davon und berichtete Tom haarklein, was vorgefallen.

Herr Thatcher hoffte, Tom einmal als berühmten Rechtsgelehrten oder auch als großen Kriegsmann zu sehen. Er wolle Sorge tragen, sagte er, dass Tom Einlass fände in die große National-Militär-Akademie und danach in der besten Juristen-Schule des Landes ausgebildet werde, sodass er vollständig befähigt sei für die eine oder die andere Laufbahn oder auch für beide.

Huck Finn sah sich durch diesen Reichtum und die Tatsache, dass er unter dem Schutz der hoch angesehenen Witwe Douglas stand, plötzlich in die gute Gesellschaft eingeführt, nein – hineingeschleppt oder vielmehr geschleudert –, seine Leiden steigerten sich dadurch fast ins Unerträgliche. Die Dienstboten der Witwe hielten ihn sauber und rein, wuschen, kämmten, bürsteten ihn alltäglich und betteten ihn allnächtlich mitleidslos zwischen reine Tücher, die nicht einen einzigen kleinen Fleck oder Makel hatten, den er hätte an sein Herz drücken und als alten, teuren Bekannten begrüßen können. Er musste mit Messer und Gabel essen, musste Serviette, Tasse und Teller benutzen, musste seine Aufgaben lernen, zur Kirche gehen, dabei so gewählt und anständig reden, dass ihm die Sprache ordentlich saft- und kraftlos in seinem Munde vorkam; kurz, wohin er sich wandte, engten ihn überall die Schranken und Fesseln der Zivilisation von allen Seiten ein und banden ihm Hände und Füße.

Drei Wochen hindurch trug er sein Elend wie ein tapfrer Held, dann war er plötzlich verschwunden. Achtundvierzig Stunden lang ließ die Witwe in Herzensangst überall nach ihm suchen. Jedermann nahm innigsten Anteil; man suchte hier und dort, in Höhen und Tiefen, man durchforschte den Strom nach seiner Leiche. Früh am dritten Morgen schlich sich Tom Sawyer in aller Stille zu einem Haufen alter, leerer Fässer, die hinter dem jetzt unbenutzten, halb verfallenen Schlachthause lagen. In einem derselben entdeckte er richtig den Flüchtling. Huck hatte die Nacht dort zugebracht, hatte eben sein Frühstück, aus allerlei zusammengeklauten Kleinigkeiten bestehend, verzehrt und lag nun da und rauchte in glücklicher Behaglichkeit seine Pfeife. Er war ungewaschen, ungekämmt und in dieselben alten, malerisch an ihm hängenden Lumpen gehüllt wie in jenen Tagen, da er noch frei und glücklich war. Sobald Tom ihn aufgestöbert hatte, warf er ihm vor, in welche Angst er alle Leute versetzt habe, und forderte ihn auf, nach Hause zurückzukommen. Hucks Antlitz verlor urplötzlich den Ausdruck wohligen Behagens und legte sich in melancholische Falten. Ängstlich bat er:

»Sprich mir davon nicht, Tom, hab's ja probiert, aber 's tut kein gut, Tom, 's tut kein gut. 's taugt nichts für mich, ich bin an so was nicht gewöhnt. Die Witwe selber ist gut und freundlich, aber dies Leben halt der Kuckuck aus. Soll ich da jeden Morgen zur selben Zeit raus aus dem Nest, dann waschen und scheuern sie mich, dass die Fetzen fliegen, und kämmen mich zu Schanden. Im Holzschuppen darf ich nicht schlafen, muss die verflixten Kleider tragen, in denen ich immer nach Luft schnappen muss, Tom, 's ist, als ginge gar keine Luft durch, und dabei sind sie so verteufelt fein und vornehm, dass ich da drin nicht sitzen, nicht liegen, viel weniger mich wälzen kann. Weiß nicht, wie lang ich auf keiner Kellertür mehr hinuntergerutscht bin, aber 's kommt mir wie viele Jahre vor. Ich muss in die Kirche gehen und dort steif und gerade sitzen – und erst die langweiligen Predigten! Nicht einmal eine Fliege darf man drin fangen, und den ganzen Sonntag muss man die Schuhe anhaben. – Herrgott! Wenn die Witwe isst, dann bimmelt eine Glocke, geht sie schlafen, bimmelt's wieder und ebenso, wenn sie aufsteht – 's geht alles so grässlich nach der Schnur, das halt der Kuckuck aus!«

»Huck, so macht's aber doch jeder anständige Mensch!«

»Ist mir ganz egal, Tom, ich bin kein anständiger Mensch, und ich halt's nicht aus. 's ist grässlich, wenn man so festgenagelt ist. 's Futter wächst einem auch nur so in den Mund – macht einem gar keine Freude so. Soll fragen, wenn ich fischen gehen will, fragen, wenn ich baden möcht – hol's der Henker, wenn man um jeden Dreck fragen soll. Und sprechen hab ich müssen wie 'n feiner Herr, bin beinah dran erstickt. Ei, wenn ich nicht jeden Tag 'nauf auf den Boden wär und hätt meinem Herzen dort Luft gemacht, so, wie ich's versteh, mit 'n paar herzhaften Redensarten, nur um mal wieder den Geschmack davon in den Mund zu kriegen, ich wär gestorben, Tom, rein gestorben. Rauchen wollten sie mich auch nicht lassen, nicht mal ordentlich brüllen, nicht gähnen, nicht räkeln, nicht am Kopf kratzen, wenn jemand dabei war. Und« – fuhr er mit einem verdoppelten Ausbruch des Widerwillens und der Gereiztheit fort – »den ganzen Tag hat sie gebetet. So 'ne Frau ist mir in meinem Leben noch nicht vorgekommen! Ich *musst* mich drücken, Tom, es war nicht zum Aushalten. Dann wär auch bald die Schule angegangen, und ich hätte hingemusst, was mir das Leben vollends verleidet hätte. Weißt was, Tom, 's Reichsein ist nicht halb so viel wert, als man meint. Man hat eine Plage und Schinderei davon, dass man lieber tot sein möchte. In diesen Kleidern hier und in dieser Sonne aber ist's mir wohl, und ich will mich begraben lassen, wenn ich da je wieder rauskrieche. Tom, ich wär nie in diese unselige Lage hineingeraten, wenn das verflixte Geld nicht gewesen wär! Weißt was? Geh hin und nimm du auch meinen Teil und schenk mir hie und da mal zehn Cents, aber nicht oft, denn mir liegt blutwenig an dem Geld, so schwer es auch zu kriegen war, und dann – geh hin und bitt mich von der Witwe los, Tom, tu's doch, hörst du!«

»Oh, Huck, das kann ich ja nicht, dein Geld nehmen, das wär gar nicht recht, und pass auf, wenn du's erst mal länger probierst bei der Witwe, wird's dir schon behagen.«

»Behagen? Ja, so ungefähr, wie einem ein heißer Ofen behagt, wenn man draufsitzen soll. Nee, Tom, ich will nicht reich sein, und ich will nicht in den verfluchten stickigen Häusern leben. Ich brauch den Wald und den Fluss und 'n leeres Fass, und dabei will ich bleiben. Hol der Henker alles! Grad, wie wir Flinten und 'ne Höhle hatten und alles schön fertig war, um Räuber zu werden, da – da muss die verflixte, dumme Schatzgeschichte kommen und alles verderben!«

Tom sah seine Gelegenheit:

»Pass mal auf, Huck, das Reichsein hält uns noch lange nicht ab, Räuber zu werden.«

»Herrgott! Ist das wirklich dein voller Ernst, Tom?«

»So gewiss, als ich hier sitze. Aber Huck, du kannst nicht in die Bande aufgenommen werden, wenn du kein anständiger Mensch bist, siehst du.«

Hucks aufwallende Freude bekam einen Dämpfer.

»Kann nicht aufgenommen werden, Tom? War ich denn nicht Seeräuber?«

»Ja, aber das ist ganz was andres. Ein Räuber ist für gewöhnlich viel vornehmer als so 'n Pirat. In manchen Ländern sind sie vom höchsten Adel – Herzöge oder so.«

»Tom, du bist doch immer gut mit mir gewesen! Wirst mich doch nicht ausschließen, Tom? Wirst mir doch so was nicht antun, oder?«

»Huck, ich tät's ja nicht und tu's auch nicht gern, aber was würden die Leute sagen? Ei, die werden die Nase rümpfen, und ›Pf!‹ – würden sie sagen – Tom Sawyers Bande! Schöne Kerle da drin! Und damit wärst du gemeint, Huck. Das wär dir doch nicht recht und mir auch nicht.«

Für eine Weile war Huck still, sichtlich kämpfte er innerlich einen schweren Kampf. Schließlich sagte er:

»Na, für 'nen Monat oder so könnt ich ja am Ende zur Witwe zurückgehen und sehen, wie ich mich durchschlage und ob ich's aushalten kann. Ja, das könnt ich – wenn ich bei der Bande eintreten darf, Tom.«

»Gut also, Huck, das ist 'n Wort! Und nun vorwärts, alter Kerl, will mal mit der Witwe reden, dass sie dich 'n bisschen mehr in Ruhe lässt.«

»Willst du, Tom, willst du? Das ist schön von dir. Wenn die 'n bisschen weniger streng sein will, dann will ich dafür nur noch heimlich rauchen und fluchen und mich wohl oder übel durchdrücken oder platzen. Aber bis wann willst du denn die Bande auftun und Räuber werden?«

»Ei, gleich! Wollen nur erst die Jungens zusammentrommeln, dann kann die Einschwörung gleich heut Nacht vor sich gehen.«

»Die – was?«

»Die Einschwörung.«

»Was ist denn das?«

»Ei, da schwört man, dass man zusammen stehen und fallen wolle und niemals die Geheimnisse der Bande verraten, und sollte man auch in Stücke gerissen werden: dass man jeden umbringen wolle samt seiner ganzen Familie, der irgendeinem der Bande was zuleide tut.«

»Das ist lustig, Tom, arg lustig, sag ich dir.«

»Ja, das ist's. Und der ganze Schwur muss um Mitternacht geschehen, am einsamsten, schauerlichsten Ort, den man finden kann – in einem Haus, wo's spukt, wär's am besten, aber die sind jetzt alle abgebrochen.«

»Um Mitternacht ist gut, Tom – irgendwo.«

»Ja, das ist wahr. Und man muss über einem Sarg schwören und alles mit Blut unterzeichnen.«

»Das klingt doch nach etwas! Weiß Gott, das ist Millionen Mal besser als Seeräuber sein. Ich will mich an die Witwe kleben, bis ich schwarz werd, Tom, und wenn ich mal so 'n richtiger Kerl von 'nem vornehmen Räuber bin und alle Welt von mir redet, dann wird sie wohl, denk ich, sich auch freuen und stolz sein, dass sie mich aus dem Sumpf gezogen hat!«

So endet denn diese Chronik. Da es nur die Geschichte eines Knaben ist, so *muss* sie hier enden; ließe sie sich doch nicht viel weiter fortspinnen, ohne zur Geschichte eines Mannes zu werden. Wer einen Roman über erwachsene Leute schreibt, weiß ganz genau, wo er aufzuhören hat, nämlich – bei der Heirat. Wer aber von Kindern und sehr jugendlichen Helden erzählt, der muss eben aufhören, wo es sich am besten fügt.